TRZECH PANÓW W ŁÓDCE
(NIE LICZĄC PSA)

Jerome K. Jerome

TRZECH PANÓW W ŁÓDCE (NIE LICZĄC PSA)

Tłumaczył
Tomasz Bieroń

ZYSK I S-KA
WYDAWNICTWO

Tytuł oryginału
THREE MEN IN A BOAT
(To Say Nothing of the Dog)

Redakcja
Magdalena Wójcik

Skład i projekt graficzny
Paweł Uniejewski/Studio graficzne Pixelnoiz

Wydanie I w tej edycji

ISBN 978-83-8202-033-5

Zysk i S-ka Wydawnictwo
ul. Wielka 10, 61-774 Poznań
tel. 61 853 27 51, 61 853 27 67
dział handlowy, tel. 61 855 06 90
sklep@zysk.com.pl
www.zysk.com.pl

OD AUTORA

Książka ta na całym świecie spotkała się z bardzo przychylnym przyjęciem. Liczba sprzedanych egzemplarzy różnych jej anglojęzycznych wydań przekroczyła półtora miliona. Wiele lat temu, w Chicago, pewien emerytowany już piracki wydawca zapewniał mnie, że sprzedaż na terenie Stanów Zjednoczonych osiągnęła milion egzemplarzy. Chociaż nie przyniosło mi to żadnych korzyści materialnych, jako że książka została wydana, zanim weszło w życie prawo autorskie, sława i popularność, jaką sobie zdobyłem na rynku amerykańskim, to kapitał nie do pogardzenia. Książkę przetłumaczono, jak sądzę, na wszystkie języki europejskie, jak również na niektóre azjatyckie. Zawdzięczam jej wiele tysięcy listów od ludzi młodych i starych, zdrowych i chorych, wesołych i smutnych. Nadchodzą ze wszystkich stron świata, od mieszkańców różnych krajów. Listy te już byłyby dla mnie wystarczającą nagrodą za napisanie książki. Zachowałem kilka poczerniałych kartek z egzemplarza przysłanego mi przez pewnego młodego oficera kolonialnego z Afryki Południowej. Zostały wyjęte z plecaka martwego kolegi znalezionego na Spion Kop. Tyle dowodów rzeczowych. Pozostaje już tylko wyjaśnić zalety, którym książka zawdzięcza swoje niezwykłe powodzenie. Zadanie to przekracza moje możliwości. Napisałem książki, które wydawały mi się bardziej inteligentne bądź bardziej dowcipne. Publiczność upiera się jednak, by pamiętać mnie właśnie jako autora *Trzech panów w łódce (nie licząc psa)*. Niektórzy z krytyków sugerowali na początku, że powodzenie u czytelników książka zdobyła sobie swą pospolitością i całkowitym brakiem humoru. Teraz już jednak wydaje się, że hipoteza ta nie rozwiązuje zagadki. Zła sztuka może odnieść chwilowy sukces u ograniczonej liczby odbiorców; nie poszerza kręgu swych miłośników przez prawie pół wieku. Doszedłem do wniosku, że jakkolwiek tłumaczyć powodzenie książki, nie przynosi mi ujmy, że ją napisałem. Jeśli rzeczywiście ją napisałem. Wcale sobie bowiem tego nie przypominam. Pamiętam tylko, że czułem się bardzo młody i idiotycznie zadowolony z siebie z przyczyn, które tylko mnie obchodzą. Było lato, a Londyn jest latem taki piękny. Rozpościerał się przed mymi oczyma niczym baśniowe miasto spowite złotą mgiełką, pracowałem bowiem w pokoju położonym wysoko nad wierzchołkami kominów. Nocą zaś światła jarzyły się hen pode mną, toteż patrzyłem w dół, jakbym zaglądał do jaskini skarbów Aladyna. Podczas tych letnich miesięcy napisałem książkę. Wydawało mi się to jedynym rozsądnym zajęciem.

Przedmowa
do pierwszego wydania

Urok tej książki zasadza się nie tyle na jej stylu literackim czy też użyteczności informacji, jakie zawiera, ile na jej niewolniczej wierności prawdzie. Każda stronica jest sprawozdaniem z autentycznych zdarzeń. Ja owe zdarzenia tylko odpowiednio ubarwiłem (za co nie żądam osobnego wynagrodzenia). George, Harris i Montmorency nie są poetyckimi ideałami, lecz osobnikami z krwi i kości — szczególnie George, który waży dwanaście pudów. Inne książki mogą przewyższać moją pod względem głębi intelektualnej i wnikliwej analizy natury ludzkiej; jeszcze inne mogą ją prześcignąć oryginalnością i grubością. Co się jednak tyczy rozpaczliwej, nieuleczalnej prawdomówności, nie odkryto jeszcze nic, co mogłoby iść z nią w zawody. Nie mylę się chyba, sądząc, że ta właśnie cecha, bardziej niż wszystkie pozostałe powaby książki, zaskarbi jej szacunek w oczach poważnego czytelnika, jak również doda wagi nauce, jaka z tej historii płynie.

Londyn, sierpień 1889 roku

ROZDZIAŁ 1

Trzech inwalidów – Cierpienia George'a i Harrisa – Ofiara stu siedmiu śmiertelnych chorób – Skuteczne recepty – Lekarstwo na dziecięce dolegliwości wątroby – Zgadzamy się, że jesteśmy przepracowani i potrzebujemy wypoczynku – Tydzień wśród spienionych grzywaczy? – George sugeruje Tamizę – Montmorency wnosi sprzeciw – Pierwotny wniosek przechodzi stosunkiem głosów trzy do jednego.

Było nas czterech — George, William Samuel Harris, ja i Montmorency. Siedzieliśmy w moim pokoju, paliliśmy i rozmawialiśmy o tym, jak bardzo jest z nami źle — oczywiście z medycznego punktu widzenia.

Czuliśmy się wszyscy podle, co budziło w nas poważne obawy. Harris powiedział, że miewa czasem tak gwałtowne zawroty głowy, że nie wie, gdzie góra, a gdzie dół. Na to odezwał się George, że i on ma czasem podobne wątpliwości. U mnie z kolei szwankowała wątroba. Wiedziałem, że szwankuje mi wątroba, ponieważ dopiero co przestudiowałem prospekt opatentowanych pigułek na wątrobę, gdzie wyszczególnione były rozmaite objawy, na podstawie których człowiek może rozpoznać, że szwankuje mu wątroba. Miałem je wszystkie.

Dziwna rzecz, ale jeszcze mi się nie zdarzyło, abym przeczytawszy prospekt opatentowanego lekarstwa, nie uznał, że cierpię na odnośną chorobę w jej najbardziej zjadliwej formie. Diagnoza zdaje się zawsze dokładnie odpowiadać wszelkim boleściom, jakie kiedykolwiek odczuwałem.

Pamiętam, jak pewnego dnia poszedłem do British Museum, aby poczytać o metodzie leczenia pewnej dolegliwości, która w stopniu śladowym u mnie wystąpiła — bodajże katar sienny. Zdjąłem książkę z półki i przeczytałem wszystko, co na ten temat znalazłem. Potem, z czystego roztargnienia, zacząłem bezmyślnie przewracać kartki i leniwie przyswajać sobie wiedzę o różnych chorobach, bardzo ogólną. Wyleciało mi z głowy, w jaką dolegliwość zagłębiłem się na początku — na pewno w jakąś straszliwą, śmiercionośną zarazę — lecz zanim dotarłem do połowy listy „objawów ostrzegawczych", nie miałem najmniejszych wątpliwości, że mnie dopadła.

Dłuższą chwilę siedziałem zmartwiały z przerażenia; potem, zobojętniały z rozpaczy, zacząłem znów wertować książkę. Doszedłem do tyfusu — przeczytałem objawy — odkryłem, że mam tyfus, i to od wielu miesięcy — pomyślałem sobie, ciekawe, co jeszcze mam. Przewróciłem stronicę na taniec św. Wita; zgodnie z oczekiwaniami stwierdziłem, że i pląsawica mi nie przepuściła. Postanowiłem zapoznać się ze swoim przypadkiem dogłębnie. I tak, rozpoczynając alfabetycznie, przestudiowałem chorobę Addisona, stwierdziłem, że na nią zapadam, a faza ostra czeka mnie za jakieś dwa tygodnie. Z ulgą się dowiedziałem, że choroba Brighta występuje u mnie w formie złagodzonej i, jeśliby na tym się skończyło, mogę liczyć na wiele lat życia. Cholerę miałem z poważnymi powikłaniami, a z dyfterytem chyba się urodziłem. Sumiennie przebrnąłem przez wszystkie litery alfabetu i jedyną chorobą, której mogłem się nie obawiać, było zapalenie kaletki maziowej rzepki (cierpią na to sprzątaczki, które dużo klęczą).

Z początku zrobiło mi się dość przykro. Czułem się spostponowany. Dlaczego nie mam zapalenia kaletki maziowej rzepki? W czym jestem gorszy od sprzątaczki? Po chwili jednak wzięły we mnie górę mniej zachłanne uczucia. Zreflektowawszy się, że miałem wszystkie pozostałe choroby znane medycynie, powściągnąłem swój egoizm i postanowiłem się obyć bez zapalenia rzepki. Podagra, w swej najbardziej złośliwej postaci, dorwała mnie, jak się zdaje, bez mojej wiedzy; na żółtaczkę zaś najwyraźniej cierpiałem od dzieciństwa. Po żółtaczce nie było już żadnych innych chorób, doszedłem zatem do wniosku, że nic więcej mi nie grozi.

Siedziałem pogrążony w myślach. Jakimże ciekawym muszę być przypadkiem z punktu widzenia nauki, jakimż cennym byłbym nabytkiem dla adeptów medycyny! Mając mnie, żywy almanach wszystkich chorób, nie musieliby chodzić od szpitala do szpitala. Ja sam wystarczałem za szpital, za materiał na pracę dyplomową dla wszystkich studentów.

Potem zacząłem się zastanawiać, ile mi jeszcze zostało życia. Spróbowałem się zbadać. Ująłem palcami przegub. Z początku w ogóle nie wyczuwałem tętna. Potem ni stąd, ni zowąd jakby się wzbudziło. Wyjąłem zegarek i zacząłem mierzyć. Wyszło mi sto czterdzieści siedem na minutę! Położyłem dłoń na sercu.

Nic nie czułem. Przestało bić. Później doszedłem do przekonania, że cały czas jest na swoim miejscu i pracuje jak należy, tylko ja nie potrafię tego dowodnie stwierdzić. Opukałem się po całym tułowiu, od talii aż po głowę, zahaczając odrobinę o boki i górną część pleców. Niczego się jednak nie domacałem ani nie dosłuchałem. Spróbowałem obejrzeć sobie język. Wysunąłem go maksymalnie do przodu, zamknąłem jedno oko i usiłowałem mu się przyjrzeć drugim. Widziałem tylko koniuszek, co nic mi nie dało, prócz tego, iż utwierdziłem się w przekonaniu, że mam szkarlatynę.

Wszedłem do czytelni jako szczęśliwy, zdrowy człowiek. Wyszedłem jako niedołężny wrak.

Udałem się do swojego lekarza. To mój stary kumpel, więc kiedy mi się zdaje, że jestem chory, mierzy mi tętno, ogląda język i opowiada o pogodzie, nie biorąc za to wszystko ani grosza. Pomyślałem sobie, że mu się odwdzięczę, idąc do niego teraz. „Lekarz potrzebuje praktyki" — myślałem. „Ja mu ją zapewnię. Wypraktykuje na mnie więcej niż na tysiącu siedmiuset zwyczajnych, tuzinkowych pacjentów z dwiema chorobami na krzyż". Poszedłem więc prosto do niego, a on spytał:

— No, co tam? Co ci dolega?

Odparłem:

— Nie będę zabierał ci czasu, drogi chłopcze, mówiąc, co mi dolega. Życie jest krótkie, więc mógłbyś nie doczekać końca. Powiem ci za to, co mi nie dolega. Nie mam zapalenia rzepki. Dlaczego nie mam zapalenia rzepki, to dla mnie zagadka, ale fakt pozostaje faktem. Wszystko inne mam jednak bezapelacyjnie.

Następnie opowiedziałem mu, w jaki sposób to odkryłem. A on otworzył mi usta i zajrzał do środka;

złapał mnie za przegub, potem zaprawił mnie bykiem w klatkę piersiową, gdy się tego najmniej spodziewałem — co muszę uznać za objaw tchórzostwa. Następnie usiadł i wypisał receptę, złożył na pół i podał mi, a ja wsunąłem ją do kieszeni i wyszedłem.

Nie zajrzałem do recepty. Udałem się prosto do najbliższej apteki. Aptekarz wziął ode mnie receptę, przeczytał i oddał mi.

Powiedział, że tego nie prowadzi.

— Jest pan aptekarzem? — spytałem.

— Jestem aptekarzem — odparł. — Gdybym miał sklep spożywczy połączony z pensjonatem, być może zrobiłbym coś dla pana. Jako aptekarz mam ograniczone możliwości.

Przeczytałem receptę. Brzmiała następująco:

1 x befsztyk plus 1 x kwarta piwa co sześć godzin.
1 x dziesięciomilowy spacer co rano.
1 x łóżko punkt jedenasta co wieczór.
I nie zaśmiecaj sobie głowy sprawami, których nie rozumiesz.

Zastosowałem się do wskazówek, z tym szczęśliwym — mówię za siebie — rezultatem, że memu życiu chwilowo nie zagraża niebezpieczeństwo.

Wracając jednak do prospektu pigułek na wątrobę — ponad wszelką wątpliwość miałem wszystkie wymienione tam objawy, z których najważniejszym była „ogólna niechęć do wszelkiego rodzaju pracy".

Nie da się opisać, co ja się w tym względzie nacierpiałem. Już jako osesek byłem męczennikiem tej choroby. W wieku chłopięcym do rzadkości należały dni, kiedy wypuszczała mnie ze swych szponów. Nikt wtedy nie wiedział, że przyczyna tkwi w wątrobie. Medycyna była wszak znacznie słabiej rozwinięta, toteż wszyscy składali to na karb lenistwa.

— Ty paskudny leniu, ty — mawiali — może byś tak wstał i zabrał się do jakiejś pracy, co? — Nie wiedzieli, oczywiście, że jestem chory.

Nie aplikowali mi żadnych pigułek, tylko kuksańce w głowę. Jednak, choć wyda się to dziwne, owe kuksańce w głowę często mnie uzdrawiały, ale tylko na jakiś czas. Jeden taki kuksaniec znacznie skuteczniej leczył moją wątrobę i znacznie silniej pobudzał mnie do tego, by bez dalszej zwłoki zrobić, co mi każą, niż teraz cała fiolka pigułek.

Powiem wam zresztą, że często tak jest — te proste, staroświeckie środki czasem działają skuteczniej niż cała ta nowoczesna farmakologia.

Siedzieliśmy tak przez pół godziny, opisując sobie nawzajem swoje dolegliwości. Wyjaśniłem George'owi i Williamowi Harrisowi, jak się czuję, gdy wstaję rano; William Harris opowiedział nam, jak się czuje, gdy kładzie się spać, George zaś stanął na dywaniku przed kominkiem i odegrał przejmującą scenę, która nam zobrazowała, jak się czuje w nocy.

George tylko wyobraża sobie, że jest chory, ale powiem wam, że tak naprawdę to okaz zdrowia.

W tym momencie zapukała do drzwi pani Poppets, aby spytać, czy jesteśmy gotowi do kolacji. Uśmiechnęliśmy się do siebie melancholijnie i orzekliśmy, że chyba lepiej będzie coś przekąsić. Harris powiedział, że na pusty żołądek człowieka łatwiej imają się choroby. Gdy pani Poppets wniosła tacę, zasiedliśmy przy stole i przegryźliśmy odrobinę steku z cebulą, a na deser zjedliśmy po kawałeczku ciasta z rabarbarem.

Musiałem być wtedy bardzo osłabiony, albowiem już po półgodzinie robiłem wrażenie człowieka mało zainteresowanego jedzeniem — co mi się bardzo rzadko zdarza — i nie miałem ochoty na ser.

Dopełniwszy tego obowiązku, dolaliśmy sobie wina, zapaliliśmy fajki i wróciliśmy do rozmowy na temat stanu naszego zdrowia. Co nam tak naprawdę dolegało, żaden z nas nie był pewien. Byliśmy jednak całkowicie zgodni w opinii, że cokolwiek to jest, przyczyn należy szukać w przepracowaniu.

— Potrzeba nam odpoczynku — zawyrokował Harris.

— Odpoczynku i całkowitej odmiany — potwierdził George. — Przeciążenie szarych komórek doprowadziło nas do ogólnego wyczerpania organizmu. Zmiana otoczenia i brak konieczności myślenia przywrócą nam równowagę psychofizyczną.

George ma kuzyna, który w kartotekach policyjnych zazwyczaj figuruje jako student medycyny, stąd też wypowiedzi George'a zatrącają czasem lekarskim żargonem.

Zgodziłem się z nim i zasugerowałem, że powinniśmy znaleźć jakieś odludne miejsce z dala od tłumu i zgiełku, gdzie prześnilibyśmy słoneczny tydzień pośród ospałych uliczek; jakiś na poły zapomniany zakątek, który dobre wróżki ukryły przed zakusami hałaśliwego świata; jakieś orle gniazdo na skalnych turniach czasu, gdzie docierałby tylko cichutki poszum wezbranych fal dziewiętnastego stulecia.

Harris odparł, że umrzemy z nudów. Powiedział,

że wie, o jakim miejscu myślę: wszyscy kładą się spać o ósmej, za żadne pieniądze nie można dostać dzienników sportowych, a po tytoń trzeba dymać dziesięć mil.

— Nie — odparł Harris — kiedy potrzeba odpoczynku i odmiany, nie ma jak podróż morska.

Stanowczo zaprotestowałem przeciwko podróży morskiej. Podróż morska może wyjść człowiekowi na zdrowie, jeśli trwa parę miesięcy, ale tygodniowa bywa zabójcza.

Wyruszasz w poniedziałek, wbiwszy sobie uprzednio do głowy, że spędzisz przyjemnie czas. Beztrosko machasz chłopcom rączką na pożegnanie, zapalasz swoją największą fajkę i paradujesz po pokładzie, jakbyś był kapitanem Cookiem, sir Francisem Drakiem i Krzysztofem Kolumbem w jednej osobie. We wtorek żałujesz, że nie zostałeś w domu. W środę, czwartek i piątek żałujesz, że się urodziłeś. W sobotę jesteś w stanie przełknąć kapkę bulionu, usiąść na pokładzie i odpowiedzieć słodkim, boleściwym uśmiechem, gdy życzliwi ludzie zapytają, jak się czujesz. W niedzielę zaczynasz znowu chodzić i przyjmować stałe pokarmy. W poniedziałek rano, gdy z torbą i parasolem w dłoni stoisz przy burcie, wyczekując zejścia na ląd, morze zaczyna ci się bardzo podobać.

Pamiętam, że mój szwagier wybrał się kiedyś dla zdrowia w krótką podróż morską. Wykupił kajutę na rejs z Londynu do Liverpoolu i z powrotem. Gdy dopłynął do Liverpoolu, interesowało go już tylko, czy zdoła odsprzedać bilet powrotny.

Wieść gminna głosi, że oferta krążyła po całym mieście, z olbrzymią zniżką. Ostatecznie sprzedał bilet, za osiemnaście pensów, pewnemu młodzieńcowi o żółtawej cerze, któremu lekarz zalecił, aby udał się nad morze i zażył trochę ruchu.

— Nad morze! — zakrzyknął mój szwagier, serdecznym gestem wciskając mu bilet w dłoń. — Starczy panu morza na całe życie. A co dopiero ruch! Zażyje pan więcej ruchu, siedząc na tym statku kołkiem, niż gdyby pan na suchym lądzie fikał kozły.

On sam — mój szwagier — wrócił pociągiem. Powiedział, że Kolej Północno-Zachodnia jest dlań wystarczająco dobroczynna.

Inny gość, którego znałem, popłynął na tygodniowy rejs wokół wybrzeża. Zanim podnieśli kotwicę, steward przyszedł go zapytać, czy będzie wybierał poszczególne posiłki, czy też z góry zamówi pełne wyżywienie.

Steward polecił metodę drugą jako znacznie tańszą. Powiedział, że za dwa funty pięć szylingów można jeść do syta przez cały tydzień. Na śniadanie będzie ryba, a następnie mięso z rusztu. Lunch, o godzinie pierwszej, składa się z czterech dań. Na obiad, o szóstej, podaje się zakąskę, zupę, rybę, pieczeń, drób, sałatę, słodycze, ser i deser. O dziesiątej lekka kolacja z wędlin.

Mój przyjaciel pomyślał, że abonament to rzeczywiście lepszy interes (ma niezły spust), toteż dobił targu.

Gdy przyszła pora lunchu, statek właśnie odpłynął z Sheerness.

Mój znajomy nie czuł się tak głodny, jak tego oczekiwał, więc zadowolił się odrobiną gotowanej wołowiny i poziomkami ze śmietaną. Po południu dużo rozmyślał i momentami mu się wydawało, że od tygodni nie je nic innego prócz gotowanej wołowiny. Były jednak chwile, kiedy odnosił wrażenie, że od lat żywi się wyłącznie poziomkami ze śmietaną.

Również wołowina i poziomki ze śmietaną nie robiły wrażenia szczęśliwych — wydawały się wręcz wzburzone.

O szóstej przyszli mu powiedzieć, że obiad gotowy. Oświadczenie to nie wzbudziło w nim entuzjazmu, lecz czuł, że musi odrobić część z dwóch funtów pięciu szylingów, toteż, trzymając się lin i innych przedmiotów, zszedł na dół. U dołu drabiny przywitał go przyjemny aromat cebuli i szynki na ciepło, zmieszany z zapachem ryb i warzyw. Gdy podszedł steward i zapytał z przymilnym uśmiechem: — Co panu podać? — odparł słabym głosem: — Niech pan mnie poda na górę.

Błyskawicznie wciągnęli go po drabinie, umieścili po zawietrznej i zostawili samego.

Przez następne cztery dni wiódł skromne, wolne od szaleństw życie na kapitańskich sucharach dietetycznych (na dietetycznych sucharach kapitana, powiedzmy dla większej jasności) i wodzie sodowej. Wszakże gdy miało się ku sobocie, stanął na nogi i zszedł na dół na cienką herbatę i suchą grzankę, w poniedziałek zaś zajadał ze smakiem rosół z kury. We wtorek opuścił statek i spoglądał z żalem, jak odpływa pod parą w morze.

— Zaraz zniknie — powiedział — zaraz zniknie z żarciem za dwa funty, które mi się należy.

Dodał, że jeśliby mu dali jeszcze jeden dzień, zdołałby wyrównać rachunek.

Całym sercem opowiedziałem się więc przeciwko podróży morskiej. Nie ze względu na mnie, wyjaśniłem. Ja nigdy nie miewam nudności. Bałem się jednak o George'a. George powiedział, że nic mu nie będzie, a pomysł mu się dosyć podoba, ale radziłby Harrisowi i mnie, żebyśmy nie byli chojrakami, bo jest pewien, że obaj się pochorujemy. Harris powiedział, że dla niego zawsze było tajemnicą, w jaki sposób ludzie dostają choroby morskiej — muszą chyba symulować — on sam wiele razy próbował, ale nigdy mu się nie udało.

Potem opowiadał anegdoty o tym, jak pływał przez La Manche przy tak rozszalałym morzu, że pasażerów trzeba było przywiązywać do koi, a jedynymi ludźmi na pokładzie, którzy nie mieli nudności, byli on i kapitan. Czasami nudności oszczędzały jego i drugiego bosmana, ale ogólnie zawsze jego i jeszcze kogoś innego. Z wyjątkiem tych rejsów, kiedy tylko jego jednego.

To dziwne, ale nikt nigdy nie cierpi na chorobę morską na lądzie. Na morzu spotyka się tłumy ludzi w bardzo złym stanie, cała załoga i wszyscy pasażerowie, jeden w drugiego. Nie widziałem jednak jeszcze człowieka na lądzie, który doświadczyłby choroby morskiej. Gdzie się podziewają niezliczone tysiące kiepskich marynarzy, gdy zejdą na ląd, jest dla mnie zagadką.

Gdyby większość ludzi była podobna do gościa, którego spotkałem kiedyś na statku do Yarmouth, miałbym dość proste wytłumaczenie tej pozornej tajemnicy. O ile sobie przypominam, właśnie odbiliśmy od Południowego Mola, a człowiek ten bardzo niebezpiecznie wychylał się przez otwór ładunkowy. Podbiegłem mu z pomocą.

— Halo! Niech się pan trochę cofnie — powiedziałem, szarpiąc go za ramię — bo się pan znajdzie za burtą.

— Częściowo o to chodzi — jęknął, po czym nic więcej nie udało mi się z niego wydobyć, toteż musiałem go zostawić.

Trzy tygodnie później spotkałem go w kawiarni hotelu w Bath, gdzie opowiadał o swych wojażach i wyjaśniał z entuzjazmem, jak bardzo kocha morze.

— Prawdziwy wilk morski nigdy nie choruje! — zakrzyknął w odpowiedzi na zawistne dociekania pewnego nieśmiałego młodego człowieka. — Chociaż, muszę przyznać, że raz mi się zdarzyło dostać lekkich mdłości. Było to koło przylądka Horn. Następnego dnia statek poszedł na dno.

— Czy nie był pan kiedyś trochę roztrzęsiony na Południowym Molu i chciał pan się znaleźć za burtą? — wtrąciłem.

— Na Południowym Molu! — odparł z wyrazem zdumienia na twarzy.

— Tak, kurs do Yarmouth, trzy tygodnie przed zeszłym piątkiem.

— A, tak, tak — pojaśniał — już sobie przypominam. Rzeczywiście bolała mnie głowa tego popołudnia. Od tych korniszonów, wie pan. Najbardziej skandaliczne korniszony, jakich zdarzyło mi się skosztować na porządnym statku. Pan też jadł?

Jeśli o mnie chodzi, odkryłem znakomity środek zapobiegawczy przeciwko chorobie morskiej — balansowanie. Trzeba stanąć na środku pokładu, a gdy statek wznosi się i opada, należy tak manewrować ciałem, żeby zawsze było wyprostowane. Kiedy dziób statku idzie do góry, trzeba się pochylić do przodu, prawie dotykając nosem pokładu; kiedy zaś unosi się rufa, należy się odchylić do tyłu. Ta metoda jest jednak dobra na parę godzin; trudno tak balansować przez tydzień.

— Popłyńmy w górę Tamizy — odezwał się George.

Oznajmił, że potrzebujemy świeżego powietrza, ruchu i ciszy; stała zmiana otoczenia pozwoli nam zająć czymś myśli (tylko co zrobi ze sobą Harris, który nie myśli?), ciężka praca zaś znakomicie wpłynie na apetyt i sen.

Harris powiedział, że George nie powinien robić nic, co by zwiększało jego naturalną senność, gdyż może się to źle skończyć. Powiedział, że nie wyobraża sobie, w jaki sposób George może spać więcej niż teraz, skoro niezależnie od pory roku doba ma tylko dwadzieścia cztery godziny. Uznał wszakże, że jeśli George zdoła spać więcej, będzie jak martwy, dzięki czemu zaoszczędzi na wyżywieniu i zakwaterowaniu.

Harris dodał jednak, że nie licząc tej sprawy z George'owym spaniem, pomysł z Tamizą pasuje mu jak ulał (nie wiem, czy to miał być dowcip, czy tak mu się palnęło od rzeczy).

Harris i ja uznaliśmy pomysł George'a za całkiem dobry. Daliśmy przy tym do zrozumienia, że jesteśmy zdziwieni, iż George'a stać na taką bystrość umysłu.

Jedyny, któremu nie spodobała się ta propozycja, był Montmorency.

— Wam dobrze mówić, wy to lubicie, ale ja nie lubię. Dla mnie nie ma nic do roboty. Krajobrazy mnie nie rajcują, fajki nie palę. Jeśli zauważę szczura, nie zatrzymacie się, a jeśli pójdę spać, zaczniecie się wygłupiać z łódką i wywalicie mnie za burtę. Jeśli o mnie chodzi, to ta cała sprawa jest pomylona.

Było nas wszakże trzech na jednego i wniosek został przegłosowany.

ROZDZIAŁ 2

Omawiamy plany – Rozkosze nocowania „pod chmurką" przy ładnej pogodzie – To samo przy pogodzie deszczowej – Rozwiązanie kompromisowe – Montmorency, pierwsze wrażenia – Obawy, że ma zbyt niewinną duszę do życia w tym świecie, następnie odrzucone jako bezpodstawne – Zebranie odroczone.

Wyjęliśmy mapy i omawialiśmy plany.

Uzgodniliśmy, że wyruszymy w następną sobotę z Kingston. Harris i ja pojedziemy rano, żeby przewieźć łódkę do Chertsey, skąd zabierzemy George'a, który będzie mógł wydostać się z City dopiero po południu (George chodzi pokimać do banku codziennie od dziesiątej do czwartej, z wyjątkiem sobót, kiedy o drugiej budzą go i wystawiają za drzwi).

Powinniśmy nocować „pod chmurką" czy spać w gospodach?

George i ja byliśmy za tym pierwszym rozwiązaniem. Uznaliśmy, że byłoby tak dziko i swobodnie, po kawalersku.

Złociste wspomnienie martwego słońca powoli zamiera w wyziębionych, smutnych sercach obłoków. Milczące, niczym dziateczki opłakujące matkę, ptaki zaprzestały swej pieśni, tylko błagalne wołanie pardwy i rzewny lament derkacza zakłóca uroczysty bezgłos wokół wodnego posłania, na którym konający dzień wydaje ostatnie tchnienie.

Z mrocznych ostępów po obu brzegach wypełzają szare cienie, upiorna armia Nocy, aby bezszelestnym krokiem przepędzić ociągającą się ariergardę światła, po czym, na bezszelestnych, niewidzialnych stopach przemknąć nad sfalowanym, rozszemranym sitowiem; Noc zaś, niepodzielna władczyni usadowiona na mrocznym tronie w widmowym pałacu, rozpościera swe smoliste skrzydła nad czerniejącym światem skąpanym w ciszy i nikłym świetle gwiazd.

My zawijamy naszą łódką do jakiejś spokojnej zatoczki, rozbijamy namiot, a następnie gotujemy i spożywamy skromną wieczerzę. Potem nabija się i zapala wielkie faje, a w powietrzu rozbrzmiewają muzyczne tony pogodnej pogawędki. Rzeka, igrająca z łodzią, wtrąca się do naszej rozmowy, bajdurzy stare opowieści i sekrety, ściszonym głosem śpiewa starą dziecięcą pieśń, tę samą, którą nuci już od tysiącleci — i będzie nucić jeszcze przez wiele tysięcy lat, nim jej głos stanie się chrapliwy i stary — pieśń, której zmienne oblicze pokochaliśmy, której chętna pierś często służyła nam za przytulisko, pieśń tę nauczyliśmy się rozumieć, choć nie potrafilibyśmy ująć w zwyczajne słowa opowieści, której słuchamy.

I gdy tak siedzimy na skraju rzeki, księżyc, który również darzy ją miłością, pochyla się, aby złożyć na jej czole braterski pocałunek i zarzucić jej na szyję srebrzyste ramiona. Patrzymy, jak płynie, rozśpiewana, rozszeptana, na spotkanie z morzem, swym królem — póki nasze głosy nie zamrą w milczeniu, a fajki pogasną — póki my, zwyczajni, przeciętni młodzi ludzie, nie poczujemy się tak niezwyczajnie pełni myśli, na poły smutnych, na poły radosnych, że minie nam ochota do mówienia — póki nie zaniesiemy się śmiechem, po czym, powstawszy, wystukamy popiół z wypalonych fajek i powiemy sobie dobranoc, a następnie, ukojeni łagodnym pluskiem wody i szelestem liści, zapadniemy w sen pod wielkimi, niewzruszonymi gwiazdami, aby śnić, że Ziemia znów jest młoda — młoda i cudna, jak za dawnych czasów, nim stulecia trosk i zgryzot poorały bruzdami jej piękne oblicze, nim grzechy i szaleństwa jej dzieci postarzyły jej miłujące serce — przepełniona słodyczą, jak w owych minionych dniach, kiedy jako świeżo upieczona matka karmiła nas, swoje dzieci, ze swej przepastnej piersi — zanim kuglarstwa pstrej cywilizacji podstępnie wyrwały nas z jej życzliwych ramion, a zjadliwe szyderstwa sztuczności kazały nam się wstydzić zwyczajnego życia, które z nią wiedliśmy, i prostego, lecz szlachetnego domu, w którym tyle tysięcy lat temu zrodziła się ludzkość.

— A jeśli będzie padać? — spytał Harris.

Harrisowi nie sposób przemówić do serca. Nie ma w nim ani krzty poezji — ani krzty szalonej tęsknoty za nieosiągalnym. Harrisowi nie zdarza się „ronić łez, nie znając przyczyny". Jeżeli Harris ma łzy w oczach, można być pewnym, że jadł surową cebulę lub nałożył sobie za dużo pikantnego sosu do kotleta.

Jeślibyś stanął z Harrisem nocą nad brzegiem morza i powiedział:

— Cyt! Czyż nie słyszysz? Toż to syreny śpiewają w falującej wód głębinie. A może duszki smętne nucą pieśń żałobną za zbielałych topielców uwięzionych w sitowiu?

Harris wziąłby cię za ramię i powiedział:

— Ja wiem, co to jest, staruszku, zmarzłeś. Lepiej chodź ze mną. Znam tu pewien lokal, dwa kroki stąd, gdzie dostaniesz najlepszą szkocką whisky, jaką kiedykolwiek piłeś. Natychmiast postawi cię na nogi.

Harris zawsze zna jakiś lokal dwa kroki stąd, gdzie można dostać coś wyśmienitego na gardło. Przypuszczam, że gdybyś spotkał Harrisa w Raju (załóżmy, że to możliwe), powitałby cię słowami:

— Tak się cieszę, że cię widzę, stary druhu, dwa kroki stąd jest sympatyczny lokal, gdzie można dostać naprawdę pierwszorzędną ambrozję.

Co się jednak tyczy naszej dyskusji o biwakowaniu, pragmatyzm Harrisa zaowocował bardzo rozsądną uwagą. Biwakowanie w deszczową pogodę nie należy do przyjemności.

Zapadł wieczór. Jesteście przemoczeni do nitki, na dnie łodzi stoją dwa cale wody, a wszystkie rzeczy są wilgotne. Znajdujecie na brzegu miejsce, które jeszcze nie zdążyło zamienić się w bajoro, przybijacie, wywlekacie namiot i we dwójkę zaczynacie go rozbijać.

Jest nasiąkły wodą i ciężki, lepi się do głowy, gdy się z nim tarmosisz, i doprowadza cię do szaleństwa. Cały czas leje jak z cebra. Namiot trudno postawić nawet przy dobrej pogodzie; kiedy pada, zadanie staje się iście herkulesowe. Wydaje ci się, że zamiast pomagać, twój towarzysz stroi sobie żarty. Właśnie kiedy wszystko pięknie ponaciągałeś ze swojej strony, on szarpie ze swojej i cała twoja praca idzie na marne.

— Hej tam! Co ty wyprawiasz?! — wołasz do niego.

— Co ty wyprawiasz?! — replikuje. — Puszczaj!

— Nie ciągnij, wszystko pochrzaniłeś, ośle głupi! — krzyczysz.

— Nic nie pochrzaniłem! — odkrzykuje. — Popuść swoją stronę!

— Mówię ci, że wszystko pochrzaniłeś! — ryczysz, żałując, że nie możesz mu się dobrać do skóry, po czym szarpiesz za swoje odciągi, wyrywając wszystkie jego kołki.

— Co za piekielny dureń — słyszysz, jak mruczy do siebie.

Czujesz brutalne szarpnięcie i twoja strona pada jak długa. Odkładasz młotek i obchodzisz namiot, aby mu przemówić do rozsądku, a jednocześnie on wyrusza w tym samym kierunku, aby ci naświetlić swoje zapatrywania. Chodzicie tak za sobą wkoło i zioniecie przekleństwami, aż namiot zwali się na kupę. Stajecie wtedy twarzą w twarz nad gruzami i wołacie z oburzeniem jednym głosem:

— No i masz! A nie mówiłem?

Tymczasem trzeci towarzysz podróży, który od dziesięciu minut klnie pod nosem w żywy kamień, bo wybierając wodę czerpakiem, nalał jej sobie do rękawa, chce wiedzieć, co sobie, psia mać, za szopki urządzacie, i dlaczego ten zatracony namiot jeszcze nie stoi.

Kiedy jakimś cudem wreszcie jednak staje, wynosicie na brzeg ekwipunek. Rozpalenie ogniska jest marzeniem ściętej głowy, zapalacie więc maszynkę spirytusową, wokół której się gromadzicie.

Podstawowym składnikiem wieczerzy jest deszczówka. Chleb w dwóch trzecich składa się z deszczówki, zapiekany pasztet wołowy zawiera obfite jej ilości, z dżemu zaś, masła, soli i kawy zrobiła się zupa.

Po kolacji stwierdzacie, że zamókł również tytoń, toteż nie możecie palić. Na szczęście posiadacie butelkę płynu, który, jeśli spożyty w odpowiednich dawkach, poprawia humor i ćmi zmysły; on to przywraca wam ochotę do życia w wystarczającym stopniu, byście poszli spać.

W nocy macie sen, że nagle przysiadł na was słoń oraz że wybuch wulkanu cisnął was na dno morza — przy czym słoń nadal smacznie śpi na waszej piersi. Budzicie się i pojmujecie, że naprawdę wydarzyło się coś strasznego. Najpierw myślicie, że przyszedł koniec świata; potem dochodzicie jednak do wniosku, że to mało prawdopodobne. Następną możliwością są złodzieje i mordercy bądź też pożar. Pomoc jednak nie nadchodzi i czujecie już tylko, że kopią was tysiące nóg, tłamszą tysiące ciał.

Wygląda na to, że jeszcze ktoś jest w tarapatach. Słyszycie stłumiony głos, który dobiega spod waszego legowiska. Powziąwszy silne postanowienie, że tanio skóry nie sprzedacie, rozpoczynacie paniczny bój, wymachujecie rękami i nogami na lewo i prawo, nie przestając wrzeszczeć na całe gardło, aż w końcu udaje się wam wyswobodzić głowę. Dwie stopy dalej majaczy niewyraźnie postać półnagiego zbira, który szykuje się do śmiertelnego ciosu. Gdy gotujecie się do walki na śmierć i życie, zaczyna wam świtać, że to Jim.

— A, to ty? — mówi, rozpoznając was w tym samym momencie.

— To ja — odpowiadacie, przecierając oczy. — Co się stało?

— Chyba zdmuchnęło ten przeklęty namiot — mówi. — Gdzie Bill?

Podnosząc głos, krzyczycie: „Bill!", po czym ziemia kołysze się pod wami i drży, a zduszony głos, który słyszeliście już wcześniej, odpowiada spośród ruin:

— Zejdź z mojej głowy, dobra?

Po chwili Bill, ubłocony, zdeptany wrak, gramoli się na wierzch w niepotrzebnie agresywnym nastroju — najwyraźniej mu się ubzdurało, że zrobiliście to naumyślnie.

Rano jesteście wszyscy bez głosu, gdyż nocą złapaliście ostre przeziębienie; jednocześnie jesteście nastawieni bardzo swarliwie, toteż przez całe śniadanie wyklinacie na siebie chrapliwym szeptem.

Dlatego też postanowiliśmy, że będziemy spać pod namiotem tylko w pogodne noce. Gdy będzie padać albo zachce się nam odmiany, zanocujemy jak ludzie, w hotelu, zajeździe lub gospodzie.

Montmorency powitał ten kompromis z wielkim uznaniem. Nie dla niego uroki romantycznego odosobnienia. Im więcej hałasu, tym lepiej, a jeśli dodać szczyptę rubaszności — sama radość. Nie znając Montmorency'ego, można by pomyśleć, że to anioł, który z jakichś trzymanych przed ludzkością w tajemnicy powodów zstąpił na ziemię pod postacią małego foksteriera. Jego mina, która zdaje się mówić: „Och, jakiż ten świat jest nikczemny, jakżebym chciał uczynić go lepszym i szlachetniejszym", wzruszyła do łez niejedną nabożną starszą panią.

Kiedy przeszedł na moje utrzymanie, nie sądziłem, bym zdołał zatrzymać go przy sobie na dłużej. Siadałem na krześle i przyglądałem się mu, podczas gdy on siedział na dywaniku, odwzajemniając moje spojrzenie, i myślałem: „Och, ten pies długo nie pożyje. Zostanie zabrany do jasnego nieba w rydwanie, i tyle go zobaczę".

Kiedy jednak zapłaciłem za kilkanaście kur, które zadusił; kiedy wyciągnąłem go za kark, warczącego i wierzgającego łapami, ze stu czternastu ulicznych bójek; kiedy pewna rozjuszona niewiasta podsunęła mi pod nos martwego kota i nazwała mnie mordercą; kiedy sąsiad przyszedł z pretensją, że puszczam samopas groźnego psa, który pewnej mroźnej nocy przez dwie godziny nie pozwolił mu wyściubić nosa z własnej szopy na narzędzia; kiedy się dowiedziałem, że ogrodnik, bez mojej wiedzy, wygrał trzydzieści szylingów, stawiając na niego w zawodach w zabijanie szczurów na czas — zacząłem myśleć, że może mimo wszystko pozwolą mu zostać na ziemi trochę dłużej.

Pokręcić się koło stajni, skrzyknąć bandę najbardziej podejrzanych czworonogów w całym mieście i poprowadzić ją do walki z innymi psami spod ciemnej gwiazdy — oto jak Montmorency rozumie „życie". Z tego też powodu, jak już zostało nadmienione, z najwyższą aprobatą zareagował na sugestię zajazdów, gospód i hoteli.

Gdy już poczyniliśmy zadowalające nas wszystkich ustalenia noclegowe, pozostało tylko omówić, co zabierzemy ze sobą. Ledwie rozpoczęliśmy dyskusję, gdy Harris powiedział, że dość ma gadania na jeden wieczór i zaproponował, byśmy wyszli trochę odetchnąć, znalazł bowiem lokal, dwa kroki stąd, gdzie dają niezgorszą irlandzką whisky.

George dodał, że go suszy (nie pamiętam chwili,

żeby go nie suszyło), ja zaś miałem przeczucie, że kropelka grogu z plasterkiem cytryny dobrze mi zrobi na moją dolegliwość, toteż obrady zostały jednomyślnie odroczone do następnego wieczoru. Zgromadzenie włożyło kapelusze i wyszło na dwór.

ROZDZIAŁ 3

Ustalenia organizacyjne – Metody pracy Harrisa – Jak starszy wiekiem domator zawiesza obraz – George wygłasza sensowną uwagę – Rozkosze porannej kąpieli – Zabezpieczenia na wypadek wywrotki.

Następnego wieczoru znów się więc spotkaliśmy, aby omówić i uzgodnić plany. Harris rozpoczął:

— Po pierwsze trzeba ustalić, co zabieramy ze sobą. Ty, Jerome, wyjmij kartkę papieru i zapisuj, ty, George, przynieś katalog żywności, i niech no ktoś da mi ołówek, to sporządzę listę.

Cały Harris, cały on — zawsze gotów dźwignąć brzemię obowiązków i włożyć je na cudze barki.

Zawsze mi przypomina mojego biednego wujka Podgera. Cały dom stawał na głowie, gdy tylko wujek Podger postanowił wykonać jakąś robotę. Załóżmy, że od ramiarza przynieśli obraz, który stał w jadalni i czekał, by go powiesić na ścianie. Ciocia Podger pytała, co z nim zrobić, a wujek Podger odpowiadał:

— Och, zostaw to mnie. Niech żadne z was nie zaprząta sobie tym głowy. Ja to zrobię.

Po czym zdejmował marynarkę i zabierał się do pracy. Najpierw posyłał służącą po gwoździe za sześć pensów, potem rozkazywał któremuś z chłopców, żeby ją dogonił i powiedział, jakie to mają być gwoździe; od tego momentu stopniowo brał do galopu cały dom.

— Idź i przynieś mi młotek, Will! — wołał. — A ty, Tom, przynieś linijkę. Będę potrzebował drabinę, i taboret kuchenny też się przyda. Aha, Jim! Pobiegniesz do pana Gogglesa i powiesz: „Tato pozdrawia i pyta, jak szanowna noga i czy mógłby pożyczyć waserwagę". Ty zostań, Mario, bo będę potrzebował kogoś do przytrzymania światła. Kiedy wróci służąca, pójdzie jeszcze raz po kawałek sznurka. Aha, Tom! Gdzie jest Tom? Tom, chodź no tutaj, podasz mi obraz.

Potem podnosił obraz, upuszczał go, a gdy dzieło wypadało z ramy, chwytał za szybę, żeby się nie stłukła, i przecinał sobie dłoń, po czym gonił po całym pokoju, szukając chusteczki do nosa. Nie mógł znaleźć chusteczki, bo była w kieszeni marynarki, którą zdjął, a ponieważ nie wiedział, gdzie położył marynarkę, domownicy musieli zaprzestać poszukiwań narzędzi, aby zacząć szukać marynarki, podczas gdy on nieustannie się kręcił i wszystkim przeszkadzał.

— Czy w całym domu nie ma nikogo, kto wie, gdzie jest moja marynarka? Słowo daję, nigdy w życiu nie spotkałem takiej udanej paczki. W sześć osób nie potrafią znaleźć marynarki, którą odłożyłem ledwie pięć minut temu! A niech was…

Gdy potem wstawał i okazywało się, że cały czas na niej siedział, wołał do wszystkich:

— Możecie się już nie wysilać! Sam znalazłem. Równie dobrze mógłbym kazać kotu, żeby mi coś przyniósł.

Kiedy po półgodzinie palec został obwiązany, przyniesiono nową szybę i narzędzia, i drabinę, i świecę, podejmował jeszcze jedną próbę, a rodzina, łącznie z dziewczyną na posyłki i służącą, stawała półkolem, gotowa do pomocy. Dwie osoby musiały trzymać krzesło, trzecia pomagała wujkowi na nie wejść, czwarta podawała mu gwóźdź, piąta młotek. Brał gwóźdź do ręki i upuszczał na podłogę.

— No masz! — mówił obrażonym tonem. — Teraz znowu gwóźdź diabli wzięli.

Rodzina padała na kolana i myszkowała po kątach, podczas gdy on stał na krześle, jęczał i pytał, czy ma tak stać cały wieczór.

Gdy wreszcie gwóźdź się znalazł, wujek stwierdzał, że zapodział gdzieś młotek.

— Gdzie młotek? Co zrobiłem z młotkiem? Święci pańscy! Stoicie tu jak cielęta, gapicie się i nie wiecie, co zrobiłem z młotkiem!

Znajdowaliśmy młotek, a wówczas tracił z oczu miejsce, które sobie zaznaczył na ścianie pod gwóźdź. Musieliśmy kolejno stawać obok niego na krześle i próbować dojrzeć znak. Każde z nas dostrzegało go gdzie indziej, toteż wyzywał nas od durniów. Następnie brał linijkę i mierzył od nowa, a kiedy wychodziło, że potrzeba mu połowy z trzydziestu jeden i trzech ósmych cala, dostawał białej gorączki.

Wszyscy usiłowaliśmy policzyć to w głowach, każde z nas dochodziło do innego wyniku i szydziliśmy z siebie nawzajem. W ogólnym harmidrze zapominaliśmy, jaką liczbę należało podzielić, w związku z czym wujek Podger musiał dokonać kolejnego pomiaru.

Tym razem używał do tego celu kawałka sznurka, i w momencie krytycznym, gdy stary głupiec wychylał się na krześle pod kątem czterdziestu pięciu stopni, aby sięgnąć trzy cale dalej, niż pozwalało mu prawo ciążenia, sznurek wyślizgiwał mu się z palców i wujek spadał na fortepian, a nagłość, z jaką jego głowa i tułów uderzały we wszystkie klawisze naraz, wytwarzały znakomity efekt muzyczny.

Ciotka Maria mówiła wtedy, że nie zgadza się, aby dzieci słuchały takiego języka.

Wreszcie wujek Podger ustalał ponownie miejsce pod gwóźdź, lewą ręką przytykał go do ściany, a w prawą brał młotek. Pierwszym uderzeniem rozbijał sobie kciuk i z wrzaskiem upuszczał młotek na czyjeś stopy.

Ciotka Maria występowała z postulatem, aby następnym razem wujek uprzedził ją odpowiednio wcześnie o zamiarze wbicia gwoździa, to zorganizuje sobie na ten okres tygodniowy wyjazd do swojej matki.

— Ech, wy, kobiety, z wszystkiego robicie wielki problem — replikował wujek Podger. — Przecież ja lubię od czasu do czasu machnąć jakąś robótkę.

Potem podejmował jeszcze jedną próbę i tym razem, przy drugim uderzeniu, gwóźdź cały znikał w ścianie, za nim pół młotka, a wujek nabierał takiego impetu, że prawie rozkwaszał sobie nos.

Potem musieliśmy znowu znaleźć linijkę i sznurek, lecz po kolejnych próbach tynk odpadał całymi płatami. Wreszcie, koło północy, obraz wisiał — krzywo i niepewnie, a całe połacie ściany dokoła wyglądały jak równane grabiami. Wszyscy byliśmy ledwo żywi i przybici — z wyjątkiem wujka Podgera.

— No proszę! — mówił, schodząc ciężko z krzesła wprost na odciski służącej i z dumą lustrując dokonane przez siebie spustoszenia. — Są ludzie, którzy wzywają do takiej drobnostki fachowca!

Dokładnie na tego rodzaju człowieka wyrośnie Harris, jestem o tym przekonany i nie kryłem się z tym. Powiedziałem, że nie mogę pozwolić, by brał na siebie tyle pracy.

— Nie, ty przyniesiesz papier, ołówek i katalog, George będzie zapisywał, a ja zajmę się resztą.

Z pierwszej listy, którą sporządziliśmy, trzeba było zrezygnować. Było oczywiste, że górny bieg Tamizy nie jest żeglowny dla tak dużych łodzi, które zabrałyby wszystkie rzeczy uznane przez nas za niezbędne. Podarliśmy więc kartkę i spojrzeliśmy po sobie.

— Podeszliśmy do tego od złej strony — powiedział George. — Nie zastanawiajmy się nad rzeczami, które by się przydały, lecz nad tymi, bez których nie możemy się obejść.

George okazuje się czasem bardzo rozsądny. Zdziwilibyście się. Przemówiła przez niego czysta mądrość. Jego uwaga na temat bagażu ma szersze zastosowanie, także w odniesieniu do naszej żeglugi rzeką żywota. Iluż to ludzi, płynąc w ten rejs, niebezpiecznie przeciąża swoją łódź niedorzecznymi przedmiotami, które wydają się im niezbędnym warunkiem przyjemności i komfortu podróży, lecz w istocie są tylko zbędnym balastem.

Aż po wierzchołki masztów upychają biedny stateczek pięknymi strojami i wielkimi domami; niepotrzebną służbą i zgrają szykownych przyjaciół, którzy nie daliby za nich złamanego szeląga, choć sami nie są ani tyle warci; drogimi rozrywkami, które nikogo nie cieszą, ceregielami i modami, snobizmem i ostentacją, i wreszcie — och, najcięższy to, najbardziej szalony balast ze wszystkich! — obawą przed tym, co pomyśli sąsiad; zbytkami, które tylko zawadzają, rozrywkami, które nudzą, pustym przepychem, który jest jak dawnymi laty żelazna korona na głowie przestępcy, co wykrwawia i bólem przepełnia dźwigające ją skronie!

Wszystko to balast, człowiecze próżny — wszystko to balast! Wyrzuć go za burtę. Czyni on łódź tak ciężką, że niemal omdlewasz przy wiosłach. Czyni ją bezwładną i niebezpieczną w manewrowaniu, toteż ani na chwilę nie zaznasz ulgi od brzemienia troski i niepokoju, ani na chwilę nie pogrążysz się w rozmarzonej opieszałości — nie znajdziesz czasu, by spojrzeć, jak muskane wiatrem cienie falują na mieliźnie, jak promienie słońca mienią się połyskliwie pośród wodnych zmarszczek, jak wielkie drzewa nad brzegiem chylą głowy, by zobaczyć swą podobiznę; nie znajdziesz czasu, by spojrzeć na złocistozielone lasy, na lilie białe i żółte, na falowanie sitowia, na turzyce, na storczyki, na niebieskie niezapominajki.

Wyrzuć balast, człowiecze! Niech łódź twego żywota będzie lekka, załaduj na nią tylko to, czego naprawdę potrzebujesz — przytulny dom, proste przyjemności, paru przyjaciół godnych tego miana, osobę, którą kochasz i która ciebie kocha, kota, psa, zapas fajek, pod dostatkiem żywności i pod dostatkiem ubrań oraz trochę więcej niż pod dostatkiem napoju; pragnienie jest bowiem rzeczą niebezpieczną.

Od razu się przekonasz, że łodzią łatwiej się steruje, że jest mniej wywrotna, a nawet jeśli się wywróci, to nie szkodzi — rzetelnemu rzemiosłu woda niestraszna. Będziesz miał czas i pracować, i myśleć. Będziesz miał czas spijać słodycz żywota — będziesz miał czas słuchać eolskiej muzyki, którą boży wiatr wygrywa na harfach ludzkich serc — będziesz miał czas...

Najmocniej przepraszam, zboczyłem z tematu.

Sporządzenie listy pozostawiliśmy George'owi.

— Nie będziemy brać namiotu — zaproponował na początek — tylko łódź z plandeką. To dużo prostsze i wygodniejsze.

Pomysł wydawał się dobry, więc go zaakceptowaliśmy. Nie wiem, czy widzieliście kiedyś coś takiego. Mocuje się do burt żelazne kabłąki i rozpina na nich ogromną płachtę od dziobu do rufy, wskutek czego łódź zamienia się w rodzaj domku, gdzie jest cudownie przytulnie, choć odrobinę duszno; no ale nie ma róży bez kolców, jak powiedział człowiek, któremu umarła teściowa, gdy przyszli do niego po zapłatę za pogrzeb.

George powiedział, że w takim razie musimy zabrać lampę, po jednym kocu na głowę, trochę mydła, szczotkę i grzebień (do wspólnego użytku), szczoteczkę do zębów (każdy), miednicę, trochę proszku do zębów, przybory do golenia i dwa duże ręczniki. Zauważyłem, że ludzie czynią gigantyczne przygotowania kąpielowe, kiedy się wybierają w okolice wody, ale kiedy już są na miejscu, nie kąpią się wiele.

Tak samo jest z wyjazdem nad morze. Zawsze sobie postanawiam — kiedy rozważam sprawę w Londynie — że codziennie wstanę wcześnie rano, żeby się popluskać przed śniadaniem, w związku z czym pieczołowicie pakuję parę kąpielówek i ręcznik plażowy. Zawsze zabieram czerwone kąpielówki. Uważam, że w czerwonych jest mi bardzo do twarzy. Pasują do mojej karnacji. Kiedy jednak docieram nad morze, wczesna kąpiel nie wydaje się aż tak kusząca jak w mieście.

Przeciwnie, czuję, że chcę przeleżeć w łóżku do ostatniej chwili, a potem zejść prosto na śniadanie. Parę razy siła ducha zwyciężyła; wstałem o szóstej, ubrałem się połowicznie, zabrałem kąpielówki i ręcznik, po czym smętnie poczłapałem na plażę. Nie było to jednak przyjemne. Trzymają chyba specjalnie dla mnie siekący wschodni wiatr, gdy idę się wykąpać wcześnie rano; zbierają też wszystkie trójgraniaste kamienie i kładą na wierzchu, ostrzą skały, a szpice przysypują odrobiną piasku, żebym nie zauważył, odsuwają morze dwie mile dalej, żebym musiał brnąć, skulony i drżący, w wodzie po kostki. A kiedy wreszcie dotrę do morza, jest wzburzone i traktuje mnie po chamsku.

Wielka fala unosi mnie i ciska w pozycji siedzącej o skałę, którą specjalnie dla mnie tam ustawili. Zanim zdążę powiedzieć „Au! Oj!" i zorientować się, co mi strzeliło, fala wraca i wynosi mnie na środek oceanu. Miotam się panicznie w stronę brzegu i zastanawiam, czy jeszcze kiedyś zobaczę dom i znajomych, żałuję, że w dzieciństwie nie byłem milszy dla mojej siostry. Gdy już postradam wszelką nadzieję, fala wycofuje się i zostawia mnie rozczapierzonego jak rozgwiazda na piasku. Wstaję, odwracam się i widzę, że walczyłem o życie w wodzie głębokiej na dwie stopy. Biegnę z powrotem, ubieram się i wlokę do domu, gdzie udaję, że kąpiel była wyśmienita.

Wróćmy do naszej dyskusji. Z naszych wypowiedzi można było wywnioskować, że wszyscy mamy zamiar codziennie rano przepłynąć wpław parę mil. George powiedział, jaka to rozkosz zbudzić się na łodzi o rześkim poranku i dać nura do kryształowej wody. Harris na to, że nic bardziej nie dodaje mu apetytu niż poranne pływanie. Stwierdził, że u niego zawsze pobudza apetyt. George zagroził, że jeśli wskutek tego Harris będzie jadł więcej niż zwykle, on wystąpi o całkowity zakaz kąpieli dla Harrisa. Powiedział, że i bez tego transport zapasów żywności dla Harrisa będzie mordęgą.

Uprzytomniłem wszakże George'owi, o ile przyjemniejsze będzie obcowanie na łódce z Harrisem czystym i umytym, nawet jeśli będziemy musieli zabrać kilka cetnarów prowiantu więcej; gdy ujrzał sprawę w tym świetle, wycofał swój sprzeciw wobec kąpieli Harrisa. Ostatecznie zgodził się także, iż powinniśmy wziąć trzy ręczniki kąpielowe, abyśmy nie musieli na siebie nawzajem czekać.

Co się tyczy ubrań, George orzekł, iż wystarczą po dwie pary kompletów flanelowych, jeżeli będziemy je sami prali w rzece, gdy się zbrudzą. Spytaliśmy, czy próbował kiedyś prać flanelę w rzece, na co odparł, że „sam osobiście niby nie", ale zna jakichś gości, którzy prali, z dobrym skutkiem. Harris i ja wykazaliśmy się brakiem czujności i uznaliśmy, że wie, o czym mówi; że trzech szanujących się młodych ludzi, pozbawionych pozycji społecznej i wpływów, jak również doświadczenia pralniczego rzeczywiście może prać własne koszulki i spodnie w rzece za pomocą kawałka mydła.

Mieliśmy się dowiedzieć w niedalekiej przyszłości, kiedy było już za późno, że George jest nędznym szarlatanem, który nie ma w tej sprawie absolutnie nic do powiedzenia. Gdybyście widzieli te ubrania po…

ale, jak mawiają autorzy marnych dreszczowców, nie uprzedzajmy wypadków.

George przekonał nas, abyśmy zabrali drugą zmianę bielizny i mnóstwo skarpet, na wypadek wywrotki łodzi; także mnóstwo chusteczek, gdyż przydadzą się do wycierania różnych rzeczy, oraz parę skórzanych butów oprócz kaloszy, również na wypadek wywrotki.

ROZDZIAŁ 4

Kwestia żywieniowa — Sprzeciw wobec nafty jako ciała zbyt lotnego — Zalety sera jako towarzysza podróży — Kobieta zamężna porzuca dom — Dalsze zabezpieczenia na wypadek wywrotki — Pakuję się — Perfidia szczoteczek do zębów — George i Harris pakują się — Okropne zachowanie Montmorency'ego — Udajemy się na spoczynek.

Następnie omówiliśmy kwestię żywieniową. George powiedział:

— Zacznijmy od śniadania. — (George jest bardzo praktyczny). — Teraz tak: do śniadania będzie nam potrzebna patelnia — (Harris wtrącił, że to ciężkostrawne, co uznaliśmy za kiepski dowcip) — czajniczek i imbryk, i maszynka denaturatowa.

— Nie naftowa — zaznaczył George z wymownym spojrzeniem; Harris i ja zgodziliśmy się z nim.

Kiedyś zabraliśmy maszynkę naftową, „pierwszy i ostatni raz". Przez cały ten tydzień czuliśmy się, jakbyśmy mieszkali w rafinerii. Nafta jest substancją nie tylko niezwykle lotną, ale i dociekliwą. Wciskała się wszędzie. Jeszcze nigdy czegoś podobnego nie widziałem. Trzymaliśmy maszynkę na dziobie, lecz nafta ciekła aż na rufę, impregnując całą łódkę i wszystko, co napotkała na swej drodze. Nafta przenikała do atmosfery, naznaczając swym piętnem krajobraz i psując klimat. Petrowiatry ciągnęły to ze wschodu, to z zachodu; czasem wiała petrobryza z północy, to znowu petrozefir z południa. Czy zrodzony pośród arktycznych śniegów czy pośród piaszczystych połaci pustyni, wiatr nieodmiennie sycił nasze nozdrza aromatem nafty. Diabelska nafta szpeciła urodę zachodów słońca, a co się tyczy promieni księżyca, po prostu cuchnęły naftą.

Próbowaliśmy się od niej uwolnić w Marlow. Zeszliśmy z łódki koło mostu i wyruszyliśmy na spacer po mieście, ale poszła za nami. Całe miasto było przesiąknięte naftą. Gdy mijaliśmy cmentarz, odnieśliśmy wrażenie, że nieboszczyków tam nie grzebią, tylko zalewają naftą. Na głównej ulicy niemiłosiernie cuchnęło naftą. Dziwiliśmy się, jak ludzie mogą tam mieszkać. Wędrowaliśmy wiele mil w stronę Birminghamu, lecz na próżno: cały kraj skąpany był w nafcie.

Po zakończeniu tej podróży spotkaliśmy się wszyscy na odludnym polu pod rozszczepionym dębem i klęliśmy się na wszystkie świętości (klęliśmy, rzecz jasna, przez cały ten tydzień, lecz na zwyczajną, drobnomieszczańską modłę, teraz sprawa była poważniejsza) — klęliśmy się na wszystkie świętości, że już nigdy nie zabierzemy ze sobą na łódkę żadnych produktów rafineryjnych — no, chyba że w celach leczniczych.

Wobec powyższego tym razem zdecydowaliśmy się na spirytus denaturowany. Nie twierdzę bynajmniej, że to sielanka. Nie wszyscy przepadają za denaturowanym pasztetem i denaturowanym ciastem. Jednakże organizm znacznie lepiej toleruje duże ilości denaturatu niż duże ilości nafty.

Prócz tego do śniadania George zasugerował jaja na boczku (łatwo się przyrządza), wędliny, herbatę, chleb z masłem i dżemem. Na drugie śniadanie, powiedział, jedlibyśmy biszkopty, wędlinę, chleb z masłem i dżemem — lecz żadnego sera. Ser, podobnie jak nafta, ma zbyt wielkie wyobrażenie o sobie. Chce zagarnąć dla siebie całą łódkę. Panoszy się w koszyku i nadaje wszystkiemu serowy smak. Po jakimś czasie nie potrafisz powiedzieć, czy to, co masz w ustach, to szarlotka, parówka czy poziomki ze śmietaną. Wszystko jest serowe. Ser zanadto obnosi się ze swoją wonią.

Pewien znajomy kupił kiedyś w Liverpoolu dwa krążki sera. Cóż to były za wspaniałe okazy, dojrzałe i soczyste, a ich wysokooktanowy zapach niósł się na trzy mile i potrafił z odległości dwustu jardów zwalić z nóg dorosłego człowieka. Byłem wtedy przejazdem w Liverpoolu. Znajomy spytał, czy byłbym tak miły i zabrał sery z sobą do Londynu, bo on ma zamiar zostać jeszcze parę dni, a nie jest wskazane trzymać ser tak długo.

— Ależ z przyjemnością, drogi przyjacielu — odrzekłem — z przyjemnością.

Zabrałem sery i wsiadłem do dorożki. Była to stara drynda, którą ciągnęła słaniająca się na nogach szkapina o świszczącym oddechu (w ferworze rozmowy właściciel nazwał ją raz koniem). Położyłem sery na wierzchu, po czym ruszyliśmy majestatycznie z prędkością, której mógłby nam pozazdrościć wyścigowy walec parowy. Wszystko szło jak z płatka nagrobnej chryzantemy, póki nie wzięliśmy zakrętu. Wiatr tchnął serowym aromatem w nozdrza naszego pegaza. Nagle zbudzona szkapa zarżała ze strachu i pognała z prędkością trzech mil na godzinę. Wiatr nadal wiał w jej kierunku, toteż zanim skończyła się ulica, osiągnęliśmy już prawie cztery mile na godzinę, nie dając żadnych szans kalekom i najczerstwiejszym ze staruszek. Prócz woźnicy potrzeba było jeszcze dwóch tragarzy, żeby ją zatrzymać na stacji. Pewnie i to by nie wystarczyło, gdyby któryś nie wykazał się przytomnością umysłu i nie przytknął jej do nozdrzy chusteczki, a następnie nie zapalił armeńskiego kadzidła. Gdy kupiłem bilet i dumnie wparadowałem na peron z serami pod pachą, ludzie z szacunkiem rozstępowali się na boki. Pociąg był zatłoczony, toteż byłem zmuszony wsiąść do przedziału, w którym jechało już siedem innych osób. Pewien gderliwy starszy pan wprawdzie zaprotestował, lecz mimo to wsiadłem, położyłem sery na półce, wcisnąłem się na siedzenie i z miłym uśmiechem powiedziałem, że mamy ładny dzień. Po upływie kilku chwil starszy pan zaczął się wiercić.

— Straszny tu zaduch — powiedział.

— Siekierę można powiesić — poparł go sąsiad.

Następnie obaj zaczęli węszyć i już za trzecim niuchem płuca odmówiły im posłuszeństwa — bez słowa wstali i wyszli. Potem powstała tęga matrona i orzekła, że to skandal, żeby zacna zamężna kobieta musiała się tak poniewierać, po czym chwyciła swoją torbę i osiem pakunków i wyszła. Pozostali czterej pasażerowie przez jakiś czas siedzieli spokojnie, dopóki pewien mężczyzna o uroczystym wyrazie twarzy (sądząc po stroju i ogólnej aparycji — z branży karawaniarskiej) nie orzekł, że zapach przywodzi mu na myśl martwe niemowlę. Pozostali trzej pasażerowie nie zmieścili się naraz w drzwiach, toteż doznali uszczerbku na ciele.

Uśmiechnąłem się do dżentelmena w czerni i powiedziałem, że chyba będziemy mieli przedział dla siebie. Roześmiał się życzliwie i odparł, że niektórzy ludzie potrafią zrobić awanturę o byle drobiazg. Jednak gdy ruszyliśmy, jego również ogarnęła dziwna melancholia, toteż gdy minęliśmy Crewe, zaprosiłem go na drinka. Przebrnęliśmy do bufetu, gdzie przez piętnaście minut wrzeszczeliśmy, tupaliśmy i wymachiwaliśmy parasolami. Przyszła wreszcie młoda dama i spytała, czy mamy jakieś życzenie.

— Co dla pana? — spytałem, odwracając się do mego współpasażera.

— Jeden głębszy. Trzy razy, jeśli pani łaskawa — odrzekł.

Wypiwszy zamówiony trunek, bez słowa pożegnania udał się do innego wagonu, co uznałem za grubiaństwo.

Od Crewe miałem przedział dla siebie, chociaż pociąg był zatłoczony. Gdy przystawaliśmy na kolejnych stacjach, ludzie, widząc pusty przedział, biegli ku niemu na wyścigi. „Chodź ino, Maria, kupa miejsca", „Szybko, Tom, tu wsiadamy" — wrzeszczeli. Gnali po peronie z ciężkimi tobołami i przepychali się, by być pierwszymi. Ktoś otwierał drzwi, wspinał się po schodach, po czym bezwładnie opadał w ramiona stojącego za nim innego podróżnego. Wszyscy kolejno zaglądali, pociągali nosem i rezygnowali, po czym albo wciskali się do innych przedziałów, albo dopłacali do miejsca w pierwszej klasie.

Z dworca Euston zaniosłem sery do domu znajomego. Kiedy do pokoju weszła jego żona, natychmiast złapała trop.

— Co to jest? Proszę mówić prawdę, zniosę choćby najgorsze.

— To sery. Tom kupił je w Liverpoolu i poprosił mnie, żebym je przywiózł. Chyba pani rozumie, mam nadzieję, że to nie moja sprawka.

Odparła, że jest tego pewna, ale porozmawia z Tomem po jego powrocie.

Pobyt mojego przyjaciela w Liverpoolu przeciągnął się. Gdy po trzech dniach jeszcze go nie było, jego żona złożyła mi wizytę.

— Czy Tom mówił coś na temat tych serów? — spytała.

— Kazał je trzymać w wilgotnym miejscu i zabronił ruszać.

— Nie sądzę, żeby ktokolwiek miał na to ochotę. Czy Tom je wąchał?

Odparłem, że chyba tak, po czym dodałem, że wydawał się bardzo do nich przywiązany.

— Czy sądzi pan, że miałby do mnie żal — drążyła — jeślibym dała komuś suwerena za zakopanie ich w ziemi?

Odparłem, że moim zdaniem na jego obliczu już nigdy nie zagościłby uśmiech. Nagle ją olśniło.

— Czy byłby pan tak łaskaw i przechował je dla niego? Każę je przynieść, żeby się pan nie musiał fatygować.

— Proszę pani — odparłem — osobiście przepadam za zapachem sera, a odbytą w towarzystwie tych krążków podróż z Liverpoolu zawsze będę uważał za szczęśliwe zwieńczenie miło spędzonego urlopu. Nie żyjemy jednak sami na tym bożym świecie. Dama, która łaskawie udziela mi gościny pod swym dachem, jest wdową, jak również, o ile wiem, sierotą. Ma zwyczaj niezwykle stanowczo i dobitnie sprzeciwiać się ludziom, którzy, jak to określa, „urządzają sobie z niej kpinki". Obecność serów pani męża pod swoim dachem uznałaby, czuję to instynktownie, za „urządzanie sobie kpinek", a ja nigdy do tego nie dopuszczę, aby mówiono, że urządzam sobie kpinki z wdowy i sieroty.

— Dobrze zatem — powiedziała żona przyjaciela, wstając do wyjścia. — Nie pozostaje mi nic innego, jak tylko zabrać dzieci i przeprowadzić się do hotelu, dopóki sery nie zostaną zjedzone. Nie zamierzam ani chwili dłużej mieszkać z nimi pod jednym dachem.

Dotrzymała słowa, zostawiając dom pod opieką sprzątaczki, która, spytana, czy dobrze znosi zapach, odparła: „Jaki zapach?". Gdy przykazano jej, by przytknęła nos do serów i mocno wciągnęła powietrze do płuc, powiedziała, że chyba wyczuwa nikłą woń arbuza. Uznano zatem, że przebywanie w serowym mikroklimacie nie stanowi dla niej poważniejszego zagrożenia i można ją bez obawy zostawić.

Rachunek za hotel wyniósł piętnaście gwinei; mój przyjaciel, dokonawszy obliczeń, stwierdził, że ser kosztował go osiem gwinei za funt. Powiedział, że wprawdzie uwielbia zjeść kawałeczek sera do obiadu, ale na taki zbytek go nie stać. Postanowił więc pozbyć się serów. Wrzucił je do kanału, lecz zmuszony był je na powrót odłowić, wskutek narzekań flisaków. Powiedzieli, że mnożą się wypadki niebezpiecznych omdleń. Pewnej ciemnej nocy zaniósł więc sery do kostnicy parafialnej, tam jednak odkrył je grabarz i urządził dziką awanturę. Powiedział, że to spisek;

mój znajomy chce pobudzić umrzyków i pozbawić go środków do życia.

Przyjaciel pozbył się nareszcie serów, zawożąc je do nadmorskiego miasta i zakopując na plaży. Miejscowość zrobiła dzięki temu olbrzymią furorę. Turyści dziwili się, dlaczego wcześniej nie zauważyli, jak musujące jest tam powietrze. Przez wiele lat do stacji klimatycznej zjeżdżały tłumy suchotników i chorych na bronchit.

Chociaż więc lubię ser, uważam, że protest George'a był słuszny.

— Z herbatki o piątej zrezygnujemy — (Harrisowi wydłużyła się mina) — ale odbijemy to sobie o siódmej i zjemy jednocześnie obiad, podwieczorek i kolację.

Harris rozpogodził się. George zaproponował konserwy mięsne, owoce, wędliny, pomidory i zieleninę. Do picia zabraliśmy pyszny syrop — odkrycie Harrisa — który mieszało się z wodą i nazywało lemoniadą, mnóstwo herbaty i butelkę whisky, na wypadek wywrotki, jak powiedział George.

Pomyślałem, że George coś za często wspomina o wywrotce. Z takim nastawieniem lepiej w ogóle nie wybierać się w podróż.

Cieszę się jednak, że zabraliśmy whisky.

Z piwa i wina zrezygnowaliśmy. Źle służą w czasie rzecznej żeglugi. Człowiek staje się po nich senny i ociężały. Kufelek piwa, gdy wałęsacie się po mieście i podrywacie dziewczęta — zgoda. Ale nie pijcie, kiedy z nieba leje się żar, a was czeka ciężka praca.

Zanim rozeszliśmy się tego wieczoru do domów, sporządziliśmy wykaz rzeczy do zabrania, który zrobił się całkiem pokaźny. Następnego dnia, czyli w piątek, zgromadziliśmy je wszystkie i spotkaliśmy się wieczorem na pakowanie. Przynieśliśmy dużą walizę na ubrania oraz dwa kosze wiklinowe na żywność i przybory kuchenne. Przesunęliśmy stół pod okno, ułożyliśmy wszystko na środku pokoju i zasiedliśmy do oględzin naszego dobytku.

Zaproponowałem, że będę pakował.

Przyznaję bez bicia, że pakowanie jest moją chlubą. Należy do tych licznych umiejętności, w których czuję się niedoścignionym mistrzem. (Sam jestem czasem zaskoczony, jak wiele jest tych dziedzin). Nie widziałem powodu, by kryć się z tym przed George'em i Harrisem. Powiedziałem, żeby mnie pozostawili całą sprawę. Gotowość, z jaką przystali na moją propozycję, miała w sobie coś tajemniczego. George nabił fajkę i umościł się w fotelu, a Harris skrzyżował nogi na stole i zapalił cygaro.

Rozmijało się to zupełnie z moimi intencjami. Chodziło mi, rzecz jasna, o to, bym ja sterował całą robotą, a oni karnie wykonywali polecenia, no, chyba że nie umieliby sobie z czymś poradzić — odsuwałbym ich wtedy na bok z życzliwym „Ech, ty...", „Daj, ja to zrobię", „Proszę, wcale nie takie trudne!" Słowem, chciałem, żeby się odrobinę podszkolili pod moim kierunkiem. Byłem poirytowany, że tak opacznie mnie zrozumieli. Nic mnie bardziej nie irytuje niż widok ludzi, którzy się obijają, gdy ja pracuję.

Mieszkałem kiedyś z człowiekiem, który doprowadzał mnie tym do szaleństwa. Rozwalał się na sofie i godzinami patrzył, jak pracuję koło domu, chodził za mną po pokojach i wodził za mną oczyma. Powiedział, że to dla niego prawdziwe dobrodziejstwo tak patrzeć, jak się krzątam. Nabiera dzięki temu przekonania, że życie nie jest czczym snem, który można przedrzemać, ziewając z rzadka, lecz wzniosłym posłannictwem, pełnym trudów i obowiązków. Nie mógł zrozumieć, jakim cudem zupełnie się nie załamał, zanim mnie poznał, gdy nie miał nikogo, komu mógłby się przyglądać przy pracy.

Ja jestem z innej gliny. Nie potrafię siedzieć bezczynnie i patrzeć, jak ktoś inny wypruwa sobie żyły. Ja chcę wstać i nadzorować, chodzić dokoła niego z rękami w kieszeniach i mówić, co ma robić. Taką już mam energiczną naturę. To silniejsze ode mnie.

Nic jednak nie powiedziałem, tylko zacząłem pakowanie. Robota okazała się bardziej czasochłonna, niż początkowo sądziłem. W końcu jednak zapakowałem walizę, usiadłem na niej i zapiąłem rzemienie.

— Nie będziesz pakował butów? — spytał Harris.

Rozejrzałem się dokoła i stwierdziłem, że istotnie zapomniałem o butach. Cały Harris. Nie mógł, oczywiście, pisnąć choć słówka, zanim zamknąłem i zapiąłem walizę. A George zaśmiał się — tym swoim irytującym, głupkowatym, rzężącym śmiechem, który doprowadza mnie do białej gorączki.

Otworzyłem walizę i włożyłem do środka buty. Nagle, gdy miałem ją z powrotem zamknąć, naszła mnie straszna myśl. Czy zapakowałem swoją szczoteczkę do zębów? Nie wiem, jak to się dzieje, ale nigdy nie pamiętam, czy zapakowałem szczoteczkę do zębów.

Szczoteczka do zębów zawsze mnie prześladuje podczas podróży i zatruwa mi życie. W nocy śni mi się, że jej nie zapakowałem, budzę się zlany zimnym potem, wstaję z łóżka i wszędzie jej szukam. Rano pakuję ją, zanim umyję zęby, po czym się okazuje, że jest na samym dnie walizki. Przy ponownym pakowaniu zapominam ją włożyć do środka, w ostatniej chwili biegnę po nią na górę i niosę na stację w chusteczce do nosa.

Oczywiście musiałem przetrząsnąć całą walizę i oczywiście szczoteczki do zębów nie znalazłem. Gdy wszystko przerzuciłem, dokoła powstał chaos, jaki zapewne poprzedzał stworzenie świata. Oczywiście na George'ową i Harrisową natknąłem się po sto razy, ale swojej nie znalazłem. Wkładałem rzeczy do walizki po jednej, unosząc je i potrząsając. Znalazłem szczoteczkę w bucie. Znów wszystko zapakowałem.

Kiedy skończyłem, George spytał, czy jest w środku mydło. Powiedziałem, że guzik mnie obchodzi, czy jest w środku mydło. Z hukiem zatrzasnąłem wieko, zapiąłem rzemienie, lecz okazało się, że włożyłem do środka kapciuch z tytoniem, więc musiałem znów otworzyć. Walizkę ostatecznie domknęliśmy o 22.05, po czym zostały jeszcze kosze wiklinowe. Harris powiedział, że dobrze byłoby wyruszyć za jakieś dwanaście godzin, więc on z George'em wezmą na siebie resztę. Pomyślałem, że pozwolę im zawalczyć.

Zabrali się do pracy raźno i wesoło, wyraźnie zamierzając mi pokazać, jak się to robi. Wstrzymałem się od komentarzy; tylko czekałem. Kiedy George'a powieszą, najgorszym pakowaczem na świecie zostanie Harris. Patrzyłem na sterty talerzy i filiżanek, czajników i butelek, słoików i konserw, piecyków i ciast, pomidorów i tym podobnych, i czułem, że czeka mnie interesujące widowisko.

Nie omyliłem się. Na początek zbili filiżankę. To była ich pierwsza inicjatywa. Chcieli w ten sposób pokazać, na co ich stać, żeby wzbudzić moje zainteresowanie.

Potem Harris zapakował dżem truskawkowy na pomidorze. Pomidor się zgniótł i musieli go wybierać łyżeczką.

Następnie przyszła kolej na George'a, który wdepnął w masło. Nie odezwałem się, tylko usiadłem na skraju stołu, żeby nic nie uronić z tego widowiska. Zdenerwowało ich to bardziej niż jakiekolwiek możliwe docinki. Czułem to. Byli roztrzęsieni i rozgorączkowani, ciągle na coś nadeptywali, odkładali rzeczy za siebie, a potem nie mogli nic znaleźć. Postawili ciężkie przedmioty na ciastach, zgniatając je na apetyczną maź. Przyprószyli wszystko warstwą soli, a co się tyczy masła… Jeszcze nigdy nie widziałem, żeby ktoś osiągnął taki efekt za pomocą odrobiny masła. Kiedy George odlepił je wreszcie od podeszwy pantofla, próbowali je włożyć do imbryka. Nie chciało wejść, a to, co już było w środku, nie chciało wyjść. Jakoś je jednak wyskrobali i położyli na krześle. Harris usiadł na nim, przylepiło mu się do spodni, po czym szukali go po całym pokoju.

— Przysięgam, że je położyłem na tym krześle — powiedział George wpatrzony w puste siedzenie.

— Sam widziałem, jak dopiero co kładłeś — przyznał Harris.

I obaj zaczęli krążyć po pokoju w poszukiwaniu masła.

— To najbardziej niezwykła historia, o jakiej kiedykolwiek słyszałem — powiedział George, gdy stanęli przed sobą na środku pokoju

— Tajemnicza sprawa — dodał Harris.

Potem George przypadkiem znalazł się za plecami Harrisa i tajemnica się wyjaśniła.

— Jest! Mogliśmy tak szukać do rana! — zawołał z oburzeniem.

— Gdzie? — spytał Harris, obróciwszy się na pięcie.

— Nie możesz choć chwilę ustać spokojnie? — warknął George, obiegając go wkoło.

Odlepili masło i upchnęli w czajniczku do herbaty.

Montmorency nie był, rzecz jasna, tylko biernym świadkiem tych wydarzeń. Ambicją życiową Montmorency'ego jest plątać się pod nogami i wysłuchiwać obelg pod swoim adresem. Jeżeli zdoła wyrosnąć tam, gdzie go nie posiali, zaleźć ludziom porządnie za skórę, doprowadzić ich do szewskiej pasji i ściągnąć na siebie grad pocisków, czuje wtedy, że jego misja życiowa została na ten dzień wypełniona. Sprawić, by ktoś się na nim potknął i złorzeczył mu przez godzinę, to jego najszczytniejszy cel. Kiedy ten majstersztyk się powiedzie, pycha Montmorency'ego przerasta ludzką wytrzymałość.

Stale siadał akurat na tych rzeczach, na które przyszła kolej pakowania. Nic nie potrafiło go wytrącić z przekonania, że kiedy George i Harris sięgają po coś, na pewno chcą go pogłaskać po jego zimnym, mokrym nosie. Wkładał łapy do dżemu, droczył się z łyżeczkami, udawał, że cytryny to szczury, toteż wskoczył do koszyka i zdążył ukatrupić trzy sztuki, zanim Harris dopadł go z patelnią.

Harris powiedział, że go podjudzam. Bzdura. Montmorency nie potrzebuje żadnego podjudzania. Tego rodzaju postępowanie jest u niego wrodzone.

Skończyli za dziesięć pierwsza. Harris usiadł na dużym koszu i powiedział:

— Mam nadzieję, że nic się nie stłukło.

George odparł, że co się miało stłuc, to się stłukło. Refleksja ta wyraźnie dodała mu otuchy. Stwierdził, że ma ochotę pójść spać. Wszyscy mieliśmy ochotę pójść spać. Ponieważ było uzgodnione, że Harris nocuje u nas, poszliśmy na górę. Rzuciliśmy monetą i wypadło, że Harris będzie spał ze mną. Harris spytał, którą stronę łóżka wolę. Odpowiedziałem, że wolę na wierzchu. Harris uznał to za kiepski dowcip.

— O której was zbudzić, chłopcy? — spytał George.

— O siódmej — odparł Harris.

— Nie, o szóstej — skorygowałem, bo chciałem napisać kilka listów.

Doszło do sprzeczki, lecz w końcu każdy oddał po połowie.

— Obudź nas o wpół do siódmej, George — powiedzieliśmy.

George nie odezwał się ani słowem. Gdy podeszliśmy do jego łóżka, okazało się, że śpi. Ustawiliśmy miednicę tak, żeby się o nią potknął, wstając rano z łóżka, i poszliśmy w jego ślady.

ROZDZIAŁ 5

PANI POPPETS NAS BUDZI – WAŁKOŃ GEORGE – SZWINDEL Z „PROGNOZĄ POGODY" – NASZ BAGAŻ – NIKCZEMNOŚĆ MAŁEGO URWISA – TŁUM GROMADZI SIĘ WOKÓŁ NAS – ODJEŻDŻAMY W WIELKIM STYLU I PRZYBYWAMY NA WATERLOO – SŁODKA IGNORANCJA URZĘDNIKÓW KOLEJOWYCH W SPRAWACH TAK PRZYZIEMNYCH JAK POCIĄGI – PŁYNIEMY, PŁYNIEMY OTWARTĄ ŁODZIĄ.

NASTĘPNEGO ranka zbudziła nas pani Poppets.

— Pan wie, że idzie na dziewiątą? — spytała.

— Co idzie na dziewiątą?! — zawołałem, zrywając się.

— Na dziewiątą godzinę — odparła przez dziurkę od klucza. — Pomyślałam, żeście panowie zaspali.

Zbudziłem Harrisa i przedstawiłem mu sytuację.

— Jeśli się nie mylę, chciałeś wstać o szóstej — wymamrotał.

— Chciałem. Dlaczego mnie nie obudziłeś?

— Jak cię miałem obudzić, skoro sam spałem? Minie południe, zanim znajdziemy się na wodzie. Że też w ogóle chce ci się wstawać.

— Masz szczęście, że mi się chce — odparłem. — Gdybym cię nie obudził, leżałbyś tu przez dwa tygodnie.

Warczeliśmy na siebie w tym duchu przez następne kilka minut, póki nie przerwało nam zgorszone chrapnięcie George'a. Przypomniało nam to o jego istnieniu. Człowiek, który chciał wiedzieć, o której godzinie ma nas obudzić, leżał na plecach, z szeroko otwartymi ustami i podciągniętymi wysoko kolanami.

Nie mam pojęcia, skąd się to we mnie bierze, ale na widok człowieka, który śpi, gdy ja już wstałem, ogarnia mnie zgroza. Czuję się wstrząśnięty, widząc, jak ktoś marnotrawi bezcenne chwile swego życia — chwile, które już nigdy nie powrócą — na zwyczajny zwierzęcy sen.

Oto George, pomyślałem, w swym bezwstydnym próżniactwie trwoni nieoceniony dar czasu; oto jego drogocenne życie, z którego będzie kiedyś musiał zdać rachunek sekunda po sekundzie, odchodzi w przeszłość niewykorzystane. Zamiast wsuwać jaja na bekonie, drażnić psa lub emablować pokojówkę, leżał bezwładnie, pogrążony w zabójczej dla duszy bezprzytomności.

Była to straszna myśl. Poraziła nas z Harrisem dokładnie w tej samej chwili. Postanowiliśmy go ocalić. W obliczu tego szlachetnego celu nasze własne nieporozumienia poszły w niepamięć. Rzuciliśmy się przez pokój, zdarliśmy z George'a pościel, Harris zdzielił go pantoflem, ja wrzasnąłem mu do ucha i obudził się.

— Zoszędżeje? — indagował, usiadłszy na łóżku.

— Wstawaj, beko sadła! — ryknął Harris. — Za kwadrans dziesiąta.

— Co?! — wrzasnął, wyskakując z łóżka do miednicy. — Kto to tutaj postawił, do diabła?

Stwierdziliśmy, że trzeba nie mieć oczu, żeby nie zauważyć miednicy.

Ubraliśmy się, a kiedy przyszło do toalety, przypomnieliśmy sobie, że szczoteczki do zębów (ta zmora wpędzi mnie kiedyś do grobu), szczotka i grzebień są w walizie na parterze. Kiedy już je odzyskaliśmy, George'owi zachciało się przyborów do golenia. Powiedzieliśmy mu, że tego ranka musi się obejść bez golenia, bo już więcej nie rozpakujemy tej walizki, nawet dla jego pięknych oczu.

— Nie wygłupiajcie się. Przecież nie pójdę tak do City — zaoponował.

Zaiste, biedne City, ale cóż dla nas znaczyło ludzkie cierpienie? Jak to ujął Harris, na swą zwykłą, prostacką modłę, City może się wypchać.

Zeszliśmy na śniadanie. Montmorency zaprosił dwa inne psy, żeby go wyprawiły w drogę. Dla skrócenia czasu walczyły ze sobą na progu. Uciszyliśmy je za pomocą parasola, po czym zasiedliśmy do kotletów oraz schabu na zimno.

— Podstawowa rzecz to dobre śniadanie — powiedział Harris, poczynając od dwóch kotletów (inaczej by wystygły, a schab może zaczekać, wyjaśnił).

George otworzył gazetę i przeczytał nam kronikę wypadków rzecznych oraz prognozę pogody. Zapowiadano: „Deszczowo i chłodno, zachmurzenie duże z przejaśnieniami, lokalnie burze, wiatr wschodni, niż nad hrabstwami południowymi (Londyn i La Manche). Ciśnienie spada".

Uważam, że ze wszystkich głupawych, dziecinnych wybryków, jakimi jesteśmy nękani, ta szarlataneria z „prognozą pogody" należy do najdokuczliwszych. „Prognozuje" pogodę dokładnie taką samą jak wczorajsza i przedwczorajsza, dokładnie zaś odwrotną do dzisiejszej.

Pamiętam, że kiedyś zupełnie sobie zmarnowałem jesienny urlop, gdyż potraktowałem poważnie notkę o pogodzie w lokalnej gazecie. „Na dzień dzisiejszy przewiduje się możliwość ulewnych deszczów i burz" — czytaliśmy w poniedziałek, więc rezygnowaliśmy z pikniku i spędzaliśmy cały dzień pod dachem, czekając na deszcz. Ludzie mijali nasz dom w kabrioletach i koczach, radośni jak szczygiełki, a słońce prażyło z bezchmurnego nieba.

— Och! — mówiliśmy, wyglądając przez okno. — Wrócą cali przemoczeni!

Rechotaliśmy na myśl, jak strasznie zmokną, dorzucaliśmy do ognia i sięgaliśmy po książki bądź siadaliśmy do porządkowania zielników i kolekcji muszelek. O dwunastej, gdy upał w nasłonecznionym pokoju stawał się nie do zniesienia, zaczynaliśmy się niecierpliwić, kiedy wreszcie nadciągną te ulewne deszcze i przelotne burze.

— Zobaczysz, co się będzie działo po południu! — mówiliśmy sobie nawzajem. — Ale ich zmoczy! Co za ubaw!

O pierwszej gospodyni przychodziła spytać, czy nie zamierzamy nigdzie wyjść w taki cudowny dzień.

— Nie, nie — odpowiadaliśmy z poczuciem wyższości w głosie — dziękujemy za radę. Kto chce, niech moknie, jego sprawa!

Kiedy miało się już ku wieczorowi, a deszcz jak nie padał, tak nie padał, próbowaliśmy pocieszać się myślą, że lunie z jasnego nieba, złapie ludzi w drodze do domu, z dala od wszelkiego schronienia i wtedy dopiero wytaplają się aż miło. Nie spadała jednak ani kropla, a po wspaniałym dniu nadchodziła cudowna noc.

Następnego ranka czytaliśmy, że będzie „ciepło i bezchmurnie, lokalne upały". Ubieraliśmy się więc przewiewnie i wychodziliśmy z domu. Pół godziny później zaczynało pluć żabami i wzmagał się ostry, przenikliwy wiatr. „Ciepła i bezchmurna" pogoda utrzymywała się przez cały dzień, więc wracaliśmy do domu przeziębieni i połamani reumatyzmem, aby położyć się do łóżka.

Pogoda jest czymś, co mnie zupełnie przerasta. Nie potrafię zrozumieć, jak to działa. Barometr jest bezużyteczny, równie zwodniczy jak prognoza w gazecie.

Pamiętam barometr, który wisiał na ścianie w hotelu w Oksfordzie, gdzie się zatrzymałem zeszłej wiosny. Wskazówka stała nieruchomo na „pogodnie". Na zewnątrz lało jak z cebra, od samego rana. Coś mi się tu nie zgadzało, więc postukałem, a wskazówka zaraz podskoczyła i zatrzymała się na „słonecznie". Przechodzący obok boy hotelowy rzucił w przelocie, że jego zdaniem barometr ma na myśli dzień jutrzejszy. Odparłem, że chyba ma na myśli przedostatni tydzień, ale boy był pewien, że się mylę.

Następnego ranka znów postukałem w barometr. Poszedł jeszcze wyżej, a deszcz padał, jakby otworzyły się wszystkie spusty niebieskie. W środę znów postukałem. Wskazówka minęła „pogodnie", „słonecznie, „upalnie" i chciała iść dalej, ale skończyła się skala. Starała się, jak mogła, ale przyrząd był tak skonstruowany, że bardziej optymistyczne przepowiednie doprowadziłyby do jego zniszczenia. Najwyraźniej chciała pójść dalej, wywróżyć suszę, niedobory wody pitnej, udar słoneczny, pustynnienie gleby i temu podobne, lecz skala na to nie pozwalała; wskazówka musiała się zadowolić pospolitym „upalnie".

Tymczasem deszcz lał z nieba miarową strugą, a dolna część miasta znalazła się pod wodą, gdyż rzeka wystąpiła z brzegów.

Boy powiedział, że dłuższy okres świetnej pogody kiedyś bez wątpienia będziemy mieli, po czym odczytał poemat wydrukowany nad wyrocznią:

Po cóż wróżyć na jutro, skoro dzień mija za dniem,
rok za rokiem.
Ku dalszym horyzontom patrzę mym proroczym
wzrokiem.

Tamtego lata piękna pogoda nie nadeszła. Sądzę, że przyrząd był już myślami przy następnej wiośnie.

Są też te barometry w nowym stylu, długie i proste. Za nic nie mogę się w nich połapać. Jedna strona pokazuje dziesiątą rano wczoraj, druga — dziesiątą rano dzisiaj. Ale przecież trudno dzień w dzień tak wcześnie wstawać. Te nowe barometry są strasznie udziwnione: pada, idą do góry, nie pada — też idą do góry. Jak w nie postukać, wcale nie reagują. Trzeba wziąć poprawkę na wysokość nad poziomem morza i przeliczyć wszystko na fahrenheity, a potem i tak nie wiem, czy mam zabrać ze sobą parasol. Ale kto chce, żeby mu wywróżyć złą pogodę? Wystarczy, że nas sponiewiera, jak przyjdzie. Po co się jeszcze wcześniej zamartwiać? Ze wszystkich proroków najbardziej lubimy starca, który w wyjątkowo ponury poranek, kiedy nam wyjątkowo zależy na pięknej pogodzie, mierzy horyzont przenikliwym okiem i mówi:

— Nie ma zmartwienia, łaskawy panie, na pewno się przejaśni. Jak nic się rozchmurzy, łaskawy panie.

„Furda barometry, ten się dopiero zna — myślimy, życząc mu miłego dnia. — Ależ ci staruszkowie czują te sprawy w kościach!"

Naszej sympatii do staruszka nie umniejsza okoliczność, że wcale się nie przejaśnia, tylko leje rzęsiście przez cały dzień. „No cóż — myślimy — starał się".

Inaczej z człowiekiem, który wróży złą pogodę. Wobec niego żywimy tylko gorzkie, mściwe uczucia.

— Przejaśni się, myśli pan? — wołamy wesoło, mijając go.

— Gdzie tam, łaskawy panie, jeszcze się zaciągnie — odpowiada, potrząsając głową.

„Stary dureń — mruczymy pod nosem — o niczym nie ma pojęcia!" Jeśli jego proroctwo się sprawdzi, wracamy do domu jeszcze bardziej rozgniewani, gdyż dręczy nas niejasne podejrzenie, że maczał w tym palce.

Tego rzadkiej urody poranka było zbyt jasno i słonecznie, żeby George zdołał nas poruszyć swymi mrożącymi krew w żyłach deklamacjami o „spadającym ciśnieniu" i „zaburzeniach atmosferycznych przemieszczających się na południe Europy". Gdy zauważył, że próba spaskudzenia nam humoru nie powiodła się i że traci tylko czas, zwędził papierosa, którego tak pieczołowicie skręciłem dla siebie, i wyszedł.

Harris i ja, posiliwszy się marnymi resztkami, które zostały po nim na stole, zaciągnęliśmy bagaż przed drzwi i czekaliśmy na dorożkę.

Gdyśmy zgromadzili wszystko w jednym miejscu, nasz ekwipunek urósł w niezłą stertę. Była tego jedna duża waliza, jedna torba podróżna, dwa kosze, gruby rulon koców, cztery czy pięć peleryn, płaszcze przeciwdeszczowe i kilka parasoli, dodatkowo melon w osobnej torbie, bo nie chciał się nigdzie zmieścić, dwa funty winogron w jeszcze jednej, japońska parasolka z bibułki i patelnia, która by wystawała z każdej torby, więc zawinęliśmy ją tylko w szary papier.

Patrząc na ten cały kram, zawstydziliśmy się trochę, choć szczerze mówiąc, nie wiem dlaczego. Nie zainteresowała się nami żadna dorożka, w przeciwieństwie do ulicznych urwisów, którym taki spektakl nie trafia się co dzień.

Pierwszy zatrzymał się przy nas chłopak od Biggsa. Biggs jest naszym dostawcą warzyw i ma pewien szczególny dar: lgną do niego najbardziej wykolejeni i pozbawieni zasad chłopcy na posyłki, jakich zrodziła cywilizacja. Jeżeli w naszej okolicy pojawi się jakiś szczególnie występny okaz łobuzerstwa, wiemy, że to najświeższy nabytek Biggsa. Powiedziano mi, że gdy została popełniona głośna zbrodnia przy Great Coram Street, nasza ulica natychmiast uznała, że stoi za tym chłopak od Biggsa (z ówczesnej epoki). Gdyby nie to, że wzięty w krzyżowy ogień pytań przez numer 19, wezwany nazajutrz po przestępstwie przez numer 21, który akurat stał na progu, dostarczył niezbitego alibi, miałby się z pyszna. Nie znałem chłopaka od Biggsa z tego okresu, ale dobrze wiem, co to za jedni, więc nie wierzyłbym za bardzo w to alibi.

Chłopak od Biggsa, jak już wspomniałem, wyszedł zza węgła. Najwyraźniej bardzo się spieszył, ale na widok Harrisa, mnie, Montmorency'ego i całego majdanu zwolnił kroku i obrzucił nas spojrzeniem. Harris i ja nasrożyliśmy się. Bardziej subtelna dusza stuliłaby uszy po sobie, ale chłopcy od Biggsa z reguły nie należą do przewrażliwionych. Wyhamował o jard od naszych stopni, po czym, oparłszy się o barierkę i wybrawszy sobie trawkę do żucia, zaczął świdrować nas wzrokiem. Wyraźnie czekał na rozwój wypadków.

Chwilę później drugą stroną ulicy przechodził chłopak od sklepikarza.

— Hej! Parter spod czterdziestego drugiego się wyprowadza!

Chłopiec od sklepikarza przeszedł przez jezdnię i zajął stanowisko po drugiej stronie stopni. Potem do kordonu gapiów przyłączył się młody dżentelmen z obuwniczego, natomiast naczelnik działu pustych butelek z baru „Pod Kotwicą" zajął niezależną pozycję na skraju trotuaru.

— Z głodu nie pomrą, co? — zagaił dżentelmen z obuwniczego.

— Też byś zabrał ze sobą parę rzeczy — odparował „Kotwica" — jakbyś miał przepłynąć czółnem Atlantyk.

— Oni nie płyną przez Atlantyk — wtrącił chłopak od Biggsa. — Oni płyną znaleźć Stanleya.

Tymczasem zdążył się zgromadzić spory tłum i ludzie rozpytywali się, o co chodzi. Stronnictwo reprezentujące w tłumie młodość i zapalczywość utrzymywało, że to ślub, i wskazywało na Harrisa jako pana młodego. Ludność starsza i stateczniejsza skłaniała się ku przekonaniu, że to pogrzeb, a ja jestem bratem nieboszczyka.

Nareszcie zjawiła się pusta dorożka (z reguły naszą ulicą jeżdżą trzy dorożki na minutę, więc choć nikt z nich nie korzysta, robi się zator). Zapakowawszy się do niej wraz z dobytkiem, a następnie odkopawszy na bok parkę przyjaciół Montmorency'ego, którzy wyraźnie poprzysięgli nigdy się z nim nie rozstawać, odjechaliśmy pośród wiwatów tłumu, a chłopak od Biggsa cisnął za nami marchewką na szczęście.

Dotarliśmy na dworzec Waterloo o jedenastej i spytaliśmy, z którego peronu odjeżdża pociąg jedenasta pięć. Nikt, rzecz jasna, nie wiedział; na Waterloo nikt nigdy nie wie, z którego peronu odjeżdża pociąg, a jak już ruszy, nikt nie wie, dokąd jedzie i na którą zajedzie. Tragarzowi, który wziął nasze rzeczy, obiło się o uszy, że pociąg odjeżdża z peronu drugiego, lecz do innego tragarza, z którym omawialiśmy tę kwestię, dotarła pogłoska, że z pierwszego. Z kolei naczelnik stacji optował za peronem podmiejskim.

Aby raz na zawsze rozstrzygnąć sprawę, poszliśmy na górę do zawiadowcy. Powiedział, że właśnie spotkał człowieka, który widział pociąg na peronie trzecim. Udaliśmy się na peron trzeci, lecz tamtejsza zwierzchność orzekła, że to będzie raczej ekspres do Southampton albo linia okrężna do Windsoru. W każdym razie zwierzchność była pewna, że to nie pociąg do Kingston, choć nie potrafiła wyjaśnić, skąd się ta pewność bierze.

Potem nasz tragarz wtrącił, że to będzie górny peron; powiedział, że chyba wie, o który pociąg chodzi. Poszliśmy na górny peron, ujrzeliśmy maszynistę i spytaliśmy, czy jedzie do Kingston. Odparł, że tak na sto procent nam oczywiście nie powie, ale że chyba raczej tak. W każdym razie dowiedzieliśmy się, że jeśli to nie jest pociąg z 11.05 do Kingston, to prawie na pewno jest to osobowy z 9.32 do Virginia Water albo ekspres z 10.00 na Isle of Wight czy gdzieś w tym kierunku, zresztą na miejscu się zorientujemy. Wsunęliśmy mu w dłoń pół korony i błagaliśmy, żeby był osobowym do Kingston.

— Na tej linii nikt się nie dowie, co pan za jeden i dokąd pan jedzie — przekonywaliśmy. — Zna pan drogę, zboczy pan po cichutku i pojedzie do Kingston.

— Tak na chłopski rozum z jeden pociąg do Kingston musi być — odparł ten poczciwiec. — A, niech stracę. Pojadę. Pan da jeszcze pół korony.

Przyjechaliśmy zatem do Kingston pociągiem Sieci Południowo-Zachodniej. Później się dowiedzieliśmy, że był to pocztowy do Exeter i wszyscy szukali go godzinami na Waterloo, lecz nikt nie wiedział, co się z nim stało.

Nasza łódka czekała na nas pod mostem. Załadowaliśmy bagaże, po czym weszliśmy na pokład.

— Gotowe? — spytał właściciel łódki.

— Gotowe! — odkrzyknęliśmy.

Harris przy wiosłach, ja przy sterze, a na dziobie głęboko nieszczęśliwy i nieufny Montmorency, wypłynęliśmy na wody, które przez dwa tygodnie miały być naszym domem.

ROZDZIAŁ 6

KINGSTON – POUCZAJĄCE UWAGI NA TEMAT HISTORII STAROANGIELSKIEJ – FILOZOFICZNE SPOSTRZEŻENIA DOTYCZĄCE DĘBOWEJ BOAZERII I ŻYCIA W OGÓLE – SMUTNY PRZYPADEK MŁODEGO STIVVINGSA – REFLEKSJE NAD ANTYKAMI – ZAPOMINAM, ŻE STERUJĘ – CIEKAWE SKUTKI TEGOŻ – LABIRYNT W HAMPTON COURT – HARRIS ZA PRZEWODNIKA.

DZIEŃ wstał przecudny, u zmierzchu wiosny czy u zarania lata, jak wolicie, kiedy nabrzmiałe sokami listeczki i źdźbła trawy nabierają głębszej zieleni, rok zaś zdaje się piękną dziewczyną na progu kobiecości, w której rodzą się nieznane drgnienia.

Stareńkie zaułki Kingston, opadające ku wodzie, wyglądały w blasku słońca niezwykle malowniczo. Połyskująca rzeka, sunące leniwie barki, drewniana ścieżka holownicza, wypielęgnowane domy na drugim brzegu, Harris w czerwono-pomarańczowym blezerze stękający przy wiosłach, prześwitujący z oddali szary zabytkowy pałac Tudorów — wszystko to składało się na słoneczny obrazek, tak jasny, wszak cichy, tak pełen życia, wszak kojący; mimo wczesnej pory poczułem się więc ukołysany w sennej zadumie.

Dumałem o Kingston bądź też „Kyningestun", jak

zwało się miasto w czasach, gdy koronowali się tutaj saksońscy „króle". Sam Juliusz Cezar przekroczył tu rzekę, a rzymskie legiony obozowały na nadbrzeżnych zboczach. Cezar, podobnie jak w późniejszej epoce Elżbieta, był bardzo ruchliwy — nie ma domu, w którym by nie nocował. Prowadził się jednak porządniej niż poczciwa królowa Elżbietka: nie kwaterował po karczmach.

Nasza „królowa dziewica" miała fioła na punkcie karczem! W promieniu dziesięciu mil od Londynu trudno o jakąś ciekawszą gospodę, do której nie zaglądnęła, zaszła na chwilę albo nocowała. Tak sobie myślę, jeśliby, powiedzmy, Harris rozpoczął nowy rozdział w swoim życiu, został wielkim i wybitnym człowiekiem, gdyby wybrali go na premiera, to czy na oberżach, które zaszczycił swoją osobą, pojawiłyby się tablice: „Harris wychylił w tym lokalu kufel ciemnego"; „Latem 1888 roku Harris wypił tu dwie whisky z lodem"; „W grudniu 1886 roku Harris został stąd wyrzucony na zbity pysk".

Nie, to byłoby zbyt pospolite. Tylko lokale, w których nie zagościł, zyskałyby sławę. „Jedyna gospoda w południowym Londynie, w której Harris nie wypił ani kropli!" Ludzie tłoczyliby się, żeby sprawdzić, skąd te uprzedzenia.

Biedny, słaby na umyśle król Edward, jakże on musiał nienawidzić Kyningestun! Uczta koronacyjna okazała się ponad jego siły. Może jego organizm zbuntował się przeciwko głowie dzika faszerowanej suszonymi śliwkami (mój by się zbuntował), może król przedawkował wino kanaryjskie i miód; wymknął się więc spośród rozhulanych biesiadników, aby skraść cichą, księżycową godzinę ze swą ukochaną Elgiwą.

Może stali, trzymając się za ręce, przy oknie, wpatrzeni w kojący blask księżyca na wodzie, a z odległych komnat dobiegały ich stłumione, urywane odgłosy zgiełkliwej swawoli. Wtem do zacisznej sali wdzierają się brutalny Odo i święty Dunstan, miotają ohydnymi przezwiskami w słodkie oblicze królowej i ciągną biednego Edwarda w harmider pijackiej burdy.

Wiele lat później, w takt melodii bojowej, saksońscy królowie zostali pochowani w jednym grobie z saksońskimi hulakami, toteż splendor Kingston na jakiś czas przygasł, by znów zabłysnąć, gdy Hampton Court stał się pałacem Tudorów i Stuartów, królewskie szkuty szarpały za cumy przy nabrzeżu rzeki, a galanci w pstrych, jasnych pelerynach zbiegali schodami nad wodę, wołając: „Prom, bywaj mi tu! Do krocset piorunów!".

Wiele okolicznych domów przypomina czasy, gdy Kingston było miastem królewskim. Mieszkała tam, blisko króla, szlachta i dworzanie, a długa ulica wiodąca do bram pałacu jak dzień długi radośnie rozbrzmiewała szczękiem żelaza, rżeniem rozbrykanych rumaków, szelestem jedwabiów i welurów, szczebiotem nadobnych dam. Duże, przestronne kamienice, z wykuszowymi oknami o szybkach w kształcie rombów, wielkimi kominami i zdobnymi szczytami pamiętają dni pończoch i kaftanów, wyszywanych perłami gorsetów i wymyślnych przekleństw. Zostały wzniesione w czasach, kiedy „mularze znali swój fach". Krzepkie czerwone cegły z upływem czasu jeszcze pewniej osiadły w zaprawie, dębowe schody zaś nie skrzypią i nie jęczą, gdy ktoś chce zejść nimi ukradkiem.

Skoro już mowa o dębowych schodach, przypomniało mi się, że w pewnym domu przy rynku w Kingston rzeczywiście są wspaniałe rzeźbione, dębowe schody. Dziś mieści się tam sklep kapelusznika, lecz niegdyś był to z pewnością pałac jakiejś ważnej osobistości. Mój przyjaciel, który mieszka w Kingston, wszedł tam kiedyś kupić kapelusz, po czym, z czystej bezmyślności, sięgnął do kieszeni i zapłacił gotówką.

Właściciel (który zna mojego przyjaciela) był naturalnie trochę oszołomiony. Szybko jednak wziął się w garść, po czym doszedł do wniosku, że za taki postępek należy się jakaś nagroda, spytał naszego bohatera, czy chciałby zobaczyć piękne rzeźbienia w dębie. Mój znajomy przytaknął, na co sklepikarz wziął go na zaplecze i poprowadził schodami do góry. Słupki były wykonane po mistrzowsku, a płaskorzeźby dębowej boazerii, która pokrywała całą ścianę, nie powstydziłby się żaden król w swoim pałacu.

Następnie przeszli do salonu, dużego, jasnego pomieszczenia z tapetą o nieco zaskakującym, lecz pogodnym deseniu na niebieskim tle. Salon nie odznaczał się jednak niczym szczególnym, toteż mój znajomy zdziwił się, w jakim celu został tutaj przyprowadzony. Właściciel podszedł do ściany i zastukał w tapetę. Rozległ się drewniany pogłos.

— Dąb — wyjaśnił. — Wszystko rzeźbiony dąb, aż po sufit, tak samo jak na klatce schodowej.

— Wszelki duch Pana Boga chwali! — zdumiał się mój znajomy. — Nie chce pan chyba powiedzieć, że przykrył pan rzeźbioną boazerię niebieską tapetą!

— Owszem — brzmiała odpowiedź — sporo mnie to wyniosło. Wpierw musiałem, rzecz jasna, położyć na wszystko deski. Za to teraz pokój wygląda pogodnie. Przedtem był strasznie ponury.

Nie mogę powiedzieć, żebym go bez reszty potępiał (co z pewnością stanowi dla niego wielką ulgę). Patrząc z punktu widzenia przeciętnego gospodarza domu, który pragnie sobie możliwie najbardziej ułatwić życie, a nie z perspektywy zwariowanego antykwariusza, racja jest po jego stronie. Na rzeźbiony dąb przyjemnie się patrzy i nie od rzeczy jest mieć go trochę koło siebie, ale cały dom w rzeźbionym dębie kłóci się z upodobaniami niektórych ludzi. To tak, jakby mieszkać w kościele.

Co innego mnie zasmuciło w tej historii. Smutne było, że człowiek obojętny na uroki rzeźbionego dębu ma nim wyłożony cały salon, podczas gdy wielbiciele rzeźbionego dębu muszą płacić za niego krocie. Taka jest chyba zasada działania tego świata. Każdy ma to, czego nie chce, a to, czego chce, mają inni.

Małżonkowie mają małżonki i wyraźnie ich nie chcą, młodzi kawalerowie zaś wypłakują sobie oczy za kandydatką na żonę. Ludzie ubodzy, którym i tak brakuje na chleb, mają ośmioro dzieci o wilczych apetytach. Bogate stare małżeństwa, po których nie ma kto dziedziczyć majątku, umierają bezdzietne. Weźmy teraz panny, które mają zalotników. Panny, które mają zalotników, nie chcą ich. Na co im oni, tylko się naprzykrzają, lepiej by się poszli pozalecać do panny Smith czy panny Brown, które są brzydkie, podeszłe w latach i nie mają zalotników. One zalotników nie chcą. Nie zamierzają wychodzić za mąż. Nigdy.

Skończmy już z tym tematem. Serce się człowiekowi kraje, gdy o tym myśli.

U nas w szkole był chłopak, którego nazywaliśmy Sandford i Merton[1]. Naprawdę nazywał się Stivvings. Nigdy nie spotkałem takiego chłopaka. On chyba naprawdę lubił się uczyć. Ciągle dostawał burę za siedzenie po nocach i naukę greki, a od francuskich czasowników nieregularnych po prostu nie dało się go oderwać. Roiły mu się w głowie różne przedziwne i wyrodne myśli, że przynosi chlubę rodzicom i zaszczyt szkole. Wszystko, czego pragnął, to zdobywać nagrody i wyrosnąć na mądrego człowieka, nie licząc innych poronionych pomysłów. Było to najdziwniejsze stworzenie, jakie znałem, ale zupełnie nieszkodliwe, jak nienarodzone dziecię.

Chłopak rozchorowywał się gdzieś ze dwa razy na tydzień i nie mógł chodzić do szkoły. Nikt tak łacno nie chorował jak Sandford i Merton. Jeśli w promieniu dziesięciu mil trafiła się jakaś choroba, Sandford i Merton zawsze się na nią załapał, i to w najcięższej postaci. W największe upały cierpiał na bronchit, w Boże Narodzenie na katar sienny. Po sześciu tygodniach suszy zapadał na rwę kulszową, a w mglisty listopadowy dzień wychodził na dwór i wracał z udarem słonecznym.

Pewnego roku znieczulili biedaka gazem rozweselającym i wyrwali wszystkie zęby (wstawili sztuczne), takie miał straszne boleści; przerzuciło mu się na nerwobóle i rwanie w uchu. Przeziębienie go nie opuszczało, nie licząc dziewięciu tygodni, kiedy przechodził

[1] Tytułowi bohaterowie powieści Thomasa Daya (1748-1789), w której wyłożona została doktryna pedagogiczna wzorowana na pismach Rousseau (przyp. tłum.).

szkarlatynę; nawet wtedy nie ustąpiły jednak odmrożenia. Epidemia cholery w 1871 roku jakimś cudem ominęła naszą parafię. Zanotowano tylko jeden przypadek: był nim młody Stivvings. Kiedy był chory, musiał zostawać w łóżku, jeść rosół z kury, budyń i szklarniowe winogrona. Leżał tak i szlochał, ponieważ nie pozwalali mu odrabiać ćwiczeń z łaciny i odbierali podręcznik do gramatyki niemieckiej.

Tymczasem my, jego koledzy, którzy poświęcilibyśmy dziesięć semestrów szkolnego życia dla jednego dnia choroby i nie mieliśmy najmniejszej ochoty dawać naszym rodzicom żadnych powodów do dumy, nie potrafiliśmy się zdobyć nawet na bóle karku. Siedzieliśmy w przeciągach, co dodawało nam tylko wigoru; jedliśmy różne świństwa, żeby się zatruć, lecz to tylko zaostrzało nam apetyt i tyliśmy jedynie. Nie potrafiliśmy wymyślić nic, co by nas wpędziło w chorobę, dopóki nie zaczęły się wakacje. Wtedy, w dniu rozdania świadectw, łapaliśmy grypę, krztusiec i różne inne dolegliwości, które nie ustępowały aż do początku nowego roku szkolnego. Jeśli w ostatnie dni wakacji zdążyliśmy się opamiętać i przestawaliśmy brać lekarstwa, przechodziło nam samo, jak ręką odjął.

Takie jest życie; a my czymże się różnimy od trawy, którą kosi się i suszy na siano?

Wracając do rzeźbionego dębu, nasi dziadowie musieli mieć znakomite poczucie artyzmu i piękna. Bo przecież wszystkie nasze dzisiejsze skarby sztuki to tylko wykopane z ziemi najzwyczajniejsze w świecie przedmioty, tyle że sprzed trzystu albo czterystu lat. Zadaję sobie pytanie, czy w tych wszystkich starych miskach, kuflach i szczypcach do świec rzeczywiście tkwi jakieś samoistne piękno, czy też nadaje im w naszych oczach powabu nimb starożytności, który je otacza. Naczynia ze „starej porcelany", którymi pozawieszane są dla ozdoby nasze ściany, kilka stuleci temu były w normalnym, codziennym użyciu, a różowi pastuszkowie i żółte pastereczki, które pokazujemy wszystkim znajomym, spodziewając się zachwytów, pełniły funkcję bezwartościowych bibelotów na kominku, które wiek temu matka dawała dziecku do ssania, gdy płakało.

Czy w przyszłości będzie tak samo? Czy dawna tandeta zawsze musi trafiać do muzeów? Czy w roku 2000 nad kominkami możnych zawisną rzędy naszych talerzy z deseniem w wierzby płaczące? A białe filiżanki ze złotą obwódką i pięknym złotym kwiatem (gatunek nieznany), które z lekkim sercem tłuką nasze gosposie — czy zostaną pieczołowicie posklejane i ustawione na piedestale, a tylko pani domu przysługiwać będzie prawo wycierania ich z kurzu?

Weźmy tego porcelanowego pieska, ozdobę sypialni mego wynajętego mieszkania. Maść biała, oczy niebieskie. Nos w kolorze stonowanej czerwieni, z czarnymi plamkami. Głowa boleśnie zadarta do góry, na pyszczku przymilność granicząca z kretyństwem. Nie jestem do pieska zbyt przywiązany. Jako dzieło sztuki wręcz mnie drażni. Nietaktowni znajomi szydzą zeń, nawet moja gospodyni nie darzy go szacunkiem, a jego pobyt w mojej sypialni tłumaczy okolicznością, że dostała go w prezencie od ciotki.

A jednak jest więcej niż prawdopodobne, że za dwieście lat piesek zostanie gdzieś odkopany (bez nóg i z kikutem ogona), sprzedany jako stara porcelana i wstawiony do muzealnej gabloty. Zwiedzający osłupieją w ekstazie na jego widok. Zachwyci ich subtelna głębia koloru jego nosa, zadumają się nad utraconą częścią ogona.

My, w naszej epoce, nie dostrzegamy wartości tego psa. Jest dla nas czymś zbyt powszednim. To tak, jak z zachodem słońca i gwiazdami; nie padamy na kolana przed ich pięknem, gdyż nazbyt się opatrzyło naszym oczom. Nie inaczej jest z porcelanowym pieskiem. W 2288 roku ludzie będą się nim zachwycać. Wykonywanie takich piesków stanie się „zapomnianą sztuką". Nasi potomkowie zachodzić będą w głowę, jak my to robiliśmy. Będą nas z czułością nazywać „tą wspaniałą kulturą wielkich artystów, która przeżywała swój rozkwit w dziewiętnastym stuleciu i wytworzyła porcelanowe pieski".

„Wyprawka", którą nasza najstarsza córka wyhaftowała na tamborku w szkole, zyska sobie miano „gobelinu epoki wiktoriańskiej" i będzie niemal bezcenna. Niebiesko-białe kufle z dzisiejszego zajazdu staną się poszukiwanymi antykami; spękane i obtłuczone, za astronomiczną cenę znajdą się na stołach bogaczy, gdzie posłużą za puchary do wina. Turyści japońscy wykupią wszystkie „pamiątki z Ramsgate" i „zabytki z Margate", które unikną zniszczenia, po czym zabiorą je do siebie jako ciekawostki angielskiej starożytności...

W tym momencie Harris puścił wiosła, położył się na plecach i podciągnął nogi. Montmorency zaskowyczał i fiknął koziołka, górny kosz podskoczył i wszystko się z niego wysypało.

Byłem trochę zaskoczony, lecz nie dałem się wytrącić z równowagi. Spytałem dość powściągliwie:

— Hola! Co to ma znaczyć?

— Co to ma znaczyć? Do nagłej…

Nie, rozmyśliłem się, nie powtórzę tego, co powiedział Harris. Przyznaję, że nie byłem bez winy, nic jednak nie usprawiedliwia grubiańskich sformułowań, szczególnie u człowieka, który, tak jak Harris, otrzymał staranne wychowanie. Myślałem o innych sprawach, toteż zapomniałem, co chyba nietrudno zrozumieć, że steruję, i w rezultacie trochę weszliśmy w paradę ścieżce holowniczej. Przez chwilę trudno było rozgraniczyć, gdzie kończymy się my, a gdzie zaczyna się brzeg rzeki od strony Middlesex. Rozwikłaliśmy wszakże po chwili tę zagadkę i rozłączyliśmy się.

Harris jednak powiedział, że ma chwilowo dosyć i kolej na mnie. Dla rozprostowania kości wysiadłem z łódki, chwyciłem za hol i przeciągnąłem łódkę koło pałacu Hampton Court. Jakże kocham ten stary mur, który biegnie tam wzdłuż rzeki! Na sam jego widok zawsze robi mi się raźniej na duszy. Nieco zgrzybiały, lecz poczciwy i pogodny stary mur. Jakiż to uroczy obrazek; tu pęd porostu, ówdzie kępka mchu, młode dzikie wino nieśmiało wyziera górą, by sprawdzić, co się dzieje na ruchliwej rzece, trochę niżej do zmurszałego kamienia lgnie roztropny sędziwy bluszcz! Na niewielkiej powierzchni tego starego muru dostrzeżesz dziesiątki różnych barw i odcieni. Gdybym tylko umiał rysować i potrafił kłaść farby, jestem pewien, że wykonałbym cudowny malunek tego starego muru. Często sobie myślałem, że chciałbym zamieszkać w Hampton Court. Wygląda tak spokojnie i zacisznie, tak cudownie się spaceruje alejkami wczesnym rankiem, zanim zbierze się tłum.

Z drugiej jednak strony, w praktyce pewnie wcale bym tam nie lubił mieszkać. Jakże ponuro i przygnębiająco siedziałoby się wieczorami w mrocznej sali; płomień świecy kładzie niepokojące cienie na boazerię, zimnymi, kamiennymi korytarzami niesie się echo odległych kroków, zbliża się, potem zamiera i zapada grobowa cisza, którą zakłóca tylko bicie twego serca.

My, ród człowieczy, jesteśmy dziećmi słońca. Kochamy światło i życie. Z tego też powodu tłoczymy się w miastach, a wieś z roku na rok pustoszeje. W świetle słońca — za dnia, kiedy Natura żyje i krząta się wokół nas, nie mamy nic przeciwko wysokim wzgórzom i leśnej gęstwinie. Lecz nocą, kiedy Matka Ziemia idzie spać i zostawia nas samych, och! czujemy się na tym świecie tacy samotni i drżymy ze strachu, jak dzieci w pustym domu. Siadamy i zanosimy się płaczem, tęsknimy za gazowymi latarniami miejskich ulic, za gwarem ludzkich głosów, za kojącym zgiełkiem ludzkiego życia. Czujemy się tacy bezsilni i mali pośród ogromu ciszy, kiedy w mrocznych drzewach szumi wiatr nocy. Dokoła jest tyle duchów, a ich ciche westchnienia rozdzierają nam duszę. Zbierzmy się wszyscy w wielkich miastach, niech ognisko wystrzeli w niebo potężnym płomieniem, tańczmy i śpiewajmy, zabijmy w sobie strach.

Harris spytał, czy byłem kiedyś w labiryncie w Hampton Court. On kiedyś wszedł z kimś innym, żeby tamten się nie zgubił. Harris przestudiował wcześniej plan i labirynt wydał mu się tak dziecinnie prosty, że szkoda mu było dwóch pensów na wstęp. Stwierdził, że plan sporządzono chyba w formie dowcipu, bo w niczym nie przypominał prawdziwego labiryntu i tylko wprowadzał w błąd. Harris zabrał tam swego kuzyna z prowincji.

— Wejdziemy na chwilę, żebyś mógł opowiadać, że go zaliczyłeś, ale to banalnie proste. Nie wiem, jak to w ogóle można nazwać labiryntem. Trzeba tylko zawsze skręcać w pierwszą w prawo. Pochodzimy sobie z dziesięć minut, a potem pójdziemy na lunch.

Wkrótce spotkali jakichś ludzi, którzy błąkali się tam już od trzech kwadransów i powoli zaczynali mieć tego dość. Harris powiedział, że jeśli chcą, mogą iść za nim; on tylko wejdzie trochę głębiej, potem zawróci i wyjdzie. Powiedzieli, że to bardzo miło z jego strony, ustawili się z tyłu i ruszyli za nim.

Przyłączały się do nich dalsze osoby, które chciały już mieć tę przygodę za sobą, aż wreszcie wszyscy w labiryncie utworzyli jeden kondukt. Ludzie, którzy porzucili już nadzieję, że jeszcze kiedyś zobaczą się z rodziną i przyjaciółmi, na widok Harrisa i jego świty nabierali ducha i przyłączali się do procesji, błogosławiąc mu. Harris oceniał, że w sumie szło za nim co najmniej dwadzieścia osób. Pewna kobieta z dzieckiem na ręku, która była tam od samego rana, koniecznie chciała go wziąć pod ramię, aby nie stracić go z oczu.

Harris stale skręcał w prawo, ale droga się dłużyła i kuzyn stwierdził, że to chyba bardzo duży labirynt.

— Och, jeden z największych w Europie — powiedział Harris.

— Z pewnością — odparł kuzyn — bo przeszliśmy już dobre dwie mile.

Nawet Harrisowi wydało się to w końcu dziwne, lecz nie zbaczał z raz obranej drogi, dopóki nie ujrzeli na ziemi drożdżówki za pół pensa. Kuzyn Harrisa klął się, że ją widział siedem minut wcześniej. — Niemożliwe! — zaprotestował Harris, lecz kobieta z dzieckiem na ręku nie zgodziła się z nim; osobiście zabrała drożdżówkę dziecku i rzuciła na ziemię, tuż przed spotkaniem Harrisa. Dodała, że przeklina chwilę, w której na niego trafiła, i wyraziła zdanie, że jest fałszywym prorokiem. Harris wpadł we wściekłość, wyjął plan i wyjaśnił swą teorię.

— Plan jest bardzo przydatny, tylko musielibyśmy wiedzieć, gdzie teraz jesteśmy — powiedział jeden z członków ekspedycji.

Harris nie wiedział, ale zaproponował, że najlepiej będzie wrócić do wejścia i spróbować jeszcze raz. Sugestia, by spróbować jeszcze raz, nie spotkała się z nadmiernym entuzjazmem. Pomysł powrotu do wejścia został jednak przyjęty przez aklamację, toteż zawrócili i znów ruszyli tropem Harrisa, w przeciwnym kierunku. Po dziesięciu minutach znaleźli się w samym środku labiryntu.

Harris z początku zamierzał udawać, że zrobił to celowo. Tłum sprawiał jednak wrażenie rozjuszonego, więc przyznał, że się pomylił.

Był to jednak jakiś punkt wyjścia. Teraz już wiedzieli, gdzie są, toteż znów zajrzeli do planu. Wszystko zdawało się prostsze niż kiedykolwiek, więc po raz trzeci wyruszyli w drogę.

Po trzech minutach znów znaleźli się w środku labiryntu.

Od tego momentu nie byli w stanie nigdzie indziej dotrzeć. Jakąkolwiek obrali drogę, zawsze prowadziła do środka. Wreszcie przemarsze stały się tak regularne, że co bardziej zmęczeni oszczędzali nogi i opuszczali niektóre rundy. Po jakimś czasie Harris znowu wyjął plan, który podziałał jednak na gawiedź jak płachta na byka. Harris dowiedział się, że jeśli ma ochotę, może sobie w niego owinąć kanapki. Na takie dictum nie potrafił się oprzeć wrażeniu, że stracił na popularności.

Koniec końców wszyscy wpadli w obłęd i zaczęli wołać dozorcę, który wszedł na dostawioną od zewnątrz drabinę i gromkim głosem udzielał im wskazówek. W ich głowach panował jednak taki zamęt, że jego polecenia okazały się zbyt skomplikowane. Powiedział im zatem, aby nie ruszali się z miejsca i zaczekali, aż po nich przyjdzie. Czekali zbici w gromadkę, on zaś zszedł z drabiny i ruszył im na pomoc.

Jak na złość, był to młody dozorca, niedawno przyjęty do pracy — najpierw nie mógł ich znaleźć, potem sam się zgubił. Od czasu do czasu widzieli, jak przemyka po drugiej stronie ogrodzenia. „Tu was mam", mówił, po czym pięć minut później pojawiał się znowu w tym samym miejscu i pytał, gdzie się podziewali.

Musieli zaczekać, aż wróci z obiadu jeden ze starych dozorców i wyprowadzi ich na wolność.

Harris powiedział, że jego zdaniem to bardzo piękny labirynt, o ile ma prawo wyrazić swe zdanie. Uzgodniliśmy, że w drodze powrotnej spróbujemy wpuścić tam George'a.

ROZDZIAŁ 7

Tamiza w odświętnej szacie – Strój na rzece – Szansa dla mężczyzn – Brak gustu u Harrisa – Trykot George'a – Dzień z panną modną – Grobowiec pani Thomas – Człowiek, który nie kocha ni grobów, ni trumien, ni trupich czaszek – Harris wściekły – Jego poglądy na George'a, banki i lemoniadę – Dokonuje akrobacji.

O swych przeżyciach w labiryncie Harris opowiedział mi, gdy przepływaliśmy przez śluzę w Moulsey. Przeprawa zajęła nam sporo czasu, bo byliśmy jedyną łodzią, a to duża śluza. Chyba nigdy wcześniej nie widziałem, żeby w śluzie w Moulsey była tylko jedna łódź. Wydaje mi się, że to najruchliwsza ze wszystkich śluz na całej rzece, z Boulter włącznie.

Zdarzają się dni, kiedy patrząc na śluzę z góry, nie widzi się wcale wody, tylko pstrokaciznę pastelowych trykotów, komicznych czapek, frymuśnych kapelusików, kolorowych parasolek, jedwabnych chust, spływających kaskadami wstążek i wytwornej bieli. Można sobie wyobrazić, że to wielkie pudło, do którego nasypano po same brzegi płatków kwiatów we wszystkich kolorach tęczy.

W słoneczną niedzielę śluza prezentuje się tak niemal przez cały dzień, a z obu stron, w górę i w dół rzeki, czekają swej kolejki całe sznury dalszych łodzi. Jedne łodzie odpływają, jeszcze inne przypływają, toteż roziskrzona słońcem rzeka, od pałacu królewskiego aż po kościół w Hampton, pstrzy się i mieni plamkami żółcienia, błękitu, oranżu, bieli, czerwieni i różu. Wszyscy mieszkańcy Hampton i Moulsey wkładają na siebie wodniacki strój, biorą na smycz psy i idą się powałęsać koło śluzy, gdzie gruchają, palą fajki i obserwują łodzie. Razem wziąwszy, te wszystkie czapki i kurtki mężczyzn, śliczne kolorowe suknie kobiet, rozbrykane psy, kołyszące się łodzie, białe żagle, cudny kraj dokoła i roziskrzona woda — to bodaj najweselszy obrazek, jaki znam w pobliżu tego naszego drętwego starego Londynu.

Rzeka daje duże pole do popisu tym, którzy dbają o elegancję. Gdy bowiem znajdziemy się na wodzie, nareszcie i my, mężczyźni, możemy pokazać, na co nas stać w doborze kolorów. A myślę, że mamy całkiem niezły gust. Ja lubię w swoim ubiorze trochę akcentów czerwonych — czerwonych i czarnych. Włosy mam jakby złocistobrązowe, podobno w bardzo ładnym odcieniu, i ciemna czerwień znakomicie z nimi harmonizuje. Do tego najlepiej pasuje jasnoniebieski krawat, buty z rosyjskiej skóry i jedwabny czerwony fular zamiast paska — znacznie lepszy efekt.

Harris zawsze trzyma się koloru żółtego i pomarańczowego bądź różnych melanżów, lecz uważam, że zdradza tym pewne estetyczne braki. Ma zbyt ciemną cerę na kolor żółty. Kolor żółty nie jest dla niego odpowiedni, nie ma co do tego dwóch zdań. Zgodnie z moją koncepcją powinien się nosić na niebiesko, z akcentami bieli, może odrobinę kremowej. Niestety! Brak gustu zdaje się iść w parze z upartym charakterem. Wielka szkoda, ponieważ gdyby Harris się zastosował do moich wskazówek, to może jakoś by wyglądał.

George kupił kilka nowych rzeczy na tę podróż, ale nie jestem nimi zachwycony. Trykot jest zbyt krzykliwy. Zachowam to dla siebie, bo nie chcę go urazić, ale trudno to nazwać inaczej. Przyniósł go i pokazał nam w czwartek wieczór. Spytaliśmy, jaki to ma być kolor, ale nie wiedział. Sądził, że nie ma na niego nazwy. Sprzedawca powiedział mu, że to orientalny deseń. George nałożył trykot i spytał nas o zdanie. Harris odparł, że jako kawałek płachty do odstraszania ptaków od klombu kwiatów na wiosnę — całkowicie popiera, lecz jako przyodziewek dla gatunku ludzkiego (wyjąwszy błaznów cyrkowych) trykot budzi w nim odrazę. George śmiertelnie się obraził, ale przecież sam chciał, żebyśmy się wypowiedzieli. Prawda w oczy kole. Nie była to zresztą ze strony Harrisa czysta złośliwość. Harris obawia się, podobnie jak ja, że trykot George'a będzie zanadto przyciągał uwagę do naszej łódki.

Ozdobą łódki mogą być też dziewczęta, jeśli się ładnie ubiorą. Według mnie nie ma nic bardziej ujmującego niż gustowny kostium wioślarski. Jednakże „kostium wioślarski", co niestety nie wszystkie panie rozumieją, to strój, który można nosić na łódce, a nie taki, który dobrze wygląda w witrynie sklepowej. Osoby, które zwracają więcej uwagi na swoje ubranie niż na uroki krajobrazu, potrafią zepsuć całą wycieczkę. Miałem kiedyś nieszczęście wybrać się na wodny piknik z dwiema tego rodzaju paniami. Nie można powiedzieć, żebyśmy się nudzili!

Wyelegantowały się obie aż miło — same koronki i jedwabie, kwiatki, wstążki, zgrabne pantofelki, ażurowe rękawiczki. Zapomniały tylko, że nie idą do studia fotograficznego, lecz na rzeczny piknik. Miały na sobie „kostiumy wioślarskie" rodem z francuskiej rewii mody. Wiedzieliśmy, że to niedorzeczne wybierać się z nimi na łono przyrody.

Najpierw stwierdziły, że łódka nie jest czysta. Odkurzyliśmy wszystkie siedzenia i zapewniliśmy panie, że już wszystko jest jak trzeba, ale nam nie uwierzyły. Jedna z nich przeciągnęła po oparciu palcem wskazującym rękawiczki i pokazała rezultat drugiej. Usiadły z ciężkim westchnieniem i wyrazem twarzy wczesnochrześcijańskich męczenników, sadowiących się na stosie.

Siedziałem przy tylnych wiosłach. Miałem świadomość, że wystarczy jedna kropla wody, aby zniszczyć te kreacje. Stanęła mi przed oczyma okropna plama, której nigdy nie uda się wywabić. Starałem się, jak mogłem. Cofałem wiosła dobre dwie stopy nad wodą. Po każdym pociągnięciu odczekiwałem chwilę, aby pióra ociekły, i wyszukiwałem jakąś gładką powierzchnię wody, nim je na powrót zanurzyłem. (Mój kolega siedzący z przodu powiedział po chwili, że krępuje się wiosłować w towarzystwie takiego mistrza jak ja i jeśli się zgodzę, na razie wolałby się przyglądnąć mojej technice). Wszystkie moje starania na nic się jednak nie zdały i na suknie pofrunęła niejedna zbłąkana kropla.

Dziewczęta nie skarżyły się, tylko skuliły w sobie i zacisnęły usta, a za każdym razem, gdy dosięgła je kropla wody, dygotały i otrząsały się wewnętrznie. Rzadko się widuje tak szlachetne, milczące cierpienie, mnie jednak zupełnie to rozstroiło. Jestem zbyt wrażliwy. W moje ruchy wkradła się panika i nerwowość. Im bardziej się starałem, tym bardziej chlapałem.

Wreszcie dałem za wygraną i powiedziałem, że przejdę do przodu. Kolega również uznał, że to korzystniejsze rozwiązanie i zamieniliśmy się miejscami. Panie wydały z siebie bezwiedne westchnienie ulgi i na moment wyraźnie się rozpogodziły. Biedne dziewczęta. Z deszczu pod rynnę! Dostał im się bowiem wesoły lekkoduch, a prawdę mówiąc tępak, z którym pod względem wrażliwości mogłoby iść w zawody nowofundlandzkie szczenię. Mógłbyś przez godzinę patrzeć na niego piorunującym wzrokiem, a on albo nic by nie zauważył, albo bimbał sobie z ciebie. Zaczął wiosłować z taką fantazją i brawurą, że zbryzgane od stóp do głów towarzystwo podskoczyło na siedzeniach. Jeśli zdarzyło mu się naraz chlusnąć więcej niż kwartą wody w jedną z sukienek, z radosnym śmiechem podawał paniom chusteczkę i mówił:

— Najmocniej przepraszam.

— Nic nie szkodzi — mruczały w odpowiedzi dziewczęta, po czym ukradkiem naciągały na siebie pledy i peleryny, próbowały też osłonić się swymi koronkowymi parasolkami.

Lunch był dla nich koszmarem. Proponowano im, żeby usiadły na trawie, a trawa była zakurzona. Co się zaś tyczy pni drzew, o które miały się oprzeć, tych nie odkurzano chyba od wielu tygodni. Rozłożyły więc na ziemi swoje chusty i usiadły na nich, całe sztywne.

Ktoś, niosąc talerz z befsztykiem, potknął się o korzeń, posyłając befsztyk w powietrze. Na szczęście nie dosięgła ich ani kropla sosu, lecz ów incydent uczulił je na nowe zagrożenia i postawił w stan gotowości obronnej. Ilekroć ktoś kręcił się w pobliżu, a miał w ręku coś, co mogło spaść i rozpaprać się, modnisie z niepokojem śledziły tę osobę wzrokiem, dopóki nie usiadła.

— No, dziewczyny — powiedział do nich po śniadaniu nasz przyjaciel chlapacz — koniec z leniuchowaniem, pozmywacie naczynia.

Z początku nie rozumiały, o co mu chodzi. Kiedy to już do nich dotarło, stwierdziły, że nie umieją zmywać.

— Zaraz wam pokażę, zobaczycie, jaka to frajda! — entuzjazmował się. — Kładziecie się na brzu... znaczy, kładziecie się na brzegu i machacie talerzami w wodzie.

Starsza siostra wyraziła obawę, że nie zabrały ze sobą odpowiednich strojów na tę okazję.

— Nic im się nie stanie — odparł beztrosko. — Wystarczy podkasać kiecki.

I rzeczywiście nakłonił je do tego, mówiąc, że to połowa przyjemności z całego pikniku. Potem przyznały, że nigdy w życiu nie robiły czegoś tak interesującego.

Tak się teraz zastanawiam, czy ów młodzieniec rzeczywiście był taki ograniczony, jak sądziliśmy? Czy też... — ale nie, to niemożliwe! Z jego naiwnym, dziecinnym wyrazem twarzy!

Harris chciał wysiąść koło kościoła w Hampton, żeby zobaczyć grób pani Thomas.

— Kto to jest pani Thomas? — spytałem.

— Skąd mam wiedzieć? — odparł Harris. — To pani, która ma ciekawy grób, i chcę go zobaczyć.

Zaprotestowałem. Może to jakaś skaza na charakterze, ale mnie osobiście nigdy nie ciągnęło do nagrobków. Wiem, że tak wypada: kiedy przyjedziesz do jakiejś wsi czy miasteczka, powinieneś zaraz pędzić na cmentarz i zachwycać się mogiłami. Ja jednak zawsze sobie odmawiam tej rozrywki. Nie bawią mnie też spacery po mrocznych, wyziębionych kryptach i odczytywanie epitafiów w towarzystwie dychawicznych staruszków. Nawet widok winkrustowanego w kamień kawałka pękniętego mosiądzu nie budzi we mnie uczucia prawdziwego szczęścia.

Jakże wstrząśnięci są zacni zakrystianie, widząc, z jakim kamiennym obliczem czytam ekscytujące tablice pamiątkowe, jak nikły entuzjazm budzą we mnie dzieje miejscowych rodów, a moje źle skrywane pragnienie, by wyjść na zewnątrz, rani ich uczucia.

W pewien złocisty, słoneczny poranek opierałem się o niski, kamienny murek, który otaczał niewielki wiejski kościółek. Pykałem z fajki i oddychałem słodyczą, jaką tchnął ten sielski, cichy obrazek — szary, sędziwy kościółek, porosły bluszczem, z osobliwym rzeźbionym w drewnie gankiem; biała drożyna wijąca się ze wzgórza pomiędzy szpalerem strzelistych wiązów; kryte strzechą chaty, wyzierające sponad starannie przystrzyżonych żywopłotów; srebrzysta rzeka w parowie, lesiste wzgórza w oddali!

Pejzaż był cudowny, idylliczny, poetycki. Wzbudził we mnie wzniosłe pragnienia. Poczułem się dobry i szlachetny. Ogarnął mnie wstręt do wszelkiego grzechu i występku. Zamieszkam w tej wsi i już nigdy nie wyrządzę nikomu krzywdy, będę prowadził przykładne, nienaganne życie, na starość moje włosy przyprószy siwizna, nobliwą twarz pobrużdżą zmarszczki...

W tym momencie wybaczyłem wszystkim moim znajomym i krewnym ich występność i złośliwość i pobłogosławiłem im. Nie wiedzieli, że im pobłogosławiłem. Oddawali się swemu zatraconemu życiu zupełnie nieświadomi tego, co ja, hen, daleko, w tej cichej wiosce dla nich uczyniłem. Jednak uczyniłem to, i żałowałem tylko, że nie mogę dać im o tym znać, bo chciałem, żeby byli szczęśliwi. Wciąż pogrążony byłem w tych wszystkich wzniosłych, tkliwych myślach, gdy nagle wytrącił mnie z rozmarzenia ostry, piskliwy głos:

— Już idę, panie złoty, już idę. Ze wszystkim się zdąży, proszę łaskawego pana.

Podniosłem wzrok i ujrzałem zarośniętego starca; kuśtykał ku mnie przez cmentarz, niosąc w ręku potężny pęk kluczy, które trzęsły się i dzwoniły przy każdym kroku.

Szlachetnym, milczącym gestem dałem mu znak, by nie zakłócał mi spokoju, lecz on dalej się zbliżał, skrzecząc bez ustanku:

— Już idę, panie złoty, już idę. Trochu jestem chromy. Jużem nie taki żwawy jak onegdaj. Tędy, łaskawco.

— Odejdź, obmierzły starcze, pókiś cały — powiedziałem.

— Zarazem przyleciał, panoczku — odparł. — Moja kobita ino co was ujrzała. Pan pójdzie za mną.

— Odejdź — powtórzyłem — zostaw mnie, zanim wyjdę z siebie i przetrącę ci kark.

Robił wrażenie zaskoczonego.

— Pan nie chce zobaczyć grobowców? — spytał.

— Nie — odparłem. — Nie chcę. Chcę zażyć chwili samotności, wsparty o ten krzepki, stary mur. Odejdź, nie przeszkadzaj mi. Kipią we mnie piękne i szlachetne myśli, gdy tak stoję, i jeszcze postoję, bo to przyjemne i zdrowe. Na to przychodzisz ty, dręczysz mnie i doprowadzasz do szału, odpędzasz wszystkie moje wzniosłe uczucia tym swoim głupim gadaniem o grobowcach. Odejdź i załatw sobie tani pochówek, a ja zapłacę połowę kosztów.

Zamurowało go na chwilę. Przetarł oczy i przyjrzał mi się uważnie. Od zewnątrz wyglądałem na istotę z tego świata, więc coś mu się nie zgadzało.

— Pan nietutejszy? Pan tu nie mieszka?

— Nie — odparłem — nie mieszkam. Gdybym mieszkał, ciebie by tu nie było.

— Ano to pan chce obejrzeć grobowce — groby — pochowane ludzie, wie pan — trumny!

— Kłamco! — odrzekłem, tracąc panowanie nad sobą. — Nie chcę oglądać grobowców — twoich grobowców. W imię czego? Mamy swoje własne groby, moja rodzina. Mój wujek Podger na cmentarzu Kensal Green ma grób, który jest ozdobą całej okolicy. Krypta mojego dziadka w Bow może pomieścić ośmiu zwiedzających, a moja cioteczna babka Susan ma ceglany grobowiec na cmentarzu w Finchley, z płaskorzeźbą w kamieniu nagrobnym, która przypomina czajniczek do kawy. Płyta nagrobna kosztowała ciężkie pieniądze. Kiedy zapragnę grobów, tam się idę rozkoszować. Nie chcę grobów obcych ludzi! Ale jak ciebie pochowają, wpadnę złożyć wizytę na twoim grobie. To wszystko, co mogę dla ciebie zrobić.

Wybuchnął płaczem. Powiedział, że na jednym z grobów jest odłamek kamienia, który ponoć stanowi pozostałość figury mężczyzny, na innym zaś wygrawerowane są słowa, których nikomu nie udało się jeszcze odcyfrować.

Byłem nieustępliwy. Łamiącym się głosem zapytał:

— Może zobaczy pan przynajmniej pamiątkowe okno.

Nie ugiąłem się nawet przed tą pokusą, więc uciekł się do swego ostatniego atutu. Podszedł bliżej i wyszeptał chrapliwie:

— Mam w krypcie parę trupich czaszek, chodź pan obejrzeć. Tak, tak, chodź obejrzeć trupie czaszki! Młody człowiek na wakacjach musi się trochę rozerwać. Chodź obejrzeć moje czaszki!

Odwróciłem się i uciekłem, a gdy biegłem, słyszałem jego nawoływania:

— Tak, tak, chodź obejrzeć moje czaszki! Wróć obejrzeć czaszki!

W przeciwieństwie do mnie Harris wprost uwielbia grobowce, pomniki nagrobne, inskrypcje et cetera, toteż myśl, że miałby nie zobaczyć grobu pani Thomas, była dla niego nieznośna. Powiedział, że ostrzył sobie na to zęby, odkąd tylko zapadła decyzja o wyprawie — gdyby nie perspektywa zobaczenia grobu pani Thomas, nie wybrałby się z nami.

Przypomniałem mu, że musimy być o piątej w Shepperton, gdzie czeka na nas George, więc przerzucił się na George'a. Dlaczego George może cały dzień bumelować, podczas gdy my musimy sami wlec tę ciężką i wywrotną kolubrynę po całej rzece, żeby zdążyć na umówioną godzinę? Czy George nigdy nie kiwnie palcem, żeby nam pomóc? Czy nie mógł wziąć sobie wolnego i pojechać z nami? Do licha z bankiem! I tak nie mają tam z niego żadnego pożytku!

— Nigdy nie widziałem, żeby tam coś robił — ciągnął Harris. — Cały dzień siedzi za szybą i stara się robić wrażenie, że jest czymś zajęty. Jaki jest pożytek z człowieka siedzącego za szybą? Ja muszę pracować, żeby zarobić na życie. Dlaczego on nie może pracować? Do czego on im jest potrzebny, a w ogóle na co komu te ich banki? Zabierają ci pieniądze, a kiedy wypiszesz czek, to ci go zabazgrają jakimiś „bez pokrycia", „regres do wystawcy" czy innym lichem. Na co to wszystko? W zeszłym tygodniu dwa razy chcieli mnie nabrać na tego typu numer. Jeszcze trochę, a skończy się moja cierpliwość. Zlikwiduję konto. Gdyby tu był, poszlibyśmy zobaczyć grób. Nie wierzę, że w ogóle poszedł do banku. Gdzieś się wałkoni, ot co, a nam zostawił całą robotę. Nie wiem, jak ty, ale ja wysiadam i idę się czegoś napić.

Gdy zwróciłem mu uwagę, że do najbliższej oberży jest spory kawałek drogi, uczepił się rzeki; na co komu rzeka i czy wszyscy, którzy płyną po rzece, mają umrzeć z pragnienia?

W takich sytuacjach nie należy wdawać się z Harrisem w dyskusję. Trzeba mu pozwolić się wygadać, a potem można liczyć na dłuższą chwilę spokoju.

Przypomniałem mu, że w koszu jest koncentrat lemoniadowy, a na dziobie galon z wodą i wystarczy zmieszać te dwa płyny, aby uzyskać chłodny napój orzeźwiający.

Jak nie zacznie ujadać na lemoniadę i „tym podobne paskudztwa dla lalusiów", jak to określił: piwo karmelkowe, syrop malinowy et cetera, et cetera. Powiedział, że wszystkie one wywołują niestrawność i są przyczyną połowy popełnianych w Anglii przestępstw.

Dodał jednak, że mimo wszystko musi się czegoś napić, klęknął więc na ławeczce i zapuścił żurawia do kosza. Koncentrat stał na samym dnie i chyba trudno go było znaleźć, bo Harris coraz głębiej zanurzał głowę. Jednocześnie usiłował sterować, lecz poprzestawiały mu się kierunki, toteż pociągnął za złą linkę i uderzył łodzią o brzeg. Wstrząs przeważył szalę i Harris wpadł do kosza, wystawały mu tylko nogi. Bał się poruszyć, żeby nie wypaść z całym koszem za burtę, musiał więc zaczekać, aż go wyciągnę za nogi do góry, co już do reszty go rozeźliło.

ROZDZIAŁ 8

Szantaż – Właściwy sposób postępowania – Egoizm i chamstwo nadrzecznych obszarników – Tablice ostrzegawcze – Niechrześcijańskie uczucia Harrisa – Jak Harris śpiewa piosenkę kabaretową – Przyjęcie w wyższych sferach – Haniebne zachowanie dwóch rozbisurmanionych młodzieńców – Trochę użytecznych informacji – George kupuje bandżo.

Zatrzymaliśmy się pod wierzbami w Kempton Park, aby zjeść lunch. Jest to urocze miejsce; zaraz nad wodą ciągnie się sympatyczna łąka, porosła wierzbami. Właśnie rozpoczęliśmy trzecie danie — chleb z dżemem — gdy nadszedł pewien jegomość w koszuli z krótkimi rękawami i krótką fajką w zębach, aby spytać, czy mamy świadomość, iż weszliśmy w szkodę i złamaliśmy prawo. Odrzekliśmy, iż nie poddaliśmy tej sprawy na tyle wnikliwej refleksji, aby dotrzeć do jakichś ostatecznych rozstrzygnięć, ale jeżeli da nam słowo dżentelmena, że istotnie złamaliśmy prawo, bez wahania przychylimy się do jego opinii.

Udzielił nam stosownego zapewnienia, za co mu podziękowaliśmy, ale dalej nie było mu spieszno i nie robił wrażenia usatysfakcjonowanego, spytaliśmy więc, czym jeszcze możemy mu służyć. Harris, który w głębi duszy jest poczciwcem, zaproponował mu kromkę chleba z dżemem.

Cóż, musieliśmy chyba trafić na członka jakiegoś sprzysiężenia, które w życiu doczesnym wyrzeka się chleba z dżemem, odmówił bowiem dość opryskliwie, jakby rozdrażniony, że poddajemy go pokusie, po czym dodał, że ma obowiązek nas stąd usunąć.

Harris przyznał, że obowiązek święta rzecz, i spytał naszego gościa, jakie przewiduje środki praktyczne, aby uskutecznić swój zamiar. Harris jest, jak to mówią, nie ułomek, toteż, zmierzywszy go wzrokiem, dżentelmen w krótkiej koszuli powiedział, że pójdzie poradzić się swego pana, a potem wróci i wrzuci nas za fraki do rzeki.

Nie muszę chyba mówić, że tyleśmy go widzieli. Nie muszę też mówić, że tak naprawdę chciał dostać szylinga. Jest pewna liczba nadrzecznych włóczęgów, którzy w lecie osiągają spory dochód, wałęsając się brzegiem i szantażując niedorozwiniętych frajerów, przedstawiają się jako wysłannicy właściciela. Właściwym sposobem postępowania jest podać swe nazwisko i adres. Właściciel, jeżeli rzeczywiście maczał w tym palce, ma wtedy możliwość pozwać was do sądu i dowieść szkód, jakie wyrządziliście jego gruntom, obarczywszy je swoją osobą. Większość ludzi jest jednak tak nieskończenie gnuśna i bojaźliwa, że zamiast okazać odrobinę stanowczości i położyć kres temu szalbierstwu, tylko do niego zachęca.

Tam zaś, gdzie winę ponoszą właściciele, należy ich publicznie napiętnować. Egoizm nadrzecznych obszarników rośnie z roku na rok. Gdyby im na to pozwolić, zamknęliby całą Tamizę. Faktycznie już to zrobili z mniejszymi dopływami i odnogami. Wbijają słupy w dno strumyka, przeciągają łańcuchy od brzegu do brzegu i na każdym drzewie przybijają wielkie tablice ostrzegawcze. Widok tych tablic roznieca we mnie najniższe instynkty. Odczuwam chęć, by je zerwać jedną po drugiej i tłuc nimi w głowę człowieka, który je powiesił, dopóki go nie ukatrupię, a potem pogrzebać go i postawić tablicę jako płytę nagrobną.

Zdradziłem się z tymi uczuciami Harrisowi, na co on stwierdził, że bardzo jestem powściągliwy. On ma ochotę nie tylko zabić człowieka, który kazał powiesić tablicę, ale wymordować całą jego rodzinę, wszystkich znajomych i krewnych, a na dokładkę puścić jego dom z dymem. Powiedziałem, że moim zdaniem nie ma potrzeby posuwać się aż tak daleko, lecz Harris trwał przy swoim:

— Jeszcze by tego było mało. Potem bym przyszedł pośpiewać piosenki kabaretowe na zgliszczach.

Rozgniewało mnie, że Harris daje się ponieść swoim krwiożerczym żądzom. Nigdy nie możemy dopuścić, aby nasze wrodzone poczucie sprawiedliwości wyrodziło się w zwyczajną mściwość. Zajęło mi dłuższą chwilę, nim przekonałem go, by spojrzał na sprawę trochę bardziej po chrześcijańsku, lecz w końcu wymogłem na nim obietnicę, że oszczędzi znajomych i krewnych i że nie będzie śpiewał piosenek kabaretowych na zgliszczach.

Nigdy nie słyszeliście, jak Harris śpiewa piosenki kabaretowe, w przeciwnym razie bowiem zrozumielibyście, jak wielką oddałem ludzkości przysługę. Światopogląd Harrisa opiera się między innymi na przeświadczeniu, że umie on śpiewać piosenki kabaretowe.

Skrajnie odmienne są przekonania tych jego znajomych, którzy słyszeli go w tym repertuarze.

Kiedy Harris jest na przyjęciu i ktoś go poprosi, żeby zaśpiewał, odpowiada:

— Dobrze, ale ja mogę zaśpiewać tylko piosenkę kabaretową. — Mówi to tonem, z którego wynika jednak, że usłyszawszy jego występ, można z czystym sumieniem odejść z tego świata.

— Ależ to wspaniale — powiada pani domu. — Niechże pan zaśpiewa, panie Harris. — Harris wstaje i podchodzi do fortepianu z promienną miną hojnego człowieka, który właśnie ma sprawić komuś prezent. — Prosimy wszystkich o ciszę — mówi pani domu. — Pan Harris zaśpiewa nam piosenkę kabaretową!

— Świetnie! — mówią goście, przybiegają z oranżerii, pędzą z dołu po schodach, szukają się nawzajem po całym domu, tłoczą się w salonie i zasiadają wokół fortepianu, z wyczekującymi uśmiechami na twarzy.

Wreszcie Harris zaczyna.

Od razu zastrzegam, że od piosenkarza kabaretowego nie wymagam wielkiego głosu. Nie spodziewam się poprawnego frazowania i wokalizacji. Nie przeszkadza mi, jeśli facet w połowie nuty zauważy, że jest za wysoko, więc ze zgrzytem schodzi niżej. Nie przejmuję się nierównym rytmem. Nie przeszkadza mi, że facet wyprzedza akompaniament o dwa takty, więc przerywa w połowie linijki, żeby się powykłócać z pianistą. Jedno, czego się spodziewam, to znajomość tekstu.

Zaskakuje mnie, jeśli nie pamięta więcej niż trzech linijek pierwszej zwrotki, które wciąż powtarza, aż przyjdzie pora na refren. Zaskakuje mnie, jeśli przerywa w połowie linijki, podśmiechuje się i mówi, jakie to dziwne, ale za nic w świecie nie może sobie przypomnieć dalszego ciągu, następnie próbuje doimprowizować resztę, po czym nagle sobie przypomina, jak to szło, gdy jest już dwie zwrotki dalej, więc bez ostrzeżenia przerywa w pół słowa, żeby zapoznać publiczność z tamtą linijką. Zaskakuje mnie — zresztą dam wam przykład kabaretowych popisów Harrisa, a potem sami ocenicie.

HARRIS (*stoi przy fortepianie i zwraca się do wyczekującego tłumu*): Obawiam się, że to, znaczy, bardzo stary numer. Pewnie wszyscy go, tego, znacie. Ale nic więcej, znaczy, nie umiem. To aria sędziego z *Pinafore* — znaczy, tego, nie z *Pinafore* — znaczy, tego, z tego drugiego. Musicie, znaczy, zaśpiewać ze mną refren.

Pomruki zadowolenia i zniecierpliwienia, żeby zaśpiewać refren. Wyśmienita wersja przygrywki do arii Sędziego w Procesie, *w wykonaniu nerwowego pianisty. Pora na Harrisa. Harris przegapił wejście. Nerwowy pianista rozpoczyna przygrywkę od początku, Harris zaś, odzyskawszy głos, zaczyna śpiewać pierwsze dwie linijki arii Pierwszego Lorda z* Pinafore. *Nerwowy pianista usiłuje dokończyć przygrywkę, daje za wygraną, usiłuje wspomóc Harrisa akompaniamentem do arii Sędziego z* Procesu, *dostrzega rozbieżność melodyczną, próbuje sobie przypomnieć, co się gra i dlaczego, lecz umysł odmawia mu posłuszeństwa, więc przerywa.*

HARRIS (*tonem życzliwej zachęty*): — Nic nie szkodzi. Szło panu naprawdę doskonale — proszę grać dalej.

Nerwowy pianista: — Obawiam się, że zaszło jakieś nieporozumienie. Co pan śpiewa?

Harris (*nie daje się zbić z pantałyku*): — No przecież arię Sędziego z *Procesu*. Nie zna pan tego?

Jakiś znajomy Harrisa (*z głębi pokoju*): — Nieprawda, kapuściana głowo, śpiewasz arię Admirała z *Pinafore*.

Długa sprzeczka pomiędzy Harrisem i znajomym Harrisa na temat tego, co Harris naprawdę śpiewa. Ostatecznie znajomy sugeruje, że nie jest istotne, co Harris śpiewa, byle tylko zabrał się do rzeczy i wreszcie zaśpiewał, po czym Harris, z widocznym poczuciem krzywdy, prosi pianistę, by zaczął jeszcze raz. Pianista rozpoczyna przygrywkę do arii Admirała, a Harris, sądząc, że już na niego pora, przystępuje do śpiewania.

Harris:

Kiedy byłem młodym mecenasem…

Ogólne rozbawienie, które Harris bierze za komplement. Pianista, mając na względzie swoją żonę i dzieci, wycofuje się z nierównej walki. Jego miejsce zajmuje mężczyzna o silniejszych nerwach.

Nowy pianista (*wesoło*): — Dobra, stary, ty zaczynaj, ja się włączę. Nie będziemy się bawić w przygrywki.

Harris: (*na którego powoli spłynęło oświecenie — ze śmiechem*): — Do diaska! Najmocniej przepraszam. Jasne — pochrzaniły mi się dwie arie. To Jenkins namącił mi w głowie. Dobra, zaczynamy

Śpiewa; głos zdaje się dochodzić z piwnicy i przypomina pierwsze zapowiedzi zbliżającego się trzęsienia ziemi.

(*Półgłosem do pianisty*): — Za nisko, stary; nie gniewaj się, ale zaczniemy jeszcze raz.
Ponownie śpiewa pierwsze dwie linijki, tym razem piskliwym falsetem. Wielkie zaskoczenie wśród publiczności. Nerwowa starsza pani koło kominka dostaje spazmów i trzeba ją wyprowadzić.

Harris (*ciąg dalszy*):

Ścierałem okna i ścierałem drzwi, A potem... Nie, nie, myłem okna drzwi frontowych. Pastowałem podłogę — nie, psiakość — najmocniej przepraszam — dziwne, ale nie mogę sobie przypomnieć tej linijki. A potem — a potem... Trudno, zaśpiewamy refren, a potem zobaczymy (*śpiewa*):

Cim-ci-rym-ci-cim-ci-rymciowy
Teraz jestem szefem statków królowej.

Na trzy-cztery wszyscy powtarzamy ostatnie dwie linijki.

Publiczność (*chóralnie*):

Cim-ci-rym-ci-cim-ci-rymciowy
Teraz jest szefem statków królowej.

Przy czym Harris zupełnie nie dostrzega, że robi z siebie durnia i że naprzykrza się ludziom, którzy nigdy nie zrobili mu nic złego. Najzupełniej szczerze wyobraża sobie, że sprawił im prawdziwą ucztę duchową, i mówi, że po kolacji zaśpiewa jeszcze jedną szansonetkę.

Skoro już mowa o szansonetkach i przyjęciach,

przypomniałem sobie pewne dość dziwne zdarzenie, którego byłem świadkiem. Ponieważ rzuca ono wiele światła na naturę człowieka w jej wymiarze ogólnym, sądzę, że powinno zostać odnotowane na tych kartach.

Zebrało się bardzo dystyngowane i kulturalne towarzystwo. Mieliśmy na sobie nasze najelegantsze stroje, mówiliśmy o sprawach pięknych i wzniosłych i byliśmy bardzo szczęśliwi — nie licząc dwóch młodzików, studentów, którzy dopiero co wrócili z Niemiec. Ci pospolici młodzi ludzie sprawiali wrażenie rozdrażnionych i znudzonych, jakbyśmy rozprawiali o sprawach zbyt dla nich błahych. Prawda jest taka, że byliśmy dla nich zbyt inteligentni. Nasza finezyjna, lecz zarazem wysublimowana rozmowa, nasze arystokratyczne gusta przerastały ich. Byli wśród nas nie na miejscu. Nie powinni byli w ogóle się tam pojawić. Wszyscyśmy się później co do tego zgodzili.

Grało się *morceaux* (zarazem snobistyczne i niepasujące do mistrzów niemieckich). Dyskutowało się o filozofii i etyce. Flirtowało się, lecz z godnością i smakiem. Dowcipkowało się nawet, lecz z umiarem, na arystokratyczną modłę.

Po kolacji ktoś zadeklamował francuski poemat, który uznaliśmy za piękny; potem pewna dama zaśpiewała po hiszpańsku sentymentalną balladę, która paru osobom wycisnęła łzy z oczu — taka była patetyczna.

Wtem owi dwaj młodzi mężczyźni wstali i spytali, czy słyszeliśmy kiedyś, jak Herr Slossenn Boschen (który niedawno przyszedł i jeszcze był w sali jadalnej) śpiewa swą wspaniałą niemiecką piosenkę kabaretową.

Nie przypominaliśmy sobie, abyśmy słyszeli.

Młodzieńcy orzekli, iż to jedna z najzabawniejszych piosenek, jakie zostały kiedykolwiek napisane, i jeśli zechcemy, poproszą Herr Slossenn Boschena (którego dobrze znają), aby ją zaśpiewał. Powiedzieli, że gdy Herr Slossenn Boschen wykonał tę piosenkę dla niemieckiego cesarza, dostał on (cesarz niemiecki) takiego ataku śmiechu, że nie potrafił o własnych siłach wrócić do sypialni.

Powiedzieli, że nikt nie potrafi zaśpiewać tej piosenki tak wspaniale jak Herr Slossenn Boschen; śpiewa ją z tak śmiertelną powagą, że można by pomyśleć, iż deklamuje tragedię, dzięki czemu efekt jest, oczywiście, jeszcze śmieszniejszy. Powiedzieli, że Herr Slossenn Boschen nie zdradza choćby drgnieniem twarzy, że śpiewa coś zabawnego — to by wszystko popsuło. Właśnie tej atmosferze powagi graniczącej z patosem piosenka zawdzięcza swój nieodparty komizm.

Odparliśmy, że z wielką chęcią posłuchamy, gdyż mamy ochotę się zdrowo pośmiać. Studenci poszli na dół i przyprowadzili Herr Slossenn Boschena.

Chyba tylko czekał na tę okazję, gdyż przyszedł natychmiast i bez słowa zasiadł do fortepianu.

— O, ubawicie się setnie. Będziecie boki zrywać — szeptali młodzieńcy, przechodząc przez salę, po czym stanęli sobie dyskretnie za plecami profesora.

Herr Slossenn Boschen sam sobie posłużył za akompaniatora. Przygrywka zupełnie nie zapowiadała piosenki kabaretowej. Melodia była hipnotyczna, grobowa. Ścierpła nam skóra. Tłumaczyliśmy sobie jednak, że to niemiecka metoda i szykowaliśmy się na race humoru.

Nie rozumiem po niemiecku. Uczyłem się tego języka w szkole, ale dwa lata po zakończeniu nauki zapomniałem wszystko co do słowa i zaraz zrobiło mi się lżej na duszy. Nie chciałem jednak, żeby pozostali domyślili się mojej ignorancji. Wpadłem więc na pomysł, który wydał mi się bardzo chytry. Nie spuszczałem z oka dwóch młodych studentów i we wszystkim ich naśladowałem. Kiedy oni chichotali, ja chichotałem; kiedy oni rżeli, rżałem i ja. Od czasu do czasu z własnej inicjatywy wtrącałem lekkie parsknięcie, jakbym rozszyfrował dowcip, który umknął uwadze innych. Byłem bardzo dumny ze swej przemyślności.

Wkrótce zauważyłem, że w dwójce studentów utkwione są oczy wielu innych słuchaczy. Ludzie ci również chichotali i rżeli wraz z młodzieńcami; ponieważ zaś młodzieńcy chichotali, rżeli i skręcali się ze śmiechu prawie nieustannie, występ zakończył się oszałamiającym sukcesem.

Niemiecki profesor nie sprawiał jednak wrażenia zadowolonego. Po pierwszych paroksyzmach śmiechu na jego twarzy pojawił się wyraz niezmiernego zaskoczenia, jakby śmiech był ostatnią rzeczą, której się spodziewał. Uznaliśmy, że to bardzo zabawne: mówiliśmy sobie nawzajem, że jego patos w równym stopniu co słowa przyczynia się do komizmu. Najlżejsza sugestia z jego strony, że zdaje sobie sprawę, jaki jest zabawny, wszystko by popsuła. Gdy nie przestawaliśmy się śmiać, jego zaskoczenie ustąpiło zdenerwowaniu i oburzeniu; jego wzrok ciskał gromy na wszystkich słuchaczy (z wyjątkiem studentów, których nie widział, gdyż stali za jego plecami). Dostaliśmy konwulsji. Mówiliśmy sobie, że można paść ze śmiechu. Same słowa wystarczą, żeby nas przyprawić o drgawki, a jeszcze ta udawana powaga — to już ponad ludzkie siły!

Przy ostatniej zwrotce przeszedł samego siebie. Spod półprzymkniętych powiek tryskał tak stężony jad, że gdybyśmy nie zostali ostrzeżeni, na czym polega niemiecka metoda śpiewania komicznych piosenek, poczulibyśmy się nieswojo. W nieziemską muzykę tchnął zaś nutę tak rozdzierającej rozpaczy, że gdybyśmy nie wiedzieli, iż tekst jest wesoły, zapłakalibyśmy rzewnymi łzami.

Zakończył pośród huraganu śmiechu. Mówiliśmy sobie, że jeszcze nigdy w życiu nie słyszeliśmy czegoś równie zabawnego. Dziwiliśmy się, skąd się wzięła obiegowa opinia, iż Niemcy są pozbawieni poczucia humoru. Poprosiliśmy profesora, aby przetłumaczył piosenkę na angielski, aby i zwykli ludzie mogli ją zrozumieć i przekonać się, jakie to może być śmieszne.

Herr Slossenn Boschen wstał i wszczął straszną awanturę. Ubliżał nam po niemiecku (który to język uważam za szczególnie skuteczny do tego celu), podrygiwał, wymachiwał pięściami i w charakterze wyzwisk miotał w nas wszystkimi angielskimi słowami, jakie znał. Powiedział, że jeszcze nigdy w życiu nie spotkała go taka zniewaga.

Wyszło na jaw, że piosenka wcale nie była komiczna. Opowiadała o młodej dziewczynie z Gór Harcu, która oddała życie, aby ocalić swego kochanka; gdy umarł, spotkał w przestworzach jej duszę; wreszcie, w ostatniej zwrotce, porzucił jej duszę i odszedł z inną duszą — nie jestem pewien szczegółów, ale wiem, że było to coś bardzo smutnego. Herr Slossenn Boschen powiedział, że zaśpiewał to kiedyś cesarzowi niemieckiemu, a ten (cesarz niemiecki) płakał jak małe dziecko. Herr Slossenn Boschen powiedział także, że pieśń ta uchodzi za jedną z najbardziej wzniosłych i tragicznych, jakie zna niemiecka mowa.

Znaleźliśmy się w kłopotliwej sytuacji — nad wyraz kłopotliwej. Nie mieliśmy nic na swoją obronę. Rozejrzeliśmy się za dwoma młodzieńcami, którzy wystawili nas do wiatru, ale okazało się, że niepostrzeżenie opuścili nas zaraz po zakończeniu pieśni.

Przyjęcie nie miało dalszego ciągu. Jeszcze nigdy nie widziałem, żeby ludzie rozchodzili się do domów tak dyskretnie i bez ceremonii. Nie powiedzieliśmy sobie nawet dobranoc. Pojedynczo schodziliśmy po schodach, na palcach, trzymając się strony pogrążonej w cieniu. Szeptem prosiliśmy lokaja o kapelusze i płaszcze, wymykaliśmy się na zewnątrz i czym prędzej znikaliśmy za rogiem, unikając kontaktów z innymi.

Od tej pory moje zainteresowanie niemieckimi pieśniami znaczne osłabło.

Do śluzy w Sunbury dotarliśmy o wpół do czwartej. Tuż przed samą śluzą krajobraz jest śliczny, a woda wprost urocza; nie próbujcie jednak płynąć na wiosłach odnogą pod prąd.

Ja kiedyś próbowałem. Siedziałem przy wiosłach rufowych. Spytałem facetów przy sterze, czy ich zdaniem to wykonalne. Powiedzieli, że tak, oczywiście, tylko muszę się trochę przyłożyć. Byliśmy na wysokości niewielkiego mostku, który spina brzegi śluzy. Zebrałem się w sobie, zaparłem nogami i zacząłem wiosłować.

Ciągnąłem wyśmienicie. Wszedłem w miarowy, prężny rytm. Pracowałem całym ciałem. Narzuciłem sobie szybkie tempo. Moje pociągnięcia były tyleż dynamiczne, co w wielkim stylu. Moi dwaj znajomi powiedzieli, że radość na mnie patrzeć. Po pięciu minutach uznałem, że musimy być już blisko jazu, więc podniosłem wzrok. Byliśmy na wysokości mostka, dokładnie w tym samym miejscu, co w chwili startu, a ci dwaj idioci omal sobie krzywdy nie zrobili ze śmiechu. Wiosłowałem jak galernik, żeby łódka postała sobie spokojnie koło mostka. Teraz zostawiam innym przyjemność wiosłowania w odnogach pod prąd.

Dobiliśmy do Walton, które jest dość spore jak na nadrzeczne miasto. Jak we wszystkich nadrzecznych miastach, nad wodę dochodzi tylko jego maleńki kawałek, toteż patrząc z łódki, można pomyśleć, że to jakaś wioska o kilkunastu domach. Pomiędzy Londynem a Oksfordem jedyne miasta, które nieco widać z rzeki, to Windsor i Abingdon. Wszystkie inne chowają się za winklem i tylko zerkają w stronę wody jedną ulicą. Dziękuję im za ten umiar, za pozostawienie terenów nadrzecznych lasom, polom i zakładom wodociągowym.

Nawet Reading, które robi wprawdzie, co może, aby spaskudzić jak najwięcej rzeki, jest na tyle dobroduszne, że chowa się ze swym szpetnym obliczem przed wodniackim wzrokiem.

W Walton, jak wiadomo, przebywał Cezar — miał tam jakieś namioty czy ziemianki. Cezar był stałym bywalcem w górnym biegu Tamizy. Tak samo królowa Elżbieta. Przed tą kobietą nie ma ucieczki — gdziekolwiek się udasz, ona tam była. Zaszczycili miasto swą obecnością także Cromwell i Bradshaw (minister króla Karola, nie ten od rozkładów jazdy pociągów). We dwójkę musieli stanowić całkiem dobrane towarzystwo.

W kościele waltońskim jest żelazny „kaganiec sekutnicy". Dawnymi czasy zakładano te urządzenia kobietom, żeby tyle nie trzepały ozorami. Później zaniechano tej praktyki. Pewnie zaczęło brakować żelaza, a żaden inny materiał nie był wystarczająco mocny.

W kościele są także ciekawe grobowce, toteż obawiałem się, że Harris nie minie ich obojętnie. Chyba jednak wyleciały mu z głowy, bo bez słowa popłynęliśmy dalej. Za mostem rzeka wije się ostrymi wirażami i roztacza przed oczyma płynących niezwykle malownicze widoki. Nie rekompensuje to jednak niesnasek, jakie w tym trudnym z żeglugowego punktu widzenia miejscu rodzą się pomiędzy wiosłującym i sterującym.

Na prawym brzegu zostawia się tu za sobą Oatlands Park. To bardzo słynna stara posesja. Henryk VIII wywłaszczył stąd któregoś ze swych wasali, nie pamiętam którego, i sam się wprowadził. W parku jest grota, którą zwiedza się za opłatą, gdyż uchodzi za bardzo niezwykłą. Na mnie nie robi jednak większego wrażenia. Świętej pamięci księżniczka Yorku, która mieszkała w Oatlands, bardzo lubiła psy i trzymała ich całą zgraję. Kazała sobie urządzić specjalny cmentarz, gdzie grzebała je po śmierci. Leży ich tam teraz około pięćdziesięciu, każdy pod osobną płytą nagrobną, z wygrawerowanym epitafium.

Rzekłbym, iż należy im się to w takim samym stopniu, co przeciętnemu chrześcijaninowi.

Pod Corway Stakes — pierwsze zakole za mostem waltońskim — Cezar stoczył bitwę z Cassivelaunusem. Cassivelaunus próbował zagrodzić Cezarowi drogę, wbijając w dno rzeki mnóstwo pali (postawił też pewnie tablicę „Wstęp wzbroniony"). Mimo to Cezar przeszedł na drugą stronę. Nie należał do ludzi, którzy dają się łatwo odstraszyć. Takich ludzi nam dziś potrzeba na zachłannych obszarników.

Halliford i Shepperton to dość przyjemne zakątki, w miejscu, gdzie stykają się z rzeką; nie ma tam jednak nic godnego uwagi. Cmentarz w Shepperton może się wszakże poszczycić grobowcem z wygrawerowanym na płycie poematem, więc ogarnął mnie niepokój, że Harris zechce wysiąść i przeczytać te nieśmiertelne wersety. Widziałem, że gdy zbliżaliśmy się do przystani, utkwił w niej tęskny wzrok, więc zręcznym ruchem strąciłem mu czapkę do wody: w ferworze jej wyławiania i w oburzeniu na moją niezdarność zupełnie zapomniał o swych ukochanych grobach.

W Weybridge na tej samej wysokości wpadają do Tamizy Wey (ładny potoczek, dla małych łódek żeglowny aż po Guildford — stale sobie obiecuję, że kiedyś tam popłynę), Bourne i kanał Basingstoke. Zaraz naprzeciwko miasta jest śluza. Pierwszą rzeczą, jaka rzuciła nam się w oczy, był trykot George'a na jej wrotach, a przy dokładniejszych oględzinach okazało się, że w środku jest sam George.

Montmorency zaczął wściekle ujadać, ja wrzasnąłem, Harris ryknął, George zaś pomachał kapeluszem i odkrzyknął. Śluzowy wybiegł z bosakiem, przekonany, że ktoś wpadł do wody, a gdy zobaczył, że wszystko jest w porządku, wydawał się rozczarowany.

George miał w ręce dość dziwny pakunek, zawinięty w ceratę. Z jednego końca był płaski i okrągły, z drugiego wystawała długa, prosta rękojeść.

— Co to? — spytał Harris. — Patelnia?

— Nie — odparł George z osobliwym, dzikim

błyskiem w oczach. — To najnowszy krzyk mody. Wszyscy je mają w górze rzeki. To bandżo.

— Nie wiedziałem, że grasz na bandżo! — zawołaliśmy z Harrisem jednym głosem.

— Jeszcze nie — odparł George — ale podobno to bardzo łatwe. Poza tym mam ze sobą samouczek.

ROZDZIAŁ 9

George wdraża się do pracy — Pogańska natura lin holowniczych — Niewdzięczne postępowanie dwójek ze sternikiem — Holujący i holowani — Pożytek z amantów — Tajemnicze zniknięcie starszej pani — Wiele hałasu, mała prędkość — Być holowanym przez dziewczęta: niezapomniane wrażenia — Zagubiona śluza albo zaczarowana rzeka — Muzyka — Ocaleni!

Usiłowaliśmy zaprząc George'a do pracy, skoro już był z nami. Wykręcał się, rzecz jasna. W City strasznie dali mu w kość, tłumaczył. Harris, którego szorstka natura nie zna litości, powiedział:

— A! No to teraz, dla odmiany, dostaniesz w kość na rzecze. Odmiana dobrze ci zrobi. Wysiadaj!

Nie mógł z czystym sumieniem — nawet George ma jakieś resztki sumienia — odmówić, chociaż sugerował, że może byłoby lepiej, gdyby został na łódce i zaparzył herbatę, a nam zostawił holowanie, ponieważ parzenie herbaty to taka uciążliwa praca, a my z Harrisem wyglądamy na zmęczonych. W odpowiedzi podaliśmy mu bez słowa hol, który wziął do ręki i wyszedł na brzeg.

Lina holownicza ma w sobie coś dziwnego i niewytłumaczalnego. Zwijasz ją z równą cierpliwością i pieczołowitością, z jaką byś składał nową parę spodni, a pięć minut później, gdy ją podnosisz, widzisz upiorną, odrażającą gmatwaninę.

Nie chcę być niesprawiedliwy, ale nic nie wytrąci mnie z przekonania, że jeśli wziąć przeciętny hol i przeciągnąć go w prostej linii przez pole, po czym na pół minuty spuścić go z oka, okaże się, że na samym środku pola leży istne kłębowisko, zasupłane, zapętlone i zawęźlone, a końce gdzieś zginęły, w związku z czym potrzeba dobrych trzech kwadransów, żeby to wszystko rozplątać, klnąc na czym świat stoi.

Taka jest moja ogólna opinia na temat lin holowniczych. Niewykluczone, że zdarzają się chlubne wyjątki; tego nie neguję. Niewykluczone, że istnieją liny holownicze, które przynoszą zaszczyt swej profesji, sumienne, godne najwyższego szacunku; może istnieją liny holownicze, które nie wyobrażają sobie, że są robótką na drutach i z chwilą, gdy zostawić je same, nie dziergają się w pokrowce na meble. Jak mówię, być może takie liny istnieją. Szczerze bym sobie tego życzył. Ja ich jednak nie spotkałem.

Naszym holem zająłem się sam, gdy dobijaliśmy do śluzy. Harrisowi nie pozwalałem się do niego zbliżać, bo straszny z niego niezdara. Starannie i powoli zwinąłem linę w buchtę, przewiązałem w środku, zgiąłem na pół i delikatnie złożyłem na dnie łodzi. Harris podniósł ją, bacząc na każdy ruch, i podał George'owi do ręki. George uchwycił ją mocno i zaczął ostrożnie rozwijać, jakby zdejmował śpiochy nowo narodzonemu niemowlakowi. Nim doszedł do dwunastu jardów, najbardziej ze wszystkiego lina przypominała postrzępioną słomiankę.

Zawsze jest tak samo, a w ślad za tym idzie zawsze ten sam incydent. Człowiek na brzegu, który usiłuje rozplątać hol, jest zdania, że wina leży po stronie tego, który zwijał buchtę; a w górze rzeki co w sercu, to na języku.

— Coś ty chciał z tego zrobić, sieć rybacką? Niezły ci wyszedł galimatias. Nie mogłeś zwinąć jak należy, ty ośle głupi? — jęczy od czasu do czasu pośród strasznych zmagań. Wreszcie kładzie hol na ścieżce flisackiej, usiłując znaleźć koniec.

Z kolei człowiek, który zwijał buchtę, składa wszystko na karb nieudolności tego, który usiłuje rozwinąć linę.

— Lina była w porządku, gdy ją brałeś! — woła oburzony. — Jak można być tak bezmyślnym! Robisz wszystko, jakbyś miał dwie lewe ręce! Ty byś nawet latarnię zasupłał!

Są na siebie tacy źli, że najchętniej by się nawzajem powywieszali na tej linie. Mija dziesięć minut, po czym człowiek na brzegu wrzeszczy jak opętany, skacze po linie i usiłuje ją rozprostować, ciągnąc na siłę za pierwszy kawałek, jaki wpadnie mu w rękę. Rzecz jasna, supeł robi się od tego jeszcze bardziej zagmatwany. Człowiek, który zwijał buchtę, wysiada, żeby pomóc tamtemu, lecz tylko sobie przeszkadzają. Obaj chwytają za ten sam kawałek liny i ciągną w przeciwnych kierunkach, nie mogąc zrozumieć, gdzie się blokuje. Wreszcie udaje im się linę rozplątać, a gdy się odwracają, łódź jest hen daleko i dryfuje ku śluzie.

Coś takiego naprawdę się raz zdarzyło koło Boveney, w dość wietrzny poranek. Holowaliśmy łódź w dół rzeki, a gdy minęliśmy zakręt, ujrzeliśmy na brzegu dwóch ludzi. Patrzyli na siebie z wyrazem największego zdumienia i rozpaczy, jakie zdarzyło mi się kiedykolwiek widzieć na ludzkim obliczu, i trzymali z dwóch końców długi hol. Było jasne, że coś się stało, więc zwolniliśmy i spytaliśmy, w czym problem.

— Łódka nam uciekła! — odparli oburzonym tonem. — Wysiedliśmy tylko, żeby rozplątać hol, a kiedy się odwróciliśmy, już jej nie było!

Najwyraźniej mieli łódce za złe ten podły i niewdzięczny postępek.

Natrafiliśmy na zgubę pół mili niżej, uwięzłą w sitowiu, i przyprowadziliśmy ją właścicielom. Założę się, że co najmniej przez tydzień za karę nie spuszczali jej na wodę.

Nigdy nie zapomnę widoku tych dwóch ludzi, chodzących tam i z powrotem po brzegu i szukających swojej łódki.

Na rzece jest się świadkiem wielu zabawnych zdarzeń związanych z holowaniem. Do najpowszechniejszych należy widok dwóch holujących, którzy żwawo maszerują, pogrążeni w ożywionej rozmowie, podczas gdy człowiek w łódce, sto jardów z tyłu, bezskutecznie wrzeszczy, żeby się zatrzymali, i daje wiosłem paniczne sygnały SOS. Coś się stało: urwał się ster albo bosak wypadł za burtę, albo sternikowi spadł z głowy kapelusz i odpływa szybko z prądem. Sternik woła więc, żeby się zatrzymali, z początku dość grzecznie.

— Hop, hop! Stójcie! — woła wesoło. — Kapelusz mi wypadł za burtę.

Potem:

— Ahoj! Tom, Dick! Głusi jesteście? — Już mniej sympatycznie.

Potem:

— Hej, wy tam! Żeby was pokręciło, pacany jedne! Hej, stać! Do nagłej...!

Potem zrywa się na równe nogi, tupie, wrzeszczy, aż robi się czerwony na twarzy i klnie jak szewc. Mali chłopcy na brzegu przystają i szydzą z niego, obrzucają go kamieniami, gdy mija ich bezradny z prędkością czterech mil na godzinę i nie może wysiąść.

Znakomitej większości tego rodzaju kłopotów można by uniknąć, gdyby holujący pamiętali, że holują, i spojrzeli czasem za siebie, aby sprawdzić, jak się ma sternik. Jeszcze lepiej, gdy holuje jeden człowiek. Kiedy weźmie się do tego dwóch, trajkoczą jak przekupki i zapominają, co robią, a łódź, która stawia przecież niewielki opór, nie przywodzi ich do opamiętania.

Aby dać nam przykład skrajnego roztargnienia, w jakie zdarza się popaść holującym, George opowiedział nam wieczorem, gdy po kolacji omawialiśmy ten temat, pewną niezwykłą historię.

Pewnego wieczoru, wraz z trzema innymi ludźmi, płynęli na wiosłach ciężko załadowaną łodzią z Maidenhead. Kawałek za śluzą w Cookham zauważyli chłopaka i dziewczynę, którzy szli ścieżką holowniczą, najwyraźniej pochłonięci ciekawą, zajmującą rozmową. Pomiędzy sobą nieśli bosak, do którego przywiązana była lina holownicza, ta zaś wlokła się za nimi, z końcem w rzece. W zasięgu wzroku nie było widać żadnej łódki. Jedno było pewne: kiedyś do końca liny przyczepiona była łódka; lecz jaki los przypadł jej w udziale, jaka upiorna katastrofa ją spotkała, na jakie brzegi woda wymyła szczątki — to miało pozostać tajemnicą. Jeżeli zdarzył się jakiś wypadek, w najmniejszej mierze nie zakłócił on dobrego samopoczucia panny i kawalera, którzy holowali. Mieli bosak, mieli hol i uważali, że nic więcej im do szczęścia nie potrzeba.

George zamierzał właśnie zawołać i obudzić ich, lecz w ostatniej chwili przyszedł mu do głowy lepszy pomysł. Wziął bosak, przyciągnął koniec holu i obwiązał go wokół masztu. Następnie złożyli wiosła, rozsiedli się wszyscy wygodnie na rufie i zapalili fajki.

Młoda parka zaholowała czterech spasionych facetów na ciężkiej łodzi aż do Marlow.

George powiedział, że jeszcze nie widział tyle zaprawionej bólem melancholii w jednym spojrzeniu, gdy koło śluzy młodzi ludzie zdali sobie sprawę, że przez dwie mile holowali cudzą łódkę. George odniósł wrażenie, że tylko obecność słodkiego dziewczęcia powstrzymała kawalera od grubych obelg.

Pierwsza wyszła ze zdumienia panna; załamała ręce i spytała głosem obłąkanej:

— Och, Henry, gdzie cioteczka?

— Udało im się odnaleźć starszą panią? — zainteresował się Harris.

George odparł, że nie wie.

Inny przykład niebezpiecznego braku porozumienia między holującym i holowanym mieliśmy kiedyś z George'em okazję zobaczyć niedaleko Walton. Ścieżka holownicza opada tam łagodnie do wody, my zaś obozowaliśmy na przeciwległym brzegu i mieliśmy na wszystko oko. Nagle w polu widzenia zjawiła się niewielka łódka, którą ciągnął z ogromną prędkością potężny koń, dosiadany przez małego chłopca. Na łódce, w rozmarzonych i rozleniwionych pozach, leżało pięciu facetów, a w największym błogostanie zdawał się pogrążony człowiek, który trzymał ster.

— Życzę mu, żeby pociągnął za złą linkę — mruknął George, gdy nas mijali.

Jak na zawołanie, tak się właśnie stało, a łódka wpłynęła na brzeg ze zgrzytem, który przypominał rozdzieranie czterdziestu tysięcy lnianych prześcieradeł. Dwóch ludzi, kosz i trzy wiosła bezzwłocznie się ewakuowały przez bakburtę i wyciągnęły na nabrzeżu, a półtorej sekundy później dwóch innych mężczyzn opuściło łódź przez sterburtę, po czym rozsiedli się pośród bosaków, żagli, płóciennych toreb i butelek. Ostatni z załogi popłynął dwadzieścia jardów dalej i katapultował się głową do przodu.

Łódce chyba ulżyło, gdyż pomknęła chyżo do przodu, chłopiec zaś wrzeszczał na całe gardło, ponaglając swego rumaka do galopu. Pasażerowie podnieśli głowy i spojrzeli po sobie. Upłynęło kilka chwil, nim zdali sobie sprawę, co się stało. Zaczęli krzyczeć co sił w płucach, żeby chłopiec się zatrzymał. Ten był jednak zbyt zajęty popędzaniem konia, żeby ich usłyszeć, więc zobaczyliśmy już tylko, jak biegną za nim i znikają za zakrętem rzeki.

Nie powiem, żeby mi było ich żal. Wręcz przeciwnie, życzę wszystkim głupcom, którzy każą sobie w ten sposób holować łódkę — a jest ich niemało — żeby ich spotkała podobna przykrość. Nie dość, że sami narażają się na ryzyko, to jeszcze stwarzają zagrożenie dla wszystkich innych łódek, które mijają. Przy takiej prędkości jest niemożliwe, żeby usunęli się z drogi komuś innemu albo żeby ktoś usunął się im. Ich hol zawadza o wasz maszt i wywraca wam łódkę albo też chwyta któregoś z pasażerów i wyrzuca go za burtę lub kiereszuje mu twarz. Najlepszą polityką jest nie ustępować pola, a jeśli trzeba, dać delikwentom odprawę wiosłem.

Ze wszystkich doświadczeń holowniczych najbardziej pasjonujące jest być holowanym przez dziewczęta. Każdy powinien tego zakosztować przynajmniej raz w życiu. Do holowania potrzebne są zawsze trzy dziewczyny: dwie trzymają linę, a jedna pałęta się koło nich i chichocze. Zazwyczaj zaczynają od tego, że zaplątują się w hol. Lina owija im się wokół nóg, muszą więc usiąść na ścieżce i nawzajem się wyplątać. Następnie lina okręca się im wokół szyi, co kończy się niemal uduszeniem. Wreszcie jednak lina jest prosta, a dziewczęta ruszają biegiem, ciągnąc łódź z dość niebezpieczną prędkością. Po stu jardach oczywiście ledwie zipią, więc nagle się zatrzymują, siadają na trawie i chichoczą, a zanim ty zorientujesz się w sytuacji i złapiesz za wiosło, łódź dryfuje na środek rzeki i obraca się dziobem w drugą stronę. Po jakimś czasie dziewczęta wstają i są zaskoczone.

— Och, patrzcie! — mówią. — Wypłynęli na sam środek.

Zawstydzone, przez jakąś chwilę holują dość równomiernie, po czym którejś przychodzi do głowy, że powinna podkasać kieckę. Przystają, a łódka wpływa na brzeg.

Wyskakujesz, spychasz ją z powrotem do wody i krzyczysz do dziewcząt, żeby się nie zatrzymywały.

— Tak. O co chodzi? — wołają w odpowiedzi.

— Nie stawajcie! — ryczysz.

— Nie co?

— Nie stawajcie, ciągnijcie dalej!

— Idź do nich, Emily, i sprawdź, o co im chodzi — mówi jedna z dziewcząt. Emily wraca i pyta, w czym rzecz.

— Czego chcecie? — pyta. — Czy coś się stało?

— Nie — odpowiadasz. — Wszystko w porządku. Tylko ciągnijcie, nie zatrzymujcie się.

— Czemu?

— Bo nie da się sterować, jeśli ciągle się zatrzymujecie. Łódka traci manewrowość.

— Co traci?

— Mane... w każdym razie musicie cały czas ciągnąć.

— Aha, w porządku, powiem im. Dobrze nam idzie?

— Tak, tak, znakomicie, tylko się nie zatrzymujcie.

— To wcale nie taka wielka filozofia. Myślałam, że sobie nie poradzimy.

— Ależ nie, to bardzo proste. Trzeba tylko równo ciągnąć, to wszystko.

— Rozumiem. Podaj mi mój czerwony szal, jest pod poduszką.

Znajdujesz szal, podajesz jej, a tymczasem przychodzi druga z dziewcząt i dochodzi do wniosku, że też chce swój, po czym na wszelki wypadek zabierają szal Mary, lecz Mary nie chce szala, więc odnoszą go z powrotem i biorą w zamian grzebień. Mija dwadzieścia minut, zanim znów wyruszacie w drogę, a za następnym zakrętem dziewczęta widzą krowę, więc musisz wysiąść z łódki, żeby przepłoszyć wstrętne bydlę z ich drogi.

Kiedy holują dziewczęta, człowiek nie nudzi się ani chwili!

Po jakimś czasie George uporał się z liną i zaholował nas jednym ciągiem do Penton Hook. Tam omówiliśmy ważną kwestię biwakowania. Postanowiliśmy spać tej nocy na pokładzie, mieliśmy więc do wyboru rozłożyć się gdzieś od razu albo podciągnąć za Staines. Wydawało się jednak za wcześnie na nocleg, bo słońce jeszcze nie zaszło, uzgodniliśmy więc, że pchamy się do Runnymede, trzy i pół mili dalej, gdzie można znaleźć zaciszną zatoczkę pośród lasów.

Wszyscy potem żałowaliśmy, żeśmy się nie zatrzymali w Penton Hook. Trzy i pół mili pod prąd to fraszka, ale wczesnym rankiem, a nie po całym dniu wiosłowania w pocie czoła. Przez te ostatnie kilka mil człowiek nie okazuje już zainteresowania przyrodą. Nie gawędzi i nie sypie dowcipami. Każde pół mili zdaje się urastać do dwóch mil. Człowiek nie może uwierzyć, że tak mało posunął się do przodu i nabiera przekonania, że coś jest nie tak z mapą. Gdy w kościach czuje, jakby przepłynął dziesięć mil, a śluzy jak nie widać, tak nie widać, ogarnia go poważna obawa, czy ktoś jej nie zdemontował i nie wyniósł do lasu.

Ja w takich okolicznościach tracę często głowę, nic więc dziwnego, że kiedyś trochę przeholowałem (to znaczy w sensie przenośnym). Byliśmy na wycieczce z pewną młodą damą — kuzynką ze strony matki — i płynęliśmy z prądem do Goring. Było dość późno, toteż chcieliśmy jak najprędzej znaleźć się w domu — w każdym razie ona tego chciała. Do śluzy w Benson dotarliśmy o wpół do siódmej. Zapadał już zmrok. Kuzynka zaczęła się niepokoić. Powiedziała, że chciałaby być w domu na kolację. Odparłem, że ja również nie chciałbym się na nią spóźnić. Wyjąłem mapę, żeby sprawdzić, czy jeszcze daleko. Ujrzałem, że do następnej śluzy — w Wallingford — zostało nam tylko półtorej mili, a stamtąd pięć do Cleeve.

— Nie ma obawy! — powiedziałem. — Przez następną śluzę przeprawimy się przed siódmą, a potem zostanie już tylko jedna.

Przyłożyłem się energicznie do wioseł.

Minęliśmy most i wkrótce potem zapytałem ją, czy widzi śluzę. Odparła, że nie, nie widzi żadnej śluzy.

— O! — odrzekłem, nie odrywając się od wioseł.

Gdy minęło kolejne pięć minut, poprosiłem, by znów spojrzała.

— Nie — powiedziała. — Ani śladu śluzy.

— Czy… czy jesteś pewna, że potrafisz rozpoznać śluzę? — spytałem delikatnie, nie chcąc jej urazić.

Nie poczuła się wcale urażona, lecz zaproponowała, abym sam popatrzył. Odłożyłem więc wiosła i zmierzyłem wzrokiem horyzont. W szarzejącym świetle rzeka ciągnęła się przed nami na milę. Ani śladu śluzy.

— Myślisz, że zabłądziliśmy? — spytała moja towarzyszka.

Nie wydawało mi się to możliwe. Zasugerowałem jednak, że mogliśmy skręcić w boczną odnogę i wkrótce porwą nas bystrzyny.

Myśl ta wcale jej nie pocieszyła. Zalała się łzami. Powiedziała, że oboje utoniemy i że to dla niej kara boska za to, że się ze mną wybrała.

Mnie kara wydała się trochę wygórowana, lecz kuzynka była przeciwnego zdania i chciała, żeby jak najprędzej było już po wszystkim.

Usiłowałem dodać jej otuchy i zbagatelizować całą sprawę. Powiedziałem, że widocznie po prostu wiosłowałem wolniej, niż myślałem, lecz teraz już niezadługo dotrzemy do śluzy. Wiosłowałem przez kolejną milę.

Teraz i mnie zaczął ogarniać niepokój. Popatrzyłem jeszcze raz na mapę. Oto śluza w Wallingford, wyraźnie zaznaczona, półtorej mili poniżej Benson. Dobra, rzetelna mapa. Poza tym znałem tę śluzę, dwa razy się przez nią przeprawiałem. Gdzie byliśmy? Co się z nami stało? Zacząłem myśleć, że to wszystko na pewno mi się tylko śni, jestem w swoim łóżku, za chwilę się obudzę i usłyszę, że minęła dziesiąta.

Spytałem kuzynkę, czy sądzi, że to może być sen. Odparła, że właśnie miała mi zadać to samo pytanie. Zaczęliśmy się zastanawiać, czy oboje śpimy, a jeśli tak, które z nas jest rzeczywiste i śni drugiego, a które jest tylko śnione. Fascynujące zagadnienie.

Nadal jednak wiosłowałem, a śluza wciąż się nie pojawiała. Gęstniejący mrok spowijał rzekę w ponury całun tajemnicy. Wszystko stawało się upiorne i nierzeczywiste. Myślałem o elfach, skrzatach, błędnych ognikach i tych występnych wiedźmach, które siedzą całą noc na skałach, by zwabić ludzi w wiry wodne i inne okropieństwa. Pożałowałem, że nie byłem w życiu lepszy i że znam tak mało modlitw. Z rozważań tych wyrwały mnie błogosławione dźwięki *Dał im radę*, grane fałszywie na akordeonie — wiedziałem już, że jesteśmy ocaleni!

Generalnie nie jestem wielkim zwolennikiem akordeonu. Lecz ach! jakże piękna zdawała się nam obojgu ta muzyka — nieporównanie piękniejsza aniżeli głos Orfeusza, lutnia Apollina czy coś w tym guście. W naszym ówczesnym stanie ducha niebiańska muzyka wtrąciłaby nas w jeszcze większą rozpacz. Chwytającą za duszę anielską pieśń, w poprawnym wykonaniu, wzięlibyśmy za ostrzeżenie z zaświatów i postradali wszelką nadzieję. Lecz w urywkach *Dał im radę*, wykonanych spazmatycznie, z mimowolnymi wariacjami, na dychawicznym akordeonie, było coś głęboko ludzkiego i dodającego otuchy.

Słodkie dźwięki przybliżyły się i wkrótce łódź, z której płynęły, zrównała się z nami.

Była to czereda prowincjonalnych kawalerów, którzy zabrali swe panny na wodny spacer w świetle księżyca. (Nie było żadnego księżyca, ale to już nie ich wina). Nigdy nie spotkałem tak przemiłych, sympatycznych ludzi. Pomachałem im i spytałem, którędy do śluzy w Wallingford. Wyjaśniłem, że szukamy jej od dwóch godzin.

— Śluza w Wallingford! — odparli. — Zmiłuj się, Boże, będzie rok, jak ją rozebrali. Nie ma żadnej śluzy w Wallingford, panie. Jesteście blisko Cleeve. To ci dopiero numer, Bill, pan szuka śluzy w Wallingford!

Zupełnie nie przyszło mi to do głowy. Chciałem rzucić im się na szyje i pobłogosławić ich, lecz prąd był na to zbyt silny, więc musiałem się zadowolić zwykłymi słowami podziękowania, wiedząc, jak chłodno brzmią one w uszach naszych wybawców.

Dziękowaliśmy im chyba stokrotnie, mówiliśmy, jaki cudowny jest wieczór, życzyliśmy przyjemnego spaceru, ja zaprosiłem ich chyba na tydzień do siebie, a kuzynka powiedziała, że jej matka z rozkoszą ich pozna. Potem odśpiewaliśmy we dwójkę arię żołnierzy z *Fausta* i zdążyliśmy, mimo wszystko, na kolację.

ROZDZIAŁ 10

Nasza pierwsza noc – Błaganie o pomoc – Perfidia czajników, jak jej zaradzić – Kolacja – Jak czuć się cnotliwym – Potrzebna dobrze wyposażona, porządnie osuszona wyspa bezludna, najchętniej na południowym Pacyfiku – Dziwna rzecz, która przytrafiła się ojcu George'a – Niespokojna noc.

Harris i ja zaczęliśmy podejrzewać, że śluza w Bell Weir również została rozebrana. George zaholował nas do Staines, gdzie go zmieniliśmy. Czuliśmy, jakbyśmy wlekli za sobą pięćdziesiąt ton i mieli w nogach czterdzieści mil. O wpół do ósmej przeprawiliśmy się przez śluzę, zasiedliśmy wszyscy do wioseł i płynęliśmy blisko lewego brzegu, żeby wypatrzyć jakieś dobre miejsce na nocleg.

Pierwotnie zamierzaliśmy dociągnąć do Wyspy Karty Swobód, gdzie rzeka wije się cudnie przez łagodną zieleń doliny, aby zacumować w jednej z wielu malowniczych zatoczek, które wrzynają się w ten maleńki odcinek brzegu. Okazało się jednak, że przez ostatnie parę godzin tęsknota za malowniczością znacznie w nas przygasła. Trochę wody pomiędzy barką węglową a gazownią zupełnie by nas tego wieczoru zadowoliło. Nie pragnęliśmy pięknych krajobrazów.

Pragnęliśmy zjeść kolację i położyć się spać. Dowiosłowaliśmy jednak do cypla, który nosi nazwę Piknikowisko, i wpłynęliśmy do bardzo przyjemnej zatoczki w cieniu wielkiego wiązu, do którego rozczapierzonych korzeni zacumowaliśmy łódkę.

Potem pomyśleliśmy, że zjemy kolację (zrezygnowaliśmy z podwieczorku, aby oszczędzić na czasie), lecz George się sprzeciwił: najpierw rozepnijmy płachtę, póki jeszcze cokolwiek widać. Mając to za sobą, powiedział, będziemy mogli z czystym sumieniem zasiąść do jedzenia.

Przy rozpinaniu płachty trzeba się było tyle namęczyć, że zwątpiliśmy, czy to dobry interes. W teorii zdawało się to takie proste. Bierze się pięć stalowych kabłąków, przypominających olbrzymie bramki do krokieta, mocuje do burt łódki, przerzuca przez nie płachtę i przywiązuje; zajmie nam to najwyżej dziesięć minut, ocenialiśmy.

Ocena była zaniżona.

Wzięliśmy kabłąki i zaczęliśmy je wsuwać do specjalnych otworów w burtach. Nikt by nie pomyślał, że może to być niebezpieczna praca; a przecież dziś, z perspektywy czasu, największe zdumienie budzi we mnie fakt, że ktokolwiek z nas przeżył, by zdać sprawę z tych zdarzeń. To nie były kabłąki — to były istne demony. Najpierw nie chciały wejść do otworów, więc musieliśmy je deptać, kopać, tłuc bosakiem. Kiedy już je poskromiliśmy, wychodziło na jaw, że siedzą w złych otworach, więc trzeba je było znowu wyjmować.

One jednak za nic nie chciały dać się wyjąć. Dopiero kiedy się z nimi szamotaliśmy we dwóch przez pięć minut, nagle wyskakiwały z otworów, w nieskrywanej intencji, żeby nas wrzucić do wody i utopić. W środku miały zawiasy i kiedy niebacznie odwróciliśmy się do nich tyłem, szczypały nas tymi zawiasami w delikatne części ciała. Kiedy zaś walczyliśmy z jednym końcem, żeby go zmusić do sumiennego wykonywania obowiązków, drugi skradał się podstępnie jak tchórz i walił nas w głowę.

Nareszcie umocowaliśmy je wszystkie i pozostało nam już tylko naciągnąć płachtę. George rozwinął ją trochę i przytroczył jeden koniec do dziobu łódki. Harris stał w środku, żeby przejąć płachtę od George'a i puścić ją w moją stronę, ja zaś stałem przy rufie, żeby ją pochwycić. Solidnie się naczekałem. George wywiązał się ze swojej części zadania, lecz Harris nie miał żadnego doświadczenia z płachtami, więc spartaczył robotę.

Jakim cudem zdołał to osiągnąć, nie mam pojęcia, on sam nie umiał tego wytłumaczyć. Jakimś tajemnym sposobem, po dziesięciu minutach nadludzkiego wysiłku, zdołał się cały omotać w płachtę. Był tak ciasno spowity, zalepiony i zapieczętowany, że nie potrafił się wydostać. Rzecz jasna, natychmiast rozpoczął krwawy bój o wolność — przyrodzone prawo wszystkich Anglików. W ferworze walki (o czym dowiedziałem się później) obalił na ziemię George'a. Klnąc na Harrisa, George też ruszył do boju, po czym on także się zaplątał i omotał w płachtę.

Ja nic o tym wszystkim wtedy nie wiedziałem. Zupełnie się nie znałem na rozpinaniu płacht. Kazano mi stać i czekać, aż płótno do mnie przyjdzie, więc staliśmy z Montmorencym na powierzonym nam odcinku i czekaliśmy, potulni i ufni. Widzieliśmy, że płótno straszliwie szarpie się i miota, sądziliśmy jednak, że tego wymaga sposób użycia, więc się nie wtrącaliśmy.

Spod płachty dochodziły nas stłumione, lecz gwałtowne słowa i domyśliliśmy się, że praca jest uciążliwa. Doszliśmy jednak do wniosku, że to tylko przejściowe trudności, dlatego nie interweniowaliśmy. Czekaliśmy dłuższą chwilę, lecz sprawy zdawały się przybierać coraz bardziej dramatyczny obrót. Nareszcie na drugim końcu łódki wysupłała się skądś głowa George'a i przemówiła.

Oto co powiedziała:

— Może byś tak nam pomógł, palancie. Stoisz tam jak kukła, choć widzisz, że nas tu chce udusić, ćwoku jeden!

Nie umiem odwrócić się plecami, gdy ktoś błaga mnie o pomoc, więc poszedłem i wyplątałem ich. W samą porę, bo Harris był już siny na twarzy.

Minęło jeszcze pół godziny morderczej pracy, zanim płachta była rozpięta jak należy. Zrobiwszy porządek na pokładzie, wyjęliśmy rzeczy potrzebne do kolacji. Postawiliśmy czajnik na kuchence w dziobie łódki, po czym przeszliśmy na rufę i zajęliśmy się innymi sprawami, udając, że czajnik nic nas nie obchodzi.

To jedyny sposób, żeby zagotować wodę nad Tamizą. Jeżeli czajnik widzi, że się niecierpliwicie, nigdy nie zagwiżdże. Najlepiej odejść na bok i zacząć jeść kolację, jakbyście wcale nie mieli zamiaru pić herbaty. Nie wolno wam nawet zerkać w jego stronę. Wkrótce usłyszycie, jak woda bulgocze i aż rwie się do tego, żeby zrobić z niej herbatę.

Jeżeli bardzo wam się spieszy, nie od rzeczy jest mówić głośno do siebie, że nie macie ochoty na herbatę, więc gorąca woda wam niepotrzebna. Podchodzicie blisko czajnika, żeby was dobrze słyszał, po czym wołacie: — Nie chcę herbaty. Ty chcesz, George? — na co George odkrzykuje: — Och, nie, ja nie lubię herbaty. Napijemy się lemoniady. Herbata źle robi na trawienie. — Słysząc to, czajnik kipi i zalewa kuchenkę.

Zastosowaliśmy ten niewinny podstęp, skutkiem czego, zanim wszystko było gotowe, herbata już czekała. Zapaliliśmy lampę i usiedliśmy do kolacji.

Gorąco pragnęliśmy tej kolacji.

Przez trzydzieści pięć minut, jak łódka długa i szeroka, nie słychać było żadnych dźwięków, prócz brzęku sztućców i naczyń oraz miarowego chrzęstu czterech żuchw. Gdy trzydzieści pięć minut minęło, Harris powiedział: — Ach! — po czym wyjął spod siebie lewą nogę, aby podwinąć prawą.

Pięć minut później George również powiedział: — Ach! — i rzucił talerz na trawę. Dalsze trzy minuty później pierwsze objawy zadowolenia okazał Montmorency, który ułożył się na boku i wyciągnął nogi. Potem ja powiedziałem: — Ach! — i odchyliłem głowę do tyłu, tłukąc nią w jeden z kabłąków, lecz kpiłem sobie z tego. Nawet nie zakląłem.

Jaki radosny czuje się człowiek z pełnym żołądkiem — jaki zadowolony z siebie i ze świata! Podobno czyste sumienie także czyni człowieka bardzo szczęśliwym i ukontentowanym (tak mi mówili ludzie, którzy próbowali tej metody). Pełny żołądek jest jednak równie skuteczny, a przy tym tańszy i wymaga mniej zachodu. Człowiek czuje się taki wyrozumiały i miłosierny po sutym i dobrze strawionym posiłku — taki szlachetny i życzliwy.

To zdumiewające, w jak wielkim stopniu nasz intelekt jest pod kontrolą naszych narządów trawiennych. Nie możemy pracować, nie możemy myśleć, jeżeli nasz żołądek sobie tego nie życzy. Dyktuje nam nasze wzruszenia, nasze namiętności. Po jajkach na bekonie mówi: — Pracuj! — Po befsztyku z porterem żąda: — Śpij! — Po filiżance herbaty (dwie łyżeczki na filiżankę, niech naciąga nie dłużej niż trzy minuty) wzywa nasz mózg: — A teraz wstawaj i pokaż, na co cię stać. Bądź wymowny, wnikliwy i czuły. Wejrzyj niezmąconym okiem w naturę i życie. Rozwiń białe skrzydła rozedrganej myśli i uleć, jak jakowyś duch niebiański, bezmiernymi alejami rozpłomienionych gwiazd ku bramom wieczności!

Po ciepłych bułeczkach nakazuje: — Bądź tępy i bezduszny, jak bydło, co się w polu pasa, jak bezrozumne zwierzę, którego matowego oka nigdy nie rozjaśni płomień fantazji ni nadziei, ni lęku, ni miłości, ni życia. — A po koniaku, spożytym w dostatecznych ilościach, podpowiada: — A teraz dalej, głupcze, rób kretyńskie miny i zataczaj się, bliźnim na pośmiewisko — nurzaj się w szaleństwie i taplaj w bełkocie, pokaż, jakim bezsilnym tępakiem jest człowiek, którego dowcip i wola utoną, jak kocięta, w odrobinie alkoholu.

Jesteśmy najnędzniejszymi, najżałośniejszymi niewolnikami naszego żołądka. Nie kierujcie się w swych postępkach moralnością i sprawiedliwością, moi przyjaciele. Baczcie czujnie na swój żołądek, karmcie go troskliwie i roztropnie, a cnota i ukontentowanie same zagoszczą w waszych sercach, bez żadnej z waszej strony zachęty. Będziecie wtedy dobrymi obywatelami, kochającymi mężami i czułymi ojcami, słowem — ludźmi szlachetnymi i bogobojnymi.

Przed kolacją Harris, George i ja byliśmy w nastroju swarliwym, zgryźliwym i skorym do zaczepki. Po kolacji siedzieliśmy i uśmiechaliśmy się promiennie do siebie, jak również do psa. Kochaliśmy się wzajemnie, kochaliśmy cały świat. Gdy szykowaliśmy się do spania, Harris nadepnął George'owi na odcisk. Gdyby się to zdarzyło przed kolacją, George roztoczyłby wizję tego, co powinno spotkać Harrisa na tym i następnym świecie, wizję, która wrażliwego człowieka przejęłaby zgrozą.

A tak George powiedział tylko:

— Uważaj, stary, stoisz na mojej nodze.

Harris zaś, zamiast po prostu przypomnieć, najbardziej zjadliwym tonem, na jaki go stać, że w promieniu trzech jardów od George'a trudno nie nastąpić na jakiś fragment jego stopy, zamiast zasugerować, że z tej długości girami George nie powinien był się zamustrować na normalnych rozmiarów łódkę, zamiast mu poradzić, by wywiesił swoje platfusy za burtę, powiedział mu teraz:

— Och, przepraszam, mój drogi. Mam nadzieję, że nic ci nie zrobiłem.

George odparł, że nic a nic, a w ogóle to jego wina. Harris upierał się jednak, że jego.

Aż miło się ich słuchało.

Zapaliliśmy fajki, usiedliśmy i rozmawialiśmy, wpatrzeni w ciszę nocy.

George spytał, dlaczego nie może tak być zawsze — dlaczego nie możemy prowadzić statecznego, spokojnego życia z dala od świata, jego występków i pokus, czyniąc dobro. Odparłem, że ja też często tęsknię za czymś takim. Omówiliśmy możliwość wspólnego wyjazdu, we czwórkę, na jakąś gościnną, dobrze wyposażoną bezludną wyspę, gdzie byśmy zamieszkali w leśnej kniei.

Harris powiedział, że z tego, co słyszał, bezludne wyspy mają jedną wadę: są podmokłe. George odrzekł jednak, że nic podobnego, wystarczy dobry system irygacyjny.

Zajęliśmy się irygacją, co George'owi przywiodło na myśl pewne bardzo zabawne zdarzenie, które przytrafiło się kiedyś jego ojcu. Ojciec podróżował z kolegą przez Walię. Pewnego wieczoru zaszli do niewielkiej oberży, gdzie siedzieli jacyś ludzie, więc się do nich przyłączyli i spędzili z nimi wieczór.

Bawili się bardzo wesoło, siedzieli do późna, a gdy przyszło kłaść się spać, mieli już nieźle w czubach (ojciec George'a był wtedy jeszcze młody). Mieli (ojciec George'a i znajomy ojca George'a) spać w tym samym pokoju, ale w oddzielnych łóżkach. Wzięli świecę i poszli na górę. Gdy weszli do pokoju, świeca zahaczyła o ścianę i zgasła, musieli więc rozebrać się i wsunąć pod pościel po ciemku. Dali sobie z tym wszystkim radę. Zamiast jednak wejść do osobnych łóżek, jak mieli w zamiarze, położyli się do tego samego, nie wiedząc o tym — jeden po bożemu, drugi zaś wpełznął z przeciwległego bieguna i trzymał nogi na poduszce.

Na chwilę zapadła cisza, lecz potem ojciec George'a powiedział:

— Joe!

— Co się stało, Tom? — odparł głos Joego z drugiego końca łóżka.

— Ktoś jest w moim łóżku. Mam jego stopy na poduszce.

— Ciekawa rzecz, Tom — rzekł na to drugi. — Dam sobie głowę uciąć, że w moim łóżku też ktoś jest.

— Co zamierzasz zrobić? — spytał ojciec George'a.

— Wezmę go i wywalę — odparł Joe.

— Ja też — rzekł mężnie ojciec George'a.

Wywiązała się krótka szarpanina, po czym dały się słyszeć dwa ciężkie tąpnięcia o podłogę. Jękliwy głos powiedział:

— Rety, Tom!

— No?

— Jak ci poszło?

— Prawdę rzekłszy, mój facet mnie wywalił.

— Mój też! Coraz mniej mi się ta oberża podoba, a tobie?

— Jak się nazywała ta oberża? — spytał Harris.

— „Pod Prosięciem z Gwizdkiem" — odparł George. — Po co chcesz wiedzieć?

— Nie, to nie ta sama — powiedział Harris.

— Co chcesz przez to powiedzieć? — dopytywał się George.

— Przedziwna rzecz — mruknął Harris — ale dokładnie to samo przytrafiło się kiedyś w wiejskiej oberży mojemu ojcu. Tyle razy słyszałem od niego tę opowieść. Myślałem, że może to była ta sama oberża.

Położyliśmy się tego wieczoru o dziesiątej. Sądziłem, że po tak męczącym dniu szybko zasnę. Z reguły rozbieram się, przykładam głowę do poduszki, po czym ktoś łomocze do drzwi i mówi, że już wpół do dziewiątej. Tej jednak nocy wszystko sprzysięgło się przeciwko mnie. Nowa sytuacja, twardość łódki, niewygodna pozycja (leżałem ze stopami pod jedną ławeczką i z głową na drugiej), plusk wody o łódkę, szum wiatru wśród gałęzi — wszystko to przeszkadzało mi i nie pozwalało zasnąć.

Kiedy wreszcie zdrzemnąłem się na kilka godzin, jakieś wybrzuszenie łódki, które chyba wyskoczyło w nocy — bo na pewno go nie było, gdy wyruszaliśmy, a do rana znikło — ciągle wbijało mi się w kręgosłup. Nie zbudziłem się od razu, tylko śniłem, że połknąłem suwerena, a teraz borują mi plecy świdrem, żeby go wydostać. Uznałem, że to bardzo niemiłe z ich strony, i powiedziałem, że zwrócę im te pieniądze po pierwszym. Nie chcieli jednak o tym słyszeć. Powiedzieli, że chcą je dostać od razu, bo inaczej narosną astronomiczne odsetki. W końcu śmiertelnie się na nich obraziłem i powiedziałem im, co o nich myślę, na co tak mi przyborowali, że się zbudziłem.

Na łódce panował zaduch i bolała mnie głowa. Pomyślałem, że wyjdę się przewietrzyć. Wrzuciłem na siebie, co mi wpadło w ręce — trochę swoich ubrań, trochę George'a i Harrisa — i przecisnąłem się pod płótnem na zewnątrz.

Noc była piękna. Księżyc zaszedł i pozostawił nieporuszoną ziemię sam na sam z gwiazdami. Zdawało się, jakby w cichości i bezgłosie, podczas gdy my, dzieci ziemi, spaliśmy słodko, gwiazdy rozmawiały z nią, swą siostrą, jakby przekazywały sobie wielkie tajemnice głosami zbyt nieogarnionymi i głębokimi, by zdołały je pochwycić kalekie ludzkie uszy.

Przejmują nas grozą i podziwem te obce gwiazdy, takie zimne, takie czyste. Jesteśmy jak dzieci, zabłąkane na swych drobnych stópkach w drodze do mrocznej świątyni jakiegoś boga, którego nakazano im czcić, choć one go nie znają. Stojąc pod pełną ech kopułą, która przesklepia świątynny półmrok, zerkają do góry, trwożnie, lecz i z nadzieją, że ujrzą tam jakąś zjawę nie z tego świata.

A jednak Noc tak pełna jest otuchy i zbawczej mocy! W jej dostojnej obecności nasze drobne smutki chowają się, zawstydzone. Dzień tak był pełen trosk i niesnasek, w naszych sercach zalągł się występek i złe myśli, świat zaś wydawał nam się taki bezwzględny i niesprawiedliwy. I oto przychodzi Noc, która jak kochająca matka delikatnie kładzie dłoń na naszym rozpalonym czole, odwraca naszą załzawioną twarzyczkę ku swojej i uśmiecha się, a choć nic nie mówi, rozumiemy jej milczenie, więc składamy skołataną głowę na jej łonie i ból mija.

Niekiedy nasz ból jest bardzo głęboki i dotkliwy, toteż stoimy przed nią w zupełnym milczeniu, nasz ból bowiem nie zna innego języka prócz jęku. Serce Nocy wypełnia się współczuciem: nie potrafi ulżyć naszemu cierpieniu; bierze naszą dłoń w swoją, po czym świat staje się bardzo malutki i odległy, gdy unoszeni na mrocznych skrzydłach Nocy na moment spotykamy się z Jestestwem jeszcze od niej potężniejszym, i w cudownym świetle tego wielkiego Jestestwa całe ludzkie życie staje nam przed oczyma jak otwarta księga: już wiemy, że Smutek i Ból to wysłańcy boży.

Tylko ci spośród nas, którzy nosili na skroniach koronę cierpienia, dostąpią tego cudownego światła. A kiedy powrócą, zamilczą lub też podzielą się ze swymi braćmi tajemnicą, którą posiedli.

Dawno, dawno temu, w dalekiej krainie, jechała

sobie drużyna chrobrych rycerzy, a szlak ich wiódł skrajem ogromnego lasu. Gęstwiły się tam krzepkie kolczaste zarośla, które szarpały ciała wędrowców zabłąkanych w kniei. Liście drzew w tej groźnej puszczy były tak wielkie, że przez gałęzie nie przecisnął się choćby promyk światła, który by rozjaśnił mrok smutku i beznadziei.

Gdy mijali ten mroczny las, jeden z rycerzy, straciwszy z oczu towarzyszy, gdzieś się zgubił i już do nich nie powrócił. Pogrążeni w wielkim bólu pojechali dalej, płacząc po nim jak po zmarłym.

Gdy dotarli do pięknego zamku, który był celem ich podróży, zostali tam wiele dni i bawili się wesoło. Pewnego wieczoru, gdy w pogodnym rozleniwieniu, nie żałując gardłom, siedzieli przy roziskrzonych głowniach płonących w wielkiej sali, wszedł zagubiony towarzysz podróży i pozdrowił ich. Strój wisiał na nim w strzępach, jak na żebraku, a jego słodkie ciało szpeciły okrutne rany, lecz świetlista twarz promieniała wielką radością.

Dopytywali się, co mu się przydarzyło, a on im opowiedział, jak to w mrocznym lesie zgubił drogę, wędrował przez wiele dni i nocy, dopóki nie złożył swego poszarpanego, skrwawionego ciała na ziemi, by umrzeć.

Kiedy śmierć już zaglądała mu w oczy, dziw nad dziwy! z mroku rozpaczy wyszła ku niemu dostojna pani i powiodła go za rękę krętymi ścieżkami, którymi nie stąpał jeszcze żaden człowiek. Wreszcie mrok lasu rozproszyło światło tak jasne, że światło dnia zda się przy nim jak lampa naftowa przy słońcu. W tym cudownym świetle, jak we śnie, strudzony rycerz ujrzał wizję — tak piękną, tak podniosłą, że o ranach swych krwawiących myśleć przestał, lecz trwał tak w zachwyceniu, a radość jego głęboka była jak morze, którego dna nie dosięgnie żaden człowiek.

Wizja rozwiała się, a rycerz, ukląkłszy na ziemi, podziękował dobremu duchowi, który skierował jego kroki w ten smętny las, aby ujrzał wizję tam się kryjącą.

A imię mrocznego lasu jest Cierpienie; lecz o wizji, którą tam ujrzał dobry rycerz, nic powiedzieć nie możemy.

ROZDZIAŁ 11

JAK GEORGE PEWNEGO RAZU WSTAŁ WCZEŚNIE RANO – GEORGE, HARRIS I MONTMORENCY KRĘCĄ NOSEM NA WIDOK ZIMNEJ WODY – HEROIZM I DETERMINACJA JEROME'A – GEORGE I JEGO KOSZULA: OPOWIEŚĆ Z MORAŁEM – HARRIS KUCHARZEM – RYS HISTORYCZNY, ZAMIESZCZONY NA UŻYTEK SZKOLNY.

NASTĘPNEGO ranka zbudziłem się o szóstej. George też już nie spał. Przewróciliśmy się obaj na drugi bok i próbowaliśmy znowu zasnąć, lecz bez skutku. Gdybyśmy koniecznie musieli wstać o tej porze, uderzylibyśmy w kimono, ledwie spojrzawszy na zegarek, by się obudzić o dziesiątej. Ponieważ zaś wstawanie o szóstej byłoby zupełnym absurdem, nie dość, że nie mogliśmy zasnąć, to jeszcze czuliśmy, że dalsze pięć minut takiego leżenia przyprawi nas o śmierć. Kolejny raz uświadomiło mi to, jaki ten świat jest wredny.

George powiedział, że coś bardzo podobnego, tyle że jeszcze gorszego, przytrafiło mu się osiemnaście miesięcy wcześniej, gdy był jedynym lokatorem w domu niejakiej pani Gippings. Pewnego wieczoru wysiadł mu zegarek i stanął na kwadrans po ósmej. Wtedy jeszcze o tym nie wiedział, bo kładąc się spać, zapomniał go nakręcić (co do niego niepodobne) i powiesił go nad poduszką, nie sprawdziwszy godziny.

Działo się to w zimie, krótko po przesileniu, a na dodatek od tygodnia nad miastem zalegała mgła, więc fakt, że było jeszcze ciemno, gdy George się zbudził następnego dnia rano, o niczym nie świadczył. Sięgnął po zegarek i zobaczył, że jest kwadrans po ósmej.

— Anieli i święci pańscy, wspomóżcie! — zawołał George. — Muszę być w City na dziewiątą. Czemu nikt mnie nie obudził? Niech to licho!

Cisnął zegarek na kołdrę, wyskoczył z łóżka, ochlapał się zimną wodą, umył, ubrał, ogolił w zimnej wodzie, bo nie było czasu czekać na ciepłą, i rzucił się do drzwi, spojrzawszy jeszcze raz na zegarek.

Nie wiadomo, czy powodem był wstrząs od rzucenia zegarka na łóżko, w każdym razie zegarek zaczął chodzić i wskazywał teraz za dwadzieścia dziewiątą.

George porwał zegarek i zbiegł po schodach na dół. W salonie był mrok i cisza. Nie paliło się w kominku, na stole nie stało śniadanie. George pomyślał, że to skandal, i postanowił, że po powrocie do domu powie pani G., co o niej sądzi. Szybko włożył płaszcz i kapelusz, złapał parasol i pognał do drzwi frontowych. Były zamknięte na skobel. George zaklął na panią G., nazywając ją ślamazarną staruchą, i pomyślał, że to dziwne, iż ludzie nie potrafią wstać o przyzwoitej porze. Następnie pootwierał wszystkie zamki i skoble i wybiegł na ulicę.

Biegł co tchu w piersiach przez ćwierć mili, po czym uderzyło go, że wokół jest dziwnie mało ludzi i zamknięte są wszystkie sklepy. Poranek był rzeczywiście bardzo mroczny i mglisty, ale to jeszcze nie powód, żeby wszyscy zawieszali interes. Skoro on może iść do pracy, dlaczego inni mają wylegiwać się w łóżkach tylko dlatego, że jest ciemno i mgliście?

Wreszcie dotarł do Holborn. Ani jednej otwartej okiennicy! Ani jednego omnibusu! W polu widzenia dostrzegł trzech mężczyzn (w tym jednego policjanta), wózek z kapustą i rozklekotaną dorożkę. George wyciągnął zegarek: była za pięć dziewiąta! Zatrzymał się i zmierzył sobie tętno. Pochylił się i obmacał nogi. Potem, z zegarkiem w ręku, podszedł do policjanta i spytał, która jest godzina.

— Która godzina? — powtórzył stójkowy, mierząc George'a wyraźnie podejrzliwym wzrokiem. — Nastaw pan uszu, zaraz wybije.

George nastawił uszu. W tej chwili odezwał się pobliski zegar.

— Ale on wybił tylko trzy razy! — powiedział George urażonym tonem, gdy było już po wszystkim.

— A pan chciał ile razy? — spytał stójkowy.

— Jak to ile, dziewięć — odparł George, wskazując na swój zegarek.

— Pan wie, gdzie pan mieszka? — indagował surowo stróż porządku publicznego.

George zastanowił się chwilę, po czym podał mu adres.

— Aha! W tych stronach, tak? No to niech pan mnie posłucha i idzie pod ten adres. Niech pan zabierze ze sobą zegarek i już więcej nie zaczyna tych błazeństw.

George wracał do domu zamyślony. Gdy otworzył sobie drzwi, był zdecydowany rozebrać się i położyć z powrotem do łóżka. Kiedy jednak pomyślał, że będzie się musiał jeszcze raz ubrać, umyć i wykąpać, uznał, że woli dospać do rana w fotelu.

Cóż z tego, skoro nie mógł zasnąć. Jeszcze nigdy w życiu nie czuł się równie rozbudzony. Zapalił więc lampę, podszedł do szachownicy i zaczął rozgrywać partię przeciwko sobie samemu. Szybko go to jednak znudziło: gra wydawała mu się zbyt powolna. Zrezygnował z szachów i spróbował czytać. Lektura również nie wzbudziła w nim zainteresowania, więc znów włożył płaszcz i wyszedł na spacer.

Ulice były straszliwie bezludne i posępne. Wszyscy napotkani policjanci patrzyli na niego z nieskrywaną podejrzliwością, świecili mu latarniami w twarz i śledzili wzrokiem. W rezultacie stopniowo nabierał przekonania, że rzeczywiście coś przeskrobał, więc słysząc odgłos miarowych policyjnych kroków, dawał nura w boczne uliczki lub mroczne bramy.

Rzecz jasna, postępowanie to wzbudziło w siłach porządkowych jeszcze większą nieufność, toteż wywlekały go za frak i pytały, czego tu szuka. Kiedy odpowiadał, że niczego, że wyszedł sobie po prostu na spacer (była czwarta rano), na twarzach policjantów malowało się powątpiewanie. W końcu dwóch stójkowych poszło z nim, by sprawdzić, czy rzeczywiście mieszka pod wskazanym przez siebie adresem. Ujrzeli, jak otwiera sobie kluczem drzwi, po czym zajęli stanowisko po drugiej stronie ulicy, aby mieć oko na dom.

Kiedy George wszedł do środka, pomyślał, że dla zabicia czasu rozpali w piecu i zrobi sobie śniadanie. Wszystko jednak leciało mu z rąk, począwszy od szufelki z węglem, a na łyżeczce skończywszy, ewentualnie on leciał z nóg, potknąwszy się o coś. Narobił przy tym takiego hałasu, iż drżał z przerażenia, że pani G. obudzi się, pomyśli, że to włamywacze, otworzy okno i zawoła „Na pomoc!", po czym tych dwóch detektywów wtargnie do domu, skuje go kajdankami i odstawi do aresztu.

Nerwy miał już całe w strzępach, więc gdy wyobraził sobie rozprawę karną, był przekonany, że ławnicy nie uwierzą w jego wytłumaczenia, zostanie skazany na dwadzieścia lat ciężkich robót, a jego matce ze zgryzoty pęknie serce. Zrezygnował więc ze śniadania, owinął się w płaszcz i przesiedział w fotelu, dopóki o wpół do ósmej nie zeszła na dół pani G.

George powiedział, że od tej pory już nigdy nie wstał za wcześnie. Nauczka, jaką wtedy otrzymał, nie poszła na marne.

Siedzieliśmy opatuleni kocami, gdy George opowiadał mi tę autentyczną historię, a gdy skończył, zabrałem się do budzenia Harrisa za pomocą wiosła. Trzecie szturchnięcie podziałało: obrócił się na drugi bok, mówiąc, że zejdzie za chwilę, i żeby mu wystawić sznurowane trzewiki. Zaraz mu jednak uzmysłowiliśmy, gdzie się znajduje, używając do tego celu bosaka. Usiadł gwałtownie, skutkiem czego Montmorency, który spał snem sprawiedliwego na jego piersi, pofrunął na drugą stronę łódki.

Potem podciągnęliśmy płachtę, wystawiliśmy na zewnątrz cztery łby, spojrzeliśmy na wodę i zadrżeliśmy. Wieczorny plan głosił, że wstaniemy wczesnym rankiem, zrzucimy z siebie koce i szale, po czym, zerwawszy płachtę, damy nura do wody z radosnym okrzykiem, aby zażyć długiej, pysznej kąpieli. Nie wiem dlaczego, ale teraz pomysł ten nie był już taki kuszący. Woda wydawała się mokra, a powietrze zimne.

— No to kto pierwszy? — powiedział wreszcie Harris.

Nie było pretendentów do palmy pierwszeństwa. George wycofał się z konkurencji, chowając się na łódkę i naciągając skarpety. Montmorency dobył z siebie mimowolny skowyt, jakby sama myśl o kąpieli była dlań torturą, natomiast Harris powiedział, że bardzo trudno byłoby dostać się z powrotem na łódkę, i poszedł szukać spodni.

Nie miałem ochoty dawać za wygraną, chociaż i we mnie pomysł kąpieli budził zastrzeżenia: a jeśli będą ostre kamienie albo wodorosty? Postanowiłem pójść na kompromis. Stanę na brzegu i trochę się ochlapię. Wziąłem więc ręcznik, wypełzłem na brzeg i wszedłem na gałąź drzewa, która schodziła głęboko do wody.

Było siarczyście zimno. Wiatr wiał ostry jak brzytwa. Pomyślałem, że mimo wszystko się nie ochlapię. Wrócę na łódkę i włożę ubranie. Już się okręciłem, gdy ta przeklęta gałąź puściła pode mną i razem z ręcznikiem wpadłem do wody z potężnym pluskiem. Zanim się zorientowałem w sytuacji, byłem już na środku Tamizy, z galonem wody w brzuchu.

— Ja cię kręcę! Jerome dał nura! — usłyszałem głos Harrisa, gdy ostatkiem tchu wypłynąłem na powierzchnię. — Nie sądziłem, że starczy mu ikry, a ty?

— I jak tam? — zawołał George.

— Cudownie — wybulgotałem w odpowiedzi. — Frajerzy jesteście, żeście nie weszli. Za nic w świecie bym sobie tego nie odmówił. Może jeszcze spróbujecie? Wystarczy odrobina silnej woli.

Nie zdołałem ich jednak przekonać.

Przy ubieraniu wydarzyła się dość zabawna rzecz. Było mi bardzo zimno, gdy wróciłem na łódkę, i spiesząc się, by włożyć koszulę, niechcący wyrzuciłem ją za burtę. Dostałem ataku wściekłości, zwłaszcza że George wybuchnął śmiechem. Nie widziałem w tym nic śmiesznego, o czym nie omieszkałem poinformować George'a, a on zaczął się śmiać jeszcze głośniej. Nigdy jeszcze nie widziałem takich paroksyzmów śmiechu. W końcu straciłem do niego cierpliwość i zwróciłem mu uwagę, jaki z niego debilny, niedorozwinięty umysłowo kretyn o kurzym móżdżku, lecz on zarżał jeszcze głośniej. Wtem, gdy w końcu wyłowiłem koszulę z wody, zauważyłem, że to nie moja koszula, lecz George'a — musiałem się w pośpiechu pomylić. Nareszcie i do mnie dotarł cały komizm sytuacji i z kolei ja zacząłem się śmiać. Im częściej przerzucałem wzrok z mokrej koszuli George'a na jej ryczącego ze śmiechu właściciela, tym bardziej byłem ubawiony. Targał mną tak spazmatyczny śmiech, że znów upuściłem koszulę do rzeki.

— Nnnie… wyłooowisz? — wybełkotał George w przerwach między gulgotami śmiechu.

Przez jakiś czas nie byłem w stanie mu odpowiedzieć, lecz w końcu zdołałem wtrącić między me czkania:

— To… nie moja koszula, tylko… twoja!

Nigdy w życiu nie widziałem, żeby radość tak szybko ustąpiła z czyjejś twarzy.

— Co?! — wrzasnął, skacząc na nogi. — Ty durny matole! Może byś tak uważał, co robisz! Czemu się, do licha, nie pójdziesz ubierać na brzeg? Ciebie nie można wpuścić na łódkę. Dawaj bosak!

Spróbowałem go uczulić na aspekt komiczny zagadnienia, lecz na próżno. Subtelniejsze dowcipy w ogóle do niego nie docierają...

Harris zaproponował, żebyśmy zjedli na śniadanie jajecznicę. Powiedział, że sam ją usmaży. Z jego słów wynikało, że jest w tym bardzo dobry. Często smażył jajecznicę na piknikach i rejsach żeglarskich. Zyskał tym sobie znaczny rozgłos i był wprost rozchwytywany. Jak wywnioskowaliśmy z monologu Harrisa, ludzie, którzy raz zakosztowali jego jajecznicy, nie potrafili przełknąć żadnych innych pokarmów, a odcięci od jej źródła, marnieli w oczach i umierali.

Ślinka nam ciekła, gdy słuchaliśmy jego opowieści, więc czym prędzej podaliśmy mu maszynkę, patelnię i wszystkie jajka, które nie stłukły się w koszyku i nie upaprały reszty zawartości. Błagaliśmy go, by natychmiast przystąpił do dzieła.

Miał pewien problem z rozbijaniem jajek — a może nie tyle z rozbijaniem, bo to dla niego fraszka, ile z umieszczaniem ich na patelni, bo wyraźnie wolały ulokować się na jego spodniach i w rękawie. W końcu jednak wbił jakieś pół tuzina na patelnię, po czym przykucnął koło kuchenki i zabełtał je widelcem.

Na ile mogliśmy to z George'em ocenić, była to mordercza praca. Każde podejście do patelni kończyło się poparzeniem, w związku z czym Harris rzucał wszystko, podrygiwał, trzepał palcami i klął jak furiat. Właściwie za każdym razem, gdy George i ja zerknęliśmy w jego stronę, odprawiał ten rytuał. Z początku sądziliśmy, że to należy do niezbędnych zabiegów kulinarnych.

Zapomnieliśmy już, że chodzi o jajecznicę i uznaliśmy, że to jakaś potrawa Indian lub wyspiarzy z mórz południowych, która wymaga tańców i magicznych zaklęć, żeby się udała. Montmorency podszedł raz wsadzić nos do patelni i został opryskany gorącym tłuszczem, skutkiem czego on też zaczął pląsać i złorzeczyć. W sumie było to jedno z najbardziej fascynujących widowisk, jakich byłem świadkiem. George i ja bardzo żałowaliśmy, że się tak szybko skończyło.

Rezultat w bardzo małym stopniu odpowiadał przewidywaniom Harrisa. Z wielkiej chmury mały deszcz. Na patelnię poszło sześć jajek, a wyszła z tego raptem łyżeczka spalonej i nieapetycznej mamałygi.

Harris powiedział, że to wina patelni. Wykazałby się lepiej, gdybyśmy mieli kociołek rybacki i kuchenkę gazową. Postanowiliśmy zrezygnować z jajecznicy, dopóki nie zdobędziemy tych przyborów kuchennych.

Słońce rozprażyło się, nim skończyliśmy śniadanie, wiatr zaś ucichł, poranek był więc tak cudny, jak tylko można sobie zamarzyć. Nietrudno było zapomnieć, że żyjemy w dziewiętnastym wieku. Gdy spojrzeliśmy na skąpaną w porannym słońcu rzekę, mogliśmy sobie nieomal wyobrazić, że stulecia dzielące nas od owego przesławnego czerwcowego ranka w 1215 roku zostały odsunięte na bok; że my, synowie angielskich wolnych chłopów, w zgrzebnych koszulach i z kozikiem za pasem, czekamy, aż na naszych oczach zostanie zapisana ta niezwykła karta historii, której znaczenie miał czterysta lat później wyłożyć prostemu ludowi niejaki Oliver Cromwell, niezwykle uważny jej badacz.

Jest piękny letni poranek — słoneczny, łagodny i cichy. W powietrzu wisi jednak zapowiedź przełomowych zdarzeń. Król Jan spał w Duncroft Hall i przez cały poprzedni dzień małe miasteczko Staines rozbrzmiewało szczękiem zbroi, stukotem końskich kopyt o krzywo ciosane bruki, rozkazami dowódców, złowieszczymi przekleństwami i ordynarnymi facecjami brodatych łuczników, halabardników, kopijników i zaciężnych lansjerów, z których ust słychać było obcą mowę.

Zjechały drużyny rycerzy i giermków w pstrych szatach, zakurzonych i splamionych podróżą. Cały wieczór strachliwi mieszczanie musieli pospiesznie otwierać drzwi, by wpuścić zgraję nieokrzesanych żołdaków, a biada domowi i jego mieszkańcom, jeśli nie znajdzie się dla wszystkich najsmaczniejsza strawa i najwygodniejsze łoże. Albowiem w tych burzliwych czasach miecz jest jedynym sędzią i od jego wyroków nie ma odwołania, a za to, co sobie przywłaszczy, płaci, oszczędzając tych, których mu się oszczędzić spodoba.

Wokół obozowego ognia na rynku gromadzą się dalsze wojska baronów, jedzą do syta i opróżniają kielichy, ryczą rubaszne pijackie piosenki, hazardują się i kłócą, gdy wieczór tężeje w noc. Ogień kładzie osobliwe cienie na stosach broni i siermiężnych kształtach żołdaków. Miasteczkowe andrusy podkradają się do ogniska i patrzą, szczerząc z podziwu zęby. Hoże wiejskie dziewuchy, roześmiane, podchodzą bliżej, by podokazywać i pożartować z butnymi wojakami, jakże innymi od tutejszych konkurentów, co stoją teraz, wzgardzeni, trochę dalej, z głupawymi uśmiechami na szerokich, prostodusznych twarzach. A nad dookolnymi polami mrugają blade ogniki odleglejszych obozowisk: tam rozłożyła się przyboczna świta jakiegoś możnowładcy, tam znów czyhają pod miastem jak wilcy francuscy najemnicy wiarołomnego Jana. W każdej ciemnej ulicy stoi warta, na każdym większym wzniesieniu migocze strażnicze ognisko.

Wreszcie noc minęła i nad tą cudną doliną starej Tamizy wstał dzień, który miał tak mocno zaważyć nad losem epok jeszcze nienarodzonych.

Zaraz z nastaniem szarej jutrzenki, na niższej z dwóch wysp, tuż nad naszą zatoczką, rozległ się wielki hałas, odgłos pracy wielu rąk. Stawia się wielki pawilon, sprowadzony na wyspę poprzedniego dnia. Cieśle zbijają drewniane trybuny, a czeladnicy londyńskich tapicerów krzątają się z wielobarwnymi materiami i suknami, tkaninami ze złota i srebra.

I oto, baczcie, drogą, która wije się brzegiem Tamizy od Staines, idzie ku nam, śmiejąc się i rozprawiając głębokim, gardłowym basem, pół tuzina potężnych chłopów. Ludzie barona, ani chybi. Ze sto jardów nad nami, na drugim brzegu, przystają i czekają, oparci na kopiach.

Z godziny na godzinę drogą przybywa coraz więcej zbrojnych oddziałów. Na hełmach i pancerzach połyskują długie, poziome smugi porannego słońca, aż w końcu, jak okiem sięgnąć, wzdłuż rzeki ciągnie się zwarty mur migotliwej stali i zadzierzystych rumaków. Jeźdźcy galopują od oddziału do oddziału z rozkazami na ustach, proporce trzepocą leniwie w ciepłym wietrzyku. Od czasu do czasu widać większe poruszenie, gdy szpalery konnych rozstępują się, by przepuścić barona na jego bojowym wierzchowcu. Otoczony świtą giermków, jedzie zająć stanowisko na czele swych sług i wasali.

Naprzeciwko, na zboczu Cooper's Hill, gniecie się ciżba ciekawskich wieśniaków i mieszczan, którzy przybiegli ze Staines. Nikt nie jest pewien, o co ten cały rwetes, lecz każdy ma swoją własną teorię. Niektórzy mówią, że z tego, co się tu dziś dokona, będzie wiele dobrego dla całego narodu. Starzy ludzie, bardziej sceptyczni, kręcą jednak głowami, bo już dość się nasłuchali takich przewidywań.

Cała rzeka aż po Staines pstrzy się od łódek i maleńkich czółen. Są też walijskie pirogi obciągnięte skórą, które dziś wychodzą z mody i są używane już tylko przez uboższych ludzi. Krzepcy wioślarze przeciągnęli łódki przez bystrzyny, w miejscu, gdzie po latach stanie elegancka śluza Bell Weir. Teraz tłoczą się tak blisko, jak tylko śmią, opodal wielkich krytych szkut, które stoją w gotowości, aby zawieźć króla Jana na wyspę, gdzie czeka na podpisanie wiekopomny dokument.

Jest południe. Wraz ze wszystkimi ludźmi czekamy cierpliwie już wiele godzin, gdy rozeszła się pogłoska, że wykrętny Jan znów wyśliznął się baronom, zbiegł ukradkiem z Duncroft Hall wraz ze swymi najemnikami i teraz już mu w głowie inne sprawy aniżeli podpisywanie nadań zapewniających swobody swemu ludowi.

Niedoczekanie jego! Tym razem król Jan nie uszedł żelaznego uścisku baronów, choć wił się jak wąż. Daleko na drodze wzbił się obłoczek pyłu, który z każdą chwilą zbliża się i rośnie, tętent wielu kopyt narasta i pomiędzy drużynami zbrojnych wojenników prześwituje pyszna kawalkada wielmożów i rycerzy w barwnych strojach. Na przedzie, z tyłu i po bokach jadą wolni chłopi baronów, w środku zaś — sam król Jan.

Jedzie tam, gdzie czekają w gotowości szkuty, a wielcy baronowie wychodzą z szyku, aby go powitać. Pozdrawia ich z uśmiechem, odpowiada przymilnymi, miodopłynnymi słowy, jakby przyjmował zaproszenie na ucztę, wydaną na jego cześć. Wszakże zsiadając z konia, zerka ukradkiem na swych francuskich najemników z tyłu, aby ocenić ich siłę w porównaniu ze złowrogim wojskiem baronów.

Czy już za późno? Jeden straszliwy cios, wymierzony w niebacznego jeźdźca obok, jedno hasło bojowe do francuskich wojsk, jedna desperacka szarża na rozprzężone szyki baronów, a ci nikczemni rokoszanie będą przeklinać dzień, w którym ośmielili się sprzeciwić woli króla! Śmielsza dłoń mogłaby jeszcze wtedy odwrócić szalę wypadków. Gdyby na miejscu Jana był Ryszard, odjąłby Anglikom od ust kielich swobody; może jeszcze przez setki lat wyspiarze nie zakosztowaliby smaku wolności.

Lecz serce króla Jana truchleje na widok srogich twarzy angielskich wojenników, ramię, które już się wznosiło, by dać sygnał do walki, opada z powrotem na lejce. Król schodzi z konia i zajmuje miejsce w szkucie na samym przedzie. W ślad za nim idą baronowie. Dłonie w ciężkich kolczugach spoczywają na rękojeściach mieczy. Pada rozkaz, by rzucić cumy.

Ciężkie, przystrojone proporcami szkuty powoli odbijają od brzegu w Runnymede. Płyną mozolnie i ociężale, zmagając się z wartkim nurtem, by na koniec, z żelaznym chrobotem, osiąść na brzegu maleńkiej wysepki, która od tego dnia zwać się będzie Wyspą Karty Swobód. Król Jan zstąpił na brzeg, my zaś czekamy z zapartym tchem. Nareszcie ciszę rozrywa gromki okrzyk i wiemy, że kamień węgielny angielskiej świątyni swobody został położony!

ROZDZIAŁ 12

Henryk VIII i Anna Boleyn – Niedogodność mieszkania pod jednym dachem z parą amantów – Trudne chwile dla narodu angielskiego – Nocna wyprawa w poszukiwaniu malowniczości – Bezdomni kloszardzi – Harris gotuje się na śmierć – Przybywa anioł – Skutki nagłej radości u Harrisa – Skromna kolacja – Lunch – Wysoka cena za musztardę – Zażarty bój – Maidenhead – Żeglarstwo – Trzech rybaków – Spada na nas klątwa.

Siedziałem na brzegu, wyczarowując w wyobraźni powyższą scenę, kiedy George spytał, czy pomógłbym pozmywać, oczywiście, kiedy już sobie porządnie odpocznę. Z podniosłej przeszłości na powrót wtrącony w prozaiczną teraźniejszość, z całą jej nędzą i występkiem, wdrapałem się na łódź i umyłem patelnię za pomocą patyka i kępki trawy, po czym wyglansowałem ją na błysk mokrą koszulą George'a.

Przeszliśmy na Wyspę Karty Swobód, aby zerknąć na znajdujący się wewnątrz wiejskiej chaty kamień, na którym został ponoć podpisany ten wiekopomny dokument. Nie chcę zajmować jednoznacznego stanowiska, czy wydarzyło się to faktycznie tutaj, czy też, jak utrzymują niektórzy, na drugim brzegu w Runnymede. W mej osobistej opinii skłaniam się jednak ku przekonaniu, bardzo zresztą powszechnemu, że widownią tej historycznej sceny była wyspa. Gdybym ja był w owym czasie baronem, ani chybi usilnie przekonywałbym swoich towarzyszy, że takiego piskorza jak król Jan wskazane jest umieścić na wyspie, gdzie miałby mniejsze pole do forteli i wybiegów.

Na gruntach Ankerwyke House, blisko Piknikowiska, leżą ruiny starego klasztoru. Powiadają, że koło tego klasztoru Henryk VIII miał schadzki z Anną Boleyn. Spotykał się z nią także w zamku Hever w hrabstwie Kent, jak również gdzieś w pobliżu St Albans. Zresztą w całej Anglii trudno chyba znaleźć miejsce, gdzie ta płocha parka nie gruchała!

Byliście kiedyś pod jednym dachem z zalecającą się do siebie parą? Bardzo ciężkie przeżycie. Myślisz sobie, pójdę i usiądę w salonie. Gdy otwierasz drzwi, słyszysz dźwięk, jakby ktoś sobie o czymś nagle przypomniał, a gdy wchodzisz, Emily stoi w oknie, cała zaaferowana tym, co się dzieje po drugiej stronie ulicy, a twój przyjaciel John Edward, na drugim końcu pokoju, urzeczony ogląda album z rodzinnymi zdjęciami.

— Och! — mówisz, zatrzymując się w drzwiach. — Nie wiedziałem, że ktoś tu jest.

— Doprawdy? — odpowiada Emily z niedowierzaniem.

Przez chwilę grasz na zwłokę, po czym mówisz:

— Strasznie tu ciemno. Czemu nie zapalicie lampy gazowej?

„Och!" — John Edward nie zauważył, że jest ciemno, a Emily mówi, że papa nie lubi, kiedy pali się gazem po południu.

Dzielisz się z nimi najświeższymi doniesieniami ze

świata i wtajemniczasz ich w swe poglądy na temat kwestii irlandzkiej. Nie budzi to w nich jednak zainteresowania. Ich reakcje sprowadzają się do uprzejmego „O!", „Naprawdę?", „Tak?", „Coś ty!" Po dziesięciu minutach rozmowy w tym stylu grawitujesz ku drzwiom, wychodzisz i ze zdumieniem słyszysz, że drzwi zatrzaskują się za tobą i zamykają na zasuwę, choć nawet ich nie tknąłeś.

Pół godziny później dochodzisz do wniosku, że zapalisz fajkę w oranżerii. Jedyne krzesło w tym pomieszczeniu jest zajęte przez Emily, John Edward zaś, sądząc z pewnych przesłanek na ubraniu, jeszcze chwilę temu siedział na podłodze. Nie odzywają się, lecz posyłają ci spojrzenie, które wyraża wszystko, co przystoi powiedzieć w kulturalnym towarzystwie. Wycofujesz się więc i zamykasz za sobą drzwi.

Teraz już boisz się zaglądać do któregokolwiek pomieszczenia. Pospacerowawszy chwilę tam i z powrotem po schodach, idziesz sobie posiedzieć we własnej sypialni. Po jakimś czasie przestaje to być jednak ciekawe, więc wkładasz kapelusz i udajesz się na przechadzkę po ogrodzie. Idziesz alejką, mijając altankę, zaglądasz do środka i trafiasz znowu na tę parę kretynów, przycupniętych w kącie. Zauważają cię i wyraźnie nabierają przekonania, że ich śledzisz, z jakichś sobie tylko znanych, perfidnych powodów.

— Czemu nie wyznaczą osobnego pomieszczenia na tego typu sprawki? — mruczysz pod nosem, po czym wracasz do holu, łapiesz za parasol i wybiegasz z domu.

Musiało wyglądać bardzo podobnie, gdy ten lekkomyślny chłopak Henryk VIII zalecał się do swojej

Ani. Ludzie z hrabstwa Buckingham trafiali na nich niespodziewanie, gdy Henryk i Anna mizdrzyli się do siebie po całym Windsorze i Wraysbury, i wykrzykiwali: — Och! To znowu wy! — Na co Henryk rumienił się i odpowiadał: — Tak, właśnie idę z wizytą do pewnego człowieka. — Anna zaś mówiła: — Jakże się cieszę, że pana widzę! Czy to nie zabawne? Właśnie spotkałam w uliczce pana Henryka VIII i okazało się, że idziemy w tę samą stronę.

Ludzie ci czym prędzej schodzili z oczu zakochanej parze i mówili sobie:

— Lepiej się stąd wynieśmy, póki trwają te ksiuty i amory. Pojedziemy do Kentu.

Jechali do Kentu i pierwszą rzeczą, jaką tam widzieli, był Henryk dokazujący z Anną na zamku Hever.

— A niech to gęś kopnie! — pomstowali. — Nie ma mowy, nie zostajemy tu. Tego nie da się dłużej wytrzymać. Jedźmy do St Albans. To taka miła, spokojna mieścina, St Albans.

Gdy dotarli do St Albans, ta uprzykrzona para już się tam całowała pod murami opactwa. No to ci ludzie zabierali się stamtąd i aż do ślubu młodej pary trudnili się korsarstwem.

Odcinek rzeki pomiędzy Piknikowiskiem a śluzą starowindsorską jest wprost rozkoszny. Cienista droga, tu i ówdzie urozmaicona zgrabnymi chatkami, wiedzie do „Dzwonów Ouseley", malowniczej oberży (oberże nad Tamizą są w większości malownicze), gdzie można dostać kufel bardzo dobrego piwa. Tak twierdzi Harris, a w tych sprawach Harrisowi można zaufać. Stary Windsor to miejsce na swój sposób sławne. Edward Wyznawca miał tu pałac, wielki hrabia Godwin zaś został uznany przez ówczesny wymiar sprawiedliwości za zamieszanego w śmierć brata króla. Hrabia Godwin odłamał kawałek chleba i powiedział:

— Jeżeli jestem winien, niech się udławię tym chlebem!

Wsadził sobie chleb do ust, połknął, zakrztusił się i padł trupem.

Gdy miniesz Stary Windsor, rzeka staje się niezbyt ciekawa i odzyskuje swą świetność dopiero koło Boveney. George i ja holowaliśmy koło Home Park, który ciągnie się wzdłuż prawego brzegu pomiędzy mostami Alberta i Wiktorii. Gdy mijaliśmy Datchet, George spytał, czy pamiętam naszą pierwszą wyprawę w górę Tamizy, kiedy to przypłynęliśmy do Datchet o dziesiątej wieczór i chcieliśmy iść spać.

— Pamiętam, pamiętam — odparłem. Nie sądzę, żebym kiedykolwiek zapomniał o tej przygodzie.

Była sobota, sierpień, a w poniedziałek wypadało święto. Byliśmy zmęczeni i głodni, George, Harris i ja, więc kiedy dopłynęliśmy do Datchet, wyjęliśmy kosz, obie torby, koce, płaszcze i temu podobne rzeczy, i ruszyliśmy szukać noclegu. Ujrzeliśmy śliczny hotelik, z gankiem oplecionym powojem i bluszczem, ale nie było wiciokrzewu, a ja z jakiegoś powodu miałem obsesję na punkcie wiciokrzewu.

— Nie, tu nie wchodźmy! — powiedziałem. — Chodźmy jeszcze kawałek, może znajdzie się coś z wiciokrzewem.

Poszliśmy więc dalej, aż znaleźliśmy następny hotel. Również był bardzo sympatyczny, a z boku piął się wiciokrzew. Harrisowi nie spodobał się jednak człowiek, który stał oparty o framugę drzwi frontowych.

Harris powiedział, że facetowi źle z oczu patrzy i ma niełądne buty. Poszliśmy więc dalej. Uszliśmy spory kawał drogi, nie natrafiwszy na żaden hotel, więc spytaliśmy przechodnia o jakiś nocleg.

— Idziecie w złą stronę. Musicie zawrócić, tam będzie hotel „Jelonek".

— Już tam byliśmy i nie podobało się nam; nie ma wiciokrzewu.

— No to jest jeszcze „Dwór", zaraz naprzeciw. Próbowaliście tam?

Harris odparł, że nie chcemy tam nocować, bo jednemu z gości źle z oczu patrzy, a na dodatek Harrisowi nie podoba się kolor jego włosów, no i buty.

— To ja już nie wiem, panowie — powiedział nasz informator — bo u nas są tylko dwa hotele.

— Tylko dwa! — zawołał Harris.

— Tylko dwa — potwierdził przechodzień.

— Co my, na miłość boską, zrobimy? — lamentował Harris.

Wtedy odezwał się George. Powiedział, że ja i Harris możemy kazać sobie zbudować specjalny hotel i wyhodować ludzi, którzy będą tam nocowali. Jeśli chodzi o niego, to wraca do hotelu „Jelonek".

Nawet najgenialniejsze umysły napotykają czasem opór, który uniemożliwia realizację ich ideałów. Harris i ja westchnęliśmy nad próżnością wszystkich ziemskich pragnień i poszliśmy w ślady George'a.

Zataszczyliśmy rzeczy do „Jelonka" i złożyliśmy w holu. Przyszedł właściciel i powiedział:

— Dobry wieczór, panowie.

— A, dobry wieczór — odparł George. — Poprosimy trzy łóżka.

— Bardzo mi przykro, panowie, ale nie da rady.

— Nic nie szkodzi — powiedział George — wystarczą dwa. Dwóch z nas może chyba spać w jednym łóżku, prawda? — spytał, zwracając się do nas.

— Tak, tak. — Harris był zdania, że George i ja bez problemu możemy spać w jednym łóżku.

— Bardzo mi przykro, panowie — powtórzył właściciel — ale nie mamy ani jednego wolnego łóżka. Już i tak musieliśmy kłaść po dwóch, a nawet trzech panów do jednego łóżka.

Zbiło nas to trochę z tropu, lecz Harris, który z niejednego pieca chleb jadał, stanął na wysokości zadania i powiedział z beztroskim śmiechem:

— Trudno, na wojnie jak na wojnie. Da nam pan jakiś kąt w sali bilardowej.

— Bardzo mi przykro, panowie. Trzech panów już śpi na stole bilardowym, a dwóch w kawiarni. Nie ma możliwości, żebym was dziś przenocował.

Zabraliśmy swoje rzeczy i poszliśmy do „Dworu". Śliczny hotelik. Powiedziałem, że bardziej mi się podoba niż poprzedni. Harris odparł, że rzeczywiście nie jest taki zły, a na rudowłosego nie musimy przecież patrzeć. Poza tym to nie jego wina, że jest rudy.

Kiedy potrzeba, Harris potrafi się zdobyć na rozsądek i wyrozumiałość.

We „Dworze" nawet nie czekano, aż się odezwiemy. Właścicielka przywitała nas od progu słowami, że jesteśmy czternastą grupą, którą musi odprawić od drzwi w ciągu ostatniej godziny. Nasze potulne napomknienia o stajni, sali bilardowej i piwniczkach na węgiel zbyła pogardliwymi prychnięciami. Wszystkie kąty zostały już dawno rozdrapane.

Czy w miasteczku jest jakieś miejsce, gdzie możemy znaleźć na noc schronienie?

No... jeśli nie jesteśmy zbyt wymagający... nic nie gwarantuje, ale... pół mili drogą na Eton jest taka mała piwiarnia...

Nie czekaliśmy jej dalszych słów. Złapaliśmy za kosz i torby, płaszcze, koce i paczki, i pognaliśmy drogą na Eton. Odległość wyniosła chyba więcej niż pół mili, ale w końcu dotarliśmy na miejsce i wpadliśmy, zdyszani, do baru.

Właściciele piwiarni okazali się zwykłymi grubianami. Wyśmiali nas. W całym domu były tylko trzy łóżka, a spały w nich już dwie pary małżeńskie i siedmiu kawalerów. Na nasze szczęście w barze siedział pewien życzliwy flisak, który poradził nam, żebyśmy spróbowali w spożywczym koło „Jelonka", więc wróciliśmy do miasteczka.

W spożywczym był komplet. Staruszka, którą tam spotkaliśmy, łaskawie się zgodziła zaprowadzić nas do znajomej, która mieszkała ćwierć mili dalej i czasem wynajmowała pokoje kulturalnym przyjezdnym.

Staruszka szła bardzo powoli, toteż droga do znajomej zajęła nam dwadzieścia minut. Nudę monotonnego spaceru urozmaicały nam jej opowieści o rozmaitych łupaniach, rwaniach i strzykaniach w krzyżu.

Pokoje znajomej były wynajęte, ale polecono nam numer 27. Pod numerem 27 był komplet, więc wysłano nas pod numer 32. Tam też był komplet.

Wróciliśmy na główną ulicę, po czym Harris usiadł na koszu i powiedział, że dalej nie idzie. Powiedział, że jest to wymarzone miejsce, by umrzeć w spokoju. Poprosił, byśmy ucałowali odeń jego matkę i przekazali całej rodzinie, że wszystko im przebaczył i umarł szczęśliwy.

W tym momencie przybył do nas anioł pod postacią małego chłopca (nie wyobrażam sobie skuteczniejszego przebrania dla anioła). W jednej ręce trzymał puszkę piwa, w drugiej zaś jakiś przedmiot przywiązany do kawałka sznurka, który spuszczał na każdy napotkany kamień. Wytwarzało to osobliwie nieprzyjemny i szarpiący nerwy dźwięk.

Spytaliśmy tego wysłańca niebios (wtedy jeszcze, rzecz jasna, nie wiedzieliśmy, z kim mamy do czynienia), czy słyszał o jakimś domu na odludziu, którego mieszkańcy są na tyle nieliczni i wątłego zdrowia (najlepiej staruszki lub sparaliżowani inwalidzi), że można ich przez zastraszenie zmusić do odstąpienia swych łóżek na jedną noc trzem zdesperowanym mężczyznom. Jeżeli zaś nie słyszał o niczym podobnym, czy mógłby nam polecić jakiś pusty chlewik, nieużywany piec do wapna lub coś w tym rodzaju. Nic nie przychodziło mu do głowy — w każdym razie nie w pobliżu. Powiedział jednak, że jeśli chcemy, możemy pójść z nim, bo matka ma zapasowy pokój i na pewno nas przenocuje.

Rzuciliśmy mu się na szyję i pobłogosławiliśmy mu. Świecił księżyc i razem wziąwszy, byłby to bardzo piękny obrazek, lecz chłopiec nie wytrzymał natężenia naszych wzruszeń i upadł na ziemię, pociągając nas wszystkich za sobą. Harrisa porwała taka radość, że zemdlał. Nie odzyskał przytomności, dopóki nie wyszarpnął chłopcu z ręki puszki piwa i nie wypił połowy. Potem ruszył biegiem, zostawiając niesienie bagażu mnie i George'owi.

Chłopiec mieszkał w niewielkiej, czteroizbowej

chacie. Jego matka — poczciwa dusza! — dała nam na kolację smażony boczek (pięć funtów, ale nie śmieliśmy prosić o repetę), placek z powidłami i dwa sagany herbaty. Po jedzeniu poszliśmy spać. Były tam dwa łóżka: polowe, szerokie na dwie i pół stopy, dostało się mnie i George'owi (owinęliśmy się prześcieradłem, żeby nie wypaść), Harris zaś miał wyłącznie dla siebie łóżko chłopca. Rano zauważyliśmy, że gołe nogi sterczą mu z łóżka aż za kolana, więc użyliśmy ich z George'em jako wieszaka na ręczniki.

Za następnego pobytu w Datchet już tak nie grymasiliśmy przy wyborze hotelu.

Wróćmy jednak do obecnej podróży, choć chwilowo nie działo się nic szczególnego. Doholowaliśmy łódź kawałek za Małpią Wyspę, gdzie przybiliśmy do brzegu i zjedliśmy lunch. Wyjęliśmy schab na zimno i wtedy się okazało, że nie mamy musztardy. Chyba nigdy w życiu, ani przedtem, ani potem, nie miałem takiej straszliwej ochoty na musztardę. Właściwie nie przepadam za musztardą i w ogóle rzadko jej używam, lecz wtedy oddałbym wszystko za łyżeczkę musztardy.

Wszystko za łyżeczkę musztardy? Wydać by się mogło, że to kiepski interes, ale kiedy bardzo czegoś chcę i nie mogę dostać, staję się zupełnym desperatem i nie zważam na koszty.

Harris powiedział, że on również oddałby wszystko za łyżeczkę musztardy. Nie znam dokładnie stanu jego finansów, ale gdyby przechodził tamtędy jakiś człowiek ze słoiczkiem musztardy, nieźle by się obłowił.

Jednak jak przyjdzie co do czego, z reguły okazuje się, że człowiek tylko tak mówi w chwili rozgorączkowania, lecz potem zdaje sobie sprawę, że istnieją jakieś granice opłacalności. Byłem kiedyś w Alpach z pewnym człowiekiem, który gotów był zapłacić każdą cenę za kufel piwa, a kiedy trafiliśmy do gospody, wszczął straszną awanturę, bo mu policzyli pięć franków szwajcarskich za butelkę porteru. Powiedział, że to rozbój w biały dzień, i napisał o tym do „Timesa".

Brak musztardy położył się ponurym cieniem na naszej wyprawie. Jedliśmy schab w milczeniu. Istnienie wydawało się czcze i nieciekawe. Myśleliśmy o szczęśliwych czasach dzieciństwa i wzdychaliśmy ciężko. Rozpogodziliśmy się jednak trochę po szarlotce, a gdy George wyjął z kosza puszkę ananasa i potoczył na środek łódki, uznaliśmy, że mimo wszystko warto żyć.

Wszyscy trzej bardzo lubimy ananasa. Obejrzeliśmy etykietkę. Pomyśleliśmy o soku. Uśmiechnęliśmy się do siebie, a Harris już czekał z łyżką.

Potem zaczęliśmy szukać otwieracza do konserw. Przetrząsnęliśmy zawartość kosza. Wyrzuciliśmy wszystko z waliz. Podnieśliśmy deski na dnie łódki. Wytaszczyliśmy wszystko na brzeg i wytrzepaliśmy. Otwieracza nie było.

Harris spróbował otworzyć puszkę scyzorykiem, lecz złamał tylko ostrze i paskudnie się skaleczył. George zabrał się do otwierania za pomocą nożyczek, nożyczki pofrunęły w powietrze i omal nie wykłuły mu oka. Gdy chłopcy opatrywali rany, ja spróbowałem zrobić dziurę w puszce ostrzem bosaka. Bosak obsunął się i pociągnął mnie za sobą do mulistej wody pomiędzy łódką a brzegiem, puszka zaś potoczyła się na bok, nienaruszona, i rozbiła filiżankę.

Dostaliśmy wszyscy amoku. Wynieśliśmy puszkę na brzeg, Harris poszedł przynieść z łąki duży, zaostrzony kamień, a ja wróciłem na łódź i wyjąłem maszt. George przytrzymał puszkę, Harris przyłożył ostry koniec kamienia do wieczka, ja zaś uniosłem maszt wysoko nad głowę i rąbnąłem z całej siły.

Gdyby nie słomkowy kapelusz na głowie George'a, już by biedaka między nami nie było. Zachował ten kapelusz (a raczej to, co z niego zostało) do dziś i zimową porą, gdy w kłębach fajkowego dymu rozpoczynają się wieczorne opowieści o przeżytych śmiertelnych niebezpieczeństwach, George zdejmuje kapelusz z gwoździa, puszcza go wkoło i znowu opowiada tę fascynującą historię, za każdym razem trochę bardziej ją ubarwiając.

Harris wyszedł z tego wszystkiego ze zdartym naskórkiem.

Ja odszedłem z puszką na stronę i dopóty tłukłem w nią masztem, dopóki się nie zmęczyłem i nie osłabłem, po czym oddałem maszt Harrisowi.

Zgnietliśmy puszkę na płask; przekuliśmy z powrotem w walec, tłoczyliśmy ją we wszystkie kształty znane geometrii — nie potrafimy jednak zrobić w niej dziury. Następnie zabrał się za nią George, lecz nadał jej kształt tak niesamowity, tak diaboliczny, tak obrzydliwie nieziemski, że z przerażeniem rzucił maszt na ziemię. Potem wszyscy trzej zasiedliśmy wokół puszki na trawie, aby się jej przyjrzeć.

Na wieczku było wgniecenie przypominające szyderczy uśmiech, co doprowadziło nas do pasji. Harris z furią przypadł do puszki, złapał ją i szurnął na sam środek rzeki. Gdy poszła na dno, obrzuciliśmy ją wyzwiskami, wsiedliśmy do łódki i czym prędzej uciekliśmy z tego diabelskiego miejsca, nie zatrzymując się aż po Maidenhead.

Maidenhead jest zbyt snobistyczne, żeby się tam dobrze czuć. Maidenhead to miejsce, gdzie paradują dandysi i ich wystrojone nad miarę towarzyszki. Maidenhead to miasto luksusowych hoteli, odwiedzanych przez arystokratycznych gogusiów i baletnice. Maidenhead to kocioł czarownicy, w którym warzą się te nowe demony Tamizy — parostatki. Każdy hrabia ze szpalt brukowych gazet ma w Maidenhead jakiś „kącik", natomiast heroina brukowej powieści, która spędza upojne chwile z cudzym mężem, zawsze jedzie tam na obiad.

Maidenhead zostawiliśmy szybko za sobą, potem jednak zwolniliśmy, aby się porozkoszować tym wspaniałym odcinkiem rzeki za śluzami Boulter i Cookham. Las Clieveden przywitał nas jeszcze w swej wytwornej wiosennej szacie, spływającej aż do samej wody różnorodnymi odcieniami baśniowej zieleni. Ten swoisty leśny parów to bodaj najcudowniejsze miejsce na całej Tamizie, toteż ociągaliśmy się, nim opuściliśmy z naszą małą łódką te zaciszne wody.

Zatrzymaliśmy się w bocznej odnodze, tuż przed Cookham, na herbatę. Kiedy przeprawiliśmy się przez śluzę, był już wieczór. Zerwał się nielichy wiatr — o dziwo, w korzystnym dla nas kierunku. Na Tamizie jest bowiem regułą, że czy płyniesz w górę, czy w dół, zawsze wieje ci w nos. Wyruszasz rano na wiosłach na jednodniową wycieczkę, zmagając się z przeciwnym wiatrem, i myślisz sobie, jak przyjemnie będzie wrócić na żaglach. Po podwieczorku wiatr zmienia kierunek i przez całą drogę powrotną ledwie zipiesz ze zmęczenia.

Kiedy zapomnisz zabrać ze sobą żagiel, w obie strony masz wiatr w plecy. Lecz na cóż te lamenty; wszak doczesny świat jest dla nas tylko próbą i człowiek urodził się do życia w zgryzocie.

Tego wieczoru najwyraźniej się jednak pomylili i ustawili nas z wiatrem, zamiast pod wiatr. Nie mieliśmy najmniejszego zamiaru robić o to rabanu, tylko po cichutku wciągnęliśmy żagiel, zanim się zorientują. Rozłożyliśmy się na łodzi w zamyślonych pozach, żagiel wydął się, wyprężył, maszt jęknął i łódź ruszyła z kopyta.

Siedziałem u steru.

Nie znam bardziej ekscytującego przeżycia niż żeglowanie. Nic innego nie daje tak dojmującego wrażenia prawdziwego lotu — chyba że w snach. Skrzydła porywistego wiatru jakby cię unosiły do przodu, nie wiedzieć dokąd. Nie jesteś już powolnym, niezdarnym, słabowitym zlepkiem gliny, co pełza mozolnie po ziemi — jesteś cząstką Natury! Twoje serce bije tym samym rytmem, co jej serce. Natura bierze cię w swe matczyne ramiona i przyciska do swego łona! Twoja dusza stapia się w jedno z duszą Natury! Twoje członki przepojone są lekkością! W twoich uszach gra powietrzna muzyka. Ziemia zdaje się tak odległa i mała, obłoki zaś, tak bliskie, są twoimi braćmi, więc wyciągasz ku nim ramiona.

Mieliśmy rzekę wyłącznie dla siebie, nie licząc przycumowanej na środku barki rybackiej w oddali, na której siedziało trzech wędkarzy. Sunęliśmy gładko po wodzie, lesiste brzegi uciekały do tyłu, nikt z nas nie odzywał się ani słowem.

Siedziałem u steru.

Gdy podpłynęliśmy bliżej, ujrzeliśmy, że wędkujący mężczyźni to starcy o szlachetnych, mądrych obliczach. Siedzieli na trzech stołeczkach, skupieni na nieruchomych spławikach. Purpurowy zachód słońca zraszał wody mistyczną poświatą, sycił ogniem mrok leśnych ostępów i przyozdabiał spiętrzone chmury złocistym nimbem. Była to godzina głębokiego oczarowania, ekstatycznej nadziei i tęsknoty. Niewielki żagielek odcinał się od szkarłatnego nieba, a szarzejący poblask słońca spowijał świat w tęczowe cienie. Od tyłu skradała się noc.

Byliśmy niczym rycerze z jakiejś starej legendy, żeglujący przez mistyczne jezioro ku nieznanemu królestwu zmierzchu, ku bezkresnej krainie, kędy słońce zapada.

Nie dotarliśmy do nieznanego królestwa zmierzchu. Władowaliśmy się w barkę, na której siedziało trzech wędkarzy. Z początku nie wiedzieliśmy, co się stało, gdyż żagiel zasłaniał nam widok, ale z charakteru języka, który wdarł się w ciszę wieczoru, wywnioskowaliśmy, że są w pobliżu jacyś ludzie, i to ludzie zgryźliwi, nastawieni do świata niezbyt przychylnie.

Harris ściągnął żagiel i wtedy już wiedzieliśmy, jaka jest przyczyna tych narzekań. Strąciliśmy tych trzech starszych panów z krzeseł w jedną bezładną kupę na dnie łodzi, a teraz, powoli i mozolnie, wyplątywali się z ogólnego bałaganu i strzepywali z siebie ryby. Nie przerywając sobie tej pracy, przeklinali nas. Nie były to zwyczajne, zdawkowe obelgi, lecz tasiemcowe, starannie zakomponowane przekleństwa ze skomplikowaną fabułą, która rozciągała się na całe nasze życie, przeszłe i przyszłe, obejmowała wszystkich naszych krewnych i w ogóle wszystko, co się z nami wiąże — słowem: dobre, siarczyste przekleństwa.

Harris odrzekł im na to, że powinni nam być wdzięczni za odrobinę urozmaicenia po całym dniu tępego gapienia się w wodę. Dodał również, że jest wstrząśnięty i zdruzgotany, słysząc, iż ludzie w ich wieku w takim stopniu dają się ponieść emocjom.

Krewkim starcom nie przemówiło to jednak do przekonania.

George powiedział, że teraz on będzie sterował; że od człowieka mojego pokroju nie można oczekiwać, by trwonił swój umysł na sterowanie — łodzią niech lepiej się zajmie ktoś bardziej pospolity, zanim wszyscy potopimy się z kretesem. Przejął ster i zawiózł nas do Marlow.

W Marlow zostawiliśmy łódź pod mostem i poszliśmy szukać noclegu „Pod Koroną".

ROZDZIAŁ 13

Marlow — Opactwo Bisham — Mnisi z Medmenham — Montmorency zamierza ukatrupić starego kocura — Ostatecznie postanawia darować mu życie — Haniebne poczynania foksteriera w domu handlowym przy Haymarket — Nasz wyjazd z Marlow — Imponujący pochód — Parostatek, użyteczne recepty, jak zaleźć mu za skórę — Odmawiamy picia rzeki — Pies w nastroju filozoficznym — Nieoczekiwane zniknięcie Harrisa z pieczenią.

Marlow to jeden z najsympatyczniejszych ośrodków nadrzecznych, jakie znam. To tętniące życiem miasteczko jako całość nie jest może zbyt malownicze, ale można tu znaleźć wiele ciekawych zakątków — samotnych przęseł, ocalałych ze zburzonego mostu przeszłości, po których nasza wyobraźnia wędruje ku czasom, kiedy dziedzicem we dworze marlowskim był Saksończyk Algar, zanim pazerny Wilhelm zdobył go dla królowej Matyldy, zanim nobliwe zamczysko przeszło na własność hrabiów Warwick i przemyślnego lorda Pageta, doradcy czterech kolejnych monarchów.

Okolica jest tu cudowna, jeżeli po żegludze masz jeszcze ochotę na spacer, a sama rzeka prezentuje się w Marlow ze swej najlepszej strony. Szczególnie uroczy jest odcinek do Cookham, koło łąk i puszczy

Quarry. O zacna puszczo Quarry, z twymi wąskimi, stromymi ścieżynami i maleńkimi, krętymi parowami, jakże zdajesz się jeszcze przesycona wspomnieniami słonecznych dni lata! Na twych cienistych polanach majaczą zjawy roześmianych twarzy, a w łagodnym poszumie liści kryje się szept dawno umilkłych głosów!

Jeszcze ładniej jest pomiędzy Marlow a Sonning. Na prawym brzegu, ledwie pół mili za mostem w Marlow, wznoszą się mury opactwa Bisham, które rozbrzmiewały niegdyś okrzykami templariuszy, a później udzieliły gościny Annie z Cleves i królowej Elżbiecie. Opactwo Bisham słynie z melodramatycznych historii. Jest tam alkowa zawieszona kobiercami i tajemna komnata ukryta wysoko w grubych murach. Nocą krąży po korytarzach upiór Lady Holy, która zatłukła na śmierć swego synka, a teraz usiłuje zmyć krew z upiornych rąk w upiornej miednicy.

Spoczywa tu Warwick, szara eminencja wynosząca na tron królów, teraz już obojętny na tak trywialne sprawy, jak ziemscy monarchowie i ziemskie królestwa. Spoczywa tu także Salisbury, który dobrze się przysłużył krajowi pod Poitiers. Tuż przed opactwem, na samym brzegu rzeki, stoi kościół Bisham; jeżeli w ogóle warto zobaczyć jakieś grobowce i tablice pamiątkowe, to znajdują się one właśnie tam. Płynąc w cieniu buków koło Bisham, Shelley, który mieszkał wówczas w Marlow (można zwiedzić jego dom przy West Street), ułożył swój poemat pod tytułem *Bunt islamu*.

Czasem mi się wydaje, że nieco wyżej, koło Hurley Weir, mógłbym spędzić cały miesiąc, a i tak nie zdążyłbym się nacieszyć pięknem okolicy. Wioska Hurley, pięć minut drogi od śluzy, to najstarsza miejscowość nad całą Tamizą, pochodzi bowiem, by posłużyć się zmurszałą frazeologią z tych odległych dni, „z czasów króla Seberta i króla Offy". Zaraz za jazem (płynąc w górę rzeki) są Błonia Duńczyków, gdzie skandynawscy najeźdźcy obozowali po drodze do hrabstwa Glouster. Odrobinę dalej, przycupnięte w czarownym zakolu rzeki, wznoszą się pozostałości opactwa Medmenham.

Dewizą sławetnych mnichów z Medmenham czy też „Stowarzyszenia Ognia Piekielnego", jak ich powszechnie nazywano (przynależał do nich niechlubnej pamięci Wilkes), było „Rób co chcesz", i słowa te nadal widnieją nad ruinami bramy opactwa. Na wiele lat przed powstaniem tego opactwa na niby, które w istocie było konfraternią kawalarzy bez czci i wiary, w tym samym miejscu wznosił się klasztor o nieco surowszej regule, a jego mnisi różnili się nieco od ucieszników, którzy zamieszkali tam pięćset lat później.

Bogobojni cystersi, których opactwo stało tam w trzynastym wieku, zamiast ubrań nosili siermiężne kapoty z kapturami, nie jedli mięsa, ryb i jaj. Spali na słomie, a o północy wstawali na mszę. Dzień mijał im na pracy, czytaniu i modlitwie. Ich życie upływało w grobowej, rzekłbyś, ciszy, złożyli bowiem śluby milczenia.

Ponure bractwo, wiodące ponury żywot w tym słodkim zakątku, który Bóg uczynił tak pogodnym! Dziw bierze, iż wszechobecne głosy Natury — łagodny śpiew wód, szept sitowia, muzyka porywistego wichru — nie przybliżyły ich do prawdziwszego rozumienia, jakie życie przeznaczył nam Stwórca na tej ziemi. Jak dzień długi, w milczeniu nastawiali ucha na głos z nieba. Jak dzień długi, a także w ciemną noc, głos ów przemawiał do nich tysięcznymi dźwiękami, lecz oni go nie słyszeli.

Od Medmenham po uroczą śluzę Hambledon rzeka tchnie kojącym pięknem, lecz gdy minie Greenlands, dość nieciekawą nadrzeczną rezydencję mojego kioskarza (skromny i cichy starszy pan, którego letnią porą można tu często zobaczyć, jak wiosłuje niespiesznie, lecz energicznie, bądź wdaje się w życzliwe pogwarki ze starym śluzowym podczas przeprawy), jest trochę pozbawiona wyrazu i ciekawsza staje się ponownie dopiero spory kawałek za Henley.

W poniedziałek rano, w Marlow, wstaliśmy o znośnej porze i poszliśmy się popluskać przed śniadaniem. W drodze powrotnej Montmorency potwornie się skompromitował. Jest tylko jedna rzecz, na temat której Montmorency i ja różnimy się w opinii: koty. Ja lubię koty, Montmorency ich nie znosi.

Kiedy spotykam kota, mówię „biedny kiciuś", schylam się i łaskoczę go za uchem, kot zaś stawia ogon w słup, wygina plecy w łuk i wyciera sobie nos w moje spodnie. Słowem, wzajemna sympatia i życzliwość. Kiedy Montmorency spotyka kota, dowiaduje się o tym cała ulica. W dziesięć sekund marnuje się przy tym tyle wulgarnych słów, ile zwyczajnemu, porządnemu człowiekowi starczyłoby do końca życia (jeśliby nimi oszczędnie szafował).

Nie mam tego psu za złe (z reguły ograniczam się do trzepnięcia go w ucho bądź obrzucenia kamieniami), ponieważ zakładam, że to tkwi w jego naturze. W porównaniu z innymi psami foksteriery rodzą się z poczwórną dawką grzechu pierworodnego, toteż my, chrześcijanie, musimy poświęcić całe lata cierpliwych wysiłków, zanim w awanturniczej naturze foksteriera zajdzie jakaś widoczna poprawa.

Pewnego dnia byłem w holu domu handlowego przy Haymarket. Dokoła mnie siedziały psy, które czekały, aż ich właściciele wrócą z zakupów. Był tam brytan, parę owczarków szkockich, bernardyn, kilka spanieli i nowofundlandczyków, chart, francuski pudel (z bujną czupryną na głowie, lecz wyliniały na tułowiu), buldog, kilka tych nie większych od szczura stworzeń, które sprzedaje się w podcieniach Lowther, i para terierów z Yorkshire.

Cała ta menażeria siedziała cierpliwie, godnie i w skupieniu. W holu panował uroczysty nastrój powagi i spokoju, graniczącego z rezygnacją, z łagodną melancholią.

Wtem weszła do środka jakaś młoda dama, z robiącym wrażenie potulnego foksterierem na smyczy, którego przywiązała pomiędzy buldogiem a pudlem. Foksterier usiadł i przez chwilę rozglądał się wokoło, po czym zadarł głowę do góry, by spojrzeć na sufit. Sądząc po minie, myślał o swojej matce. Potem ziewnął. Potem spojrzał po innych psach, milczących, poważnych, dystyngowanych.

Zerknął na buldoga, kimającego snem sprawiedliwego po prawej. Zerknął na pudla, wyprężonego dumnie po lewej. I nagle, bez słowa ostrzeżenia, absolutnie niczym niesprowokowany, wbił kły w przednią łapę pudla — półmrok holu rozbrzmiał skowytem cierpienia.

Wynik tego pierwszego eksperymentu wydał się foksterierowi wysoce zadowalający, toteż postanowił jeszcze bardziej ożywić atmosferę. Przeskoczył przez pudla i z impetem napadł na owczarka szkockiego. Ten zbudził się i natychmiast wdał w zażarty i hałaśliwy spór z pudlem. Foksio wrócił na swoje miejsce, złapał za ucho buldoga i usiłował go usunąć spod ściany. Buldog, zwierzę zadziwiająco bezstronne, zaczął się rzucać na wszystko, co stanęło mu na drodze, łącznie z portierem. Naszemu drogiemu foksterierkowi dało to możliwość stoczenia dłuższej walki z równie bojowo nastawionym terierem z Yorkshire.

Osobom znającym psią naturę nie trzeba w tym miejscu mówić, że o tej porze wszystkie inne psy w całym holu gryzły się już ze sobą, jakby zależała od tego ich kariera sportowa. Walki toczyły się w dwóch kategoriach wagowych: ciężkiej i lekkiej, a małe psy w wolnych chwilach gryzły duże psy w nogę.

W holu rozpętało się istne piekło. Zgiełk był niesamowity. Przed domem handlowym zgromadził się tłum gapiów, którzy chcieli wiedzieć, czy to zebranie parafialne, a jeśli nie, to czy kogoś tu mordują i dlaczego? Przyszli ludzie z pętlami na drągach, którzy usiłowali rozdzielić psy, wezwano też policję.

Rozruchy trwały w najlepsze, gdy do holu wróciła owa miła młoda dama, wzięła swego słodkiego psiaka (który unieszkodliwił teriera z Yorkshire co najmniej na miesiąc i teraz znowu sprawiał wrażenie nowo narodzonego jagnięcia) na ręce, ucałowała i spytała, czy jej kruszynce nic się nie stało i dlaczego te wstrętne brutale chciały mu zrobić krzywdę. Foksterier przytulił się do niej i utkwił w niej spojrzenie, które zdawało się mówić: „Och, tak się cieszę, że przyszłaś mnie wybawić z tej gorszącej sytuacji!”.

Młoda dama powiedziała, że dyrekcja domu handlowego nie ma prawa dopuszczać do tego, aby psy porządnych ludzi były narażone na towarzystwo takich niewychowanych dzikich bestii i że poważnie się zastanowi nad wytoczeniem sprawy sądowej.

Taka jest natura foksterierów. Nie mam więc za złe Montmorency’emu jego antypatii do kotów. Tego ranka pożałował jednak, że dał jej upust.

Wracaliśmy, jak już wspominałem, z kąpieli, kiedy w połowie głównej ulicy z któregoś domu wypadł kot i zaczął truchtać na drugą stronę drogi. Montmorency wydał z siebie okrzyk radości (zawołanie chrobrego wojownika, któremu wpada w ręce wróg: podobny okrzyk mógł paść z ust Cromwella, gdy ujrzał Szkotów schodzących ze wzgórza) i pomknął w ślad za swą ofiarą.

Był to duży czarny kocur. Nigdy nie widziałem kota większego ani też bardziej obszarpanego. Stracił pół ogona, jedno ucho i niebagatelny procent nosa. Zwierzę było długie i żylaste. Sprawiało wrażenie spokojnego i zadowolonego z życia.

Montmorency przypuścił na biedaka szarżę z prędkością dwudziestu mil na godzinę. Kot nie spieszył się jednak — najwyraźniej do niego nie docierało, że jego życie jest w niebezpieczeństwie. Tuptał sobie spokojnie dalej, a gdy zamachowiec znalazł się w odległości jarda od niego, odwrócił się, usiadł na środku drogi i spojrzał na Montmorency’ego z łagodną, pytającą miną, która mówiła:

— Tak? Pan do mnie?

Montmorency nie należy do mięczaków. W spojrzeniu tego kota było jednak coś, co zmroziłoby duszę najmężniejszemu psu. Stanął jak wryty i odwzajemnił spojrzenie.

Nie odzywali się. Można sobie jednak wyobrazić, że rozmowa przebiegałaby następująco:

KOT: — Ma pan do mnie jakąś sprawę?

MONTMORENCY: — Nnnie, przepraszam.

KOT: — Proszę się nie krępować, jeżeli pan sobie czegoś życzy.

MONTMORENCY (*cofając się w głąb głównej ulicy*): — Och, nie... bardzo pan łaskaw, ale musiałem pana z kimś pomylić... sądziłem, że pana znam... najmocniej przepraszam.

KOT: — Ależ nie ma za co, każdy może się pomylić. Jest pan pewien, że nie mogę nic dla pana zrobić?

MONTMORENCY (*nadal się wycofując*): — Nie, nie, dziękuję serdecznie... to bardzo miło z pańskiej strony... do widzenia panu.

KOT: — Moje uszanowanie.

Po czym kot wstał i podjął swój trucht, Montmorency zaś podkulił ogon, wrócił do szeregu i zamknął tyły.

Jeszcze dziś, gdy wspomnieć przy Montmorencym o kotach, kurczy się w oczach i patrzy na ciebie błagalnie, jakby chciał powiedzieć:

— Przestań, proszę.

Po śniadaniu poszliśmy po zakupy i zaprowiantowaliśmy się na trzy dni. George powiedział, że powinniśmy kupić jarzyny — to niezdrowo nie jeść jarzyn. Powiedział, że łatwo się je przyrządza, on sam się tym zajmie. Obstalowaliśmy więc dziesięć funtów ziemniaków, korzec fasoli i kilka główek kapusty. Paszteciki befsztykowe, kilka torcików z agrestem i udziec barani dostaliśmy w hotelu. Za owocami, ciastkami, chlebem, masłem, dżemem, bekonem, jajkami i innymi rzeczami musieliśmy trochę pochodzić po mieście.

Wyjazd z Marlow zaliczam do naszych największych triumfów. Opuszczaliśmy miasto dostojnie i z fasonem, lecz bez ostentacji. We wszystkich sklepach daliśmy do zrozumienia, że zakupy mają zostać dostarczone niezwłocznie. Nie daliśmy się nabrać na zwyczajowe: „Oczywiście, proszę pana, natychmiast je wyślemy. Chłopiec będzie na miejscu przed wami, proszę pana!". Nie mieliśmy zamiaru zbijać bąków na przystani i wracać dwa razy do sklepu, żeby zrobić awanturę; czekaliśmy, aż zapakują koszyk, i zabieraliśmy chłopca ze sobą.

Kupowaliśmy w wielu sklepach i we wszystkich zastosowaliśmy tę strategię. W rezultacie gdy byliśmy już odpowiednio zaopatrzeni, ciągnęła za nami doborowa świta chłopców z koszykami. Nasz finalny przemarsz główną ulicą nad rzekę z pewnością należał do najświetniejszych widowisk, jakie widziało Marlow w całej swej historii.

Porządek pochodu przedstawiał się następująco:

Montmorency, z patykiem w pysku
Dwa obszarpane kundle, koledzy Montmorency'ego
George, niosący płaszcze i koce, z fajką w zębach
Harris, usiłujący poruszać się z godnością,

choć niósł pękatą walizę w jednej ręce
i butlę lemoniady w drugiej
Chłopiec z warzywniaka i chłopiec
z piekarni, z koszykami
Chłopiec z hotelu, z koszem na bieliznę
Chłopiec z cukierni, z koszykiem
Chłopiec z masarni, z koszykiem
Kudłaty pies
Chłopiec z nabiałowego, z kobiałką
Przygodny tragarz, z walizką
Nieodłączny towarzysz przygodnego tragarza, z rękami w kieszeniach i glinianą fajką w zębach
Chłopiec z garmażerii, z koszykiem
Ja, z trzema kapeluszami i parą butów, udający, że o tym nie pamiętam
Sześciu urwisów i cztery bezpańskie psy

Kiedy dotarliśmy na przystań, stróż zapytał:

— Niech no sobie przypomnę — panowie od parostatku czy od barki?

Gdy mu zakomunikowaliśmy, że jesteśmy właścicielami dwójki ze sternikiem, wydawał się zaskoczony.

Z parostatkami mieliśmy zresztą tego ranka nielichą przeprawę. Właśnie zaczynały się regaty uniwersyteckie w Henley, więc płynęło tych kryp sporo. Niektóre dodatkowo ciągnęły łodzie mieszkalne. Szczerze nienawidzę parostatków. Podejrzewam, że jak każdy wioślarz. Za każdym razem, gdy widzę parostatek, mam ochotę zwabić go w jakiś ciemny, odludny zakątek rzeki i udusić, gdy nikt nie widzi.

Parostatki mają w sobie nadętą pyszałkowatość,

która wyzwala we mnie najgorsze instynkty. Tęsknię wtedy za dawnymi dobrymi czasami, kiedy chcąc komuś powiedzieć, co się o nim myśli, szło się do niego z toporem, łukiem i kołczanem. Już sam wyraz twarzy człowieka, który z rękami w kieszeniach stoi na rufie parostatku i pali cygaro, jest wystarczającym powodem do wypowiedzenia wojny. A kiedy jaśnie wielmoża zagwiżdże na ciebie, żebyś się usunął z drogi, możesz go z całym spokojem zamordować — jestem pewien, że każda ława przysięgłych złożona z wioślarzy uzna, że działałeś w stanie „wyższej konieczności".

A jakże, gwizdali na nas, gwizdali. Nie chcę tu wyjść na samochwałę, ale mogę bez żadnej przesady powiedzieć, że przez ten tydzień nasza maleńka łódeczka dała się parostatkom we znaki silniej niż wszystkie inne jednostki na rzece razem wzięte.

— Baczność, parostatek! — wołał któryś z nas, dostrzegłszy wroga w oddali. W jednej chwili staliśmy w gotowości bojowej. Ja brałem ster, George i Harris siadali obok mnie, wszyscy plecami do wroga, po czym spokojnie dryfowaliśmy na środek rzeki.

Parostatek zbliżał się z gwizdem, a my dalej dryfowaliśmy. Jakieś sto jardów od nas gwizdał jak furiat, a załoga wychylała się przez reling i wrzeszczała na nas. My jednak byliśmy głusi na te nawoływania. Harris opowiadał nam anegdotę o swojej matce, a George i ja za nic w świecie nie chcieliśmy uronić ani słowa z tej historii.

Gwizdek rzęził ostatkiem sił, omal nie rozsadzając kotłów, parostatek zaś dawał całą wstecz, wypuszczał parę, brał ster na burtę i pakował się rufą w brzeg. Załoga pędziła na dziób i darła się na nas, ludzie na brzegu przystawali i też krzyczeli, inne łódki zatrzymywały się, a ich załogi dołączały do chóru protestów, aż wreszcie na odcinku kilku mil rzeka znajdowała się w stanie zbiorowej histerii. Nagle Harris przerywał swą opowieść w najciekawszym momencie, podnosił odrobinę zdziwiony wzrok i mówił do George'a:

— Niech mnie licho porwie, jeśli to nie parostatek!

George odpowiadał mu na to:

— A wiesz, tak mi się właśnie zdawało, że coś słyszę!

Na co wszyscy trzej wpadaliśmy w popłoch, nie wiedzieliśmy, jak usunąć łódź z drogi, a ludzie na parostatku tłoczyli się przy relingu i udzielali nam wskazówek:

— Prawym ciągnij, tumanie! Lewym do tyłu — nie ty, ten drugi — zostawże ten ster, matole — teraz obaj naraz. Nie w tę stronę! Do nagłej…

Straciwszy cierpliwość, spuszczali szalupę i przychodzili nam z pomocą. Wreszcie, po piętnastu minutach starań, usuwali nas z drogi i mogli płynąć dalej. Dziękowaliśmy im stokrotnie i prosiliśmy, żeby nas wzięli na hol. Zawsze odmawiali.

Wymyśliliśmy jeszcze jeden sposób grania na nerwach arystokratycznym parostatkom. Omyłkowo braliśmy ich za zabawę karnawałową, pytaliśmy, czy są „balangą pana Cubita" bądź też klubem templariuszy z Bermondsey i czy mogliby nam pożyczyć rondel.

Starsze panie, nienawykłe do rzeki, na widok parostatku wpadają zwykle w skrajne roztrzęsienie. Pamiętam, że płynąłem kiedyś ze Staines do Windsoru — ten odcinek Tamizy jest szczególnym wyroiskiem tych mechanicznych potworów — z grupą, w której skład wchodziły trzy przedstawicielki trzeciego wieku. Było to fascynujące przeżycie. Kiedy tylko zoczyły na horyzoncie parostatek, kazały nam przybijać do brzegu, żeby bezpiecznie przeczekać, aż machina zniknie z pola widzenia. Mówiły, że bardzo im przykro, ale mają dzieci i wnuki, toteż nie mogą sobie pozwolić na zbyt brawurowy tryb życia.

Przy śluzie w Hambledon okazało się, że nie mamy wody. Zabraliśmy więc kanister i poszliśmy po prośbie do stróża.

George był naszym rzecznikiem. Przybrał zniewalający uśmiech i powiedział:

— Nie miałby pan do odstąpienia kapki wody?

— Jasne — odpowiedział starszy pan — bierzcie, ile chcecie, byleście resztę zostawili.

— Najmocniej dziękujemy — wymamrotał George, rozglądając się wokół siebie. — Gdzie… gdzie pan ją trzyma?

— Jest zawsze w tym samym miejscu, mój chłopcze — padła protekcjonalna odpowiedź. — Zaraz za panem.

— Nie widzę — powiedział George, odwróciwszy się na pięcie.

— Gdzie pan ma oczy, do licha ciężkiego? — skomentował staruszek, po czym przekręcił głowę George'a z lewa na prawo, pokazując mu rzeczną strugę. — Chyba trudno przeoczyć, co?

— A! — wykrzyknął George, zrozumiawszy, o co chodzi. — Ale nie możemy przecież pić wody z rzeki!

— Nie ma strachu, całej nie wypijecie — odparł starowina. — Ja od piętnastu lat nic innego nie piję.

George powiedział, że wygląd staruszka nie stanowi wystarczającej reklamy dla wody z tej firmy, toteż osobiście wolałby studzienną.

Napełniliśmy kanister w domku trochę dalej. Podejrzewam, że to też była rzeczna woda, ale przynajmniej my o tym nie wiedzieliśmy. Czego oczy nie widzą, o to żołądek się nie awanturuje.

Spróbowaliśmy kiedyś rzecznej wody, w późniejszej porze roku, ale wynik nie był zachęcający. Płynęliśmy w dół rzeki i zawinęliśmy na podwieczorek do odnogi blisko Windsoru. Kanister był pusty, więc mieliśmy do wyboru: zrezygnować z herbaty albo zatankować wodę z rzeki. Harris był gotów zaryzykować. Powiedział, że gotowana na pewno nam nie zaszkodzi. Przekonywał nas, że wrzątek zabije wszystkie trujące żyjątka. Napełniliśmy więc kociołek wodą z odnogi Tamizy i zagotowaliśmy ją. Dopilnowaliśmy, czy rzeczywiście się gotuje.

Zaparzyliśmy herbatę i usadowiliśmy się wygodnie do podwieczorku, kiedy George, już unosząc filiżankę do ust, nagle wykrzyknął:

— Co to jest?

— Ale co? — spytaliśmy z Harrisem.

— No to! — odparł George, patrząc w kierunku zachodnim.

Powiedliśmy wzrokiem za jego spojrzeniem i zobaczyliśmy psa, płynącego ku nam w niemrawym nurcie. Był to jeden z najspokojniejszych i najłagodniejszych psów, jakie kiedykolwiek widziałem. Jeszcze żaden pies nie wydawał mi się tak pogodzony ze sobą i światem. Płynął sobie ospale na grzbiecie, uniósłszy łapy wysoko do góry. Był to pies dobrze zbudowany, by nie rzec atletyczny, z silnie rozwiniętą klatką piersiową. Żeglował tak, statecznie, miękko i godnie, dopóki nie zrównał się z naszą łodzią, a następnie przybił do brzegu i spoczął na noc w szuwarach.

George powiedział, że nie ma ochoty na herbatę i opróżnił filiżankę do rzeki. Harris też nie był spragniony, więc uczynił to samo. Ja już wypiłem swoją herbatę do połowy, ale pożałowałem tego.

Spytałem George'a, czy jest duże ryzyko, że dostanę tyfusu.

Odpowiedział, że broń Boże, mam sporą szansę, że mi się upiecze, a poza tym najdalej za dwa tygodnie już będzie wiadomo, wóz czy przewóz.

Popłynęliśmy odnogą do Wargrave. Jest to skrót, który łączy się z rzeką kawałek za śluzą w Marsh i oszczędza pół mili drogi, a krajobraz jest tam wprost prześliczny.

Na początku stoją oczywiście słupy i wiszą łańcuchy, a rozliczne tablice grożą lochem, torturą i śmiercią każdemu, kto odważy się wiosłować wodami odnogi (dziwię się, że nadrzeczni obszarnicy nie położyli jeszcze swej pazernej łapy na powietrzu nad Tamizą i nie nakładają kar za oddychanie). Słupy i łańcuchy można jednak z łatwością ominąć, przy odrobinie zręczności, co się zaś tyczy tablic, to jeśli znajdziesz wolną chwilę, a w pobliżu nie ma nikogo, możesz kilka z nich zerwać i wrzucić do rzeki.

W połowie długości odnogi wysiedliśmy na brzeg, żeby zjeść lunch. Właśnie podczas tego posiłku George i ja przeżyliśmy poważny wstrząs.

Harris też przeżył wstrząs, ale nie sądzę, żeby wstrząs Harrisa był choćby w połowie tak poważny jak mój i George'a.

No więc odbyło się to tak: siedzieliśmy na łące,

mniej więcej dziesięć jardów od brzegu, i mieliśmy właśnie zacząć jeść. Harris trzymał na kolanach pieczeń na zimno i kroił ją w plastry, a ja i George czekaliśmy z talerzami.

— Macie gdzieś pod ręką łyżkę? — spytał Harris. — Potrzebna mi łyżka do sosu.

Kosz stał zaraz za naszymi plecami, wystarczyło się tylko odwrócić. Zajęło nam to wszystkiego pięć sekund. Kiedy odwróciliśmy się z powrotem, po Harrisie i pieczeni nie było ani śladu!

Rozłożyliśmy się na otwartej przestrzeni. W odległości setek jardów nie było ani jednego drzewa czy krzaka. Nie mógł wpaść do rzeki, bo my byliśmy bliżej wody, więc musiałby przez nas przeskoczyć.

Rozglądaliśmy się z George'em dokoła. Potem spojrzeliśmy po sobie.

— Porwali go do nieba? — wysunąłem hipotezę.

— Wątpię. Na co im pieczeń? — odparł George.

Przemówił do mnie ten argument, więc teorię wniebowzięcia odrzuciliśmy.

— No cóż, pewnie prawda jest taka — zasugerował George, który ma bardziej praktyczny umysł — że było trzęsienie ziemi. — Po czym dodał, z nutką melancholii w głosie: — Że też akurat jemu daliśmy pieczeń do krojenia.

Z głębokim westchnieniem jeszcze raz zwróciliśmy oczy ku miejscu, w którym Harris i pieczeń pożegnali się ze światem. A tam, o zgrozo, krew zastygła nam w żyłach i włosy nam się zjeżyły, ujrzeliśmy głowę Harrisa — i nic prócz głowy — sterczącą pośród wysokiej trawy, z wyrazem wielkiego oburzenia na nabiegłej krwią twarzy!

George pierwszy przyszedł do siebie.

— Przemów! — zawołał. — Powiedz nam, czyś żyw, czy martwy, i gdzie jest reszta twej osoby!

— Nie rżnij głupa! — powiedziała głowa Harrisa. — Jak pragnę zdrowia, myślę, że zrobiliście to naumyślnie!

— Cośmy zrobili? — wykrzyknęliśmy z George'em.

— Posadziliście mnie tutaj — kretyński kawał! Chodźcie tu i łapcie pieczeń.

I oto ze środka ziemi, jak nam się zdawało, wyprysnęła pieczeń w stanie mocno uszkodzonym. W ślad za nią wygramolił się Harris sponiewierany, ubabrany i mokry.

Nic o tym nie wiedząc, siedział na skraju maleńkiego wykrotu zasłoniętego wysoką trawą. Gdy się trochę odchylił do tyłu, przekoziołkował w dół, razem z pieczenią.

Powiedział, że jeszcze nigdy w życiu nie czuł się taki zaskoczony jak wtedy, gdy zaczął spadać, nie mając pojęcia, co się dzieje. Z początku myślał, że przyszedł koniec świata.

Harris do dziś dnia uważa, że ja i George wszystko to ukartowaliśmy. Cóż, nawet najsprawiedliwsi z ludzi noszą czasem piętno niezasłużonych podejrzeń. Albowiem, jak mówi poeta, „Bo któż by ścierpiał pogardę i zniewagi świata"[2].

Święte słowa!

---

[2] Przekład: Józef Paszkowski

ROZDZIAŁ 14

WARGRAVE — FIGURY WOSKOWE — SONNING — NASZA POTRAWKA — MONTMORENCY SARKASTYCZNY — BÓJKA MONTMORENCY'EGO Z CZAJNIKIEM — GEORGE STUDIUJE GRĘ NA BANDŻO — SPOTYKA SIĘ Z WROGIM PRZYJĘCIEM — KŁODY NA DRODZE ŻYCIOWEJ INSTRUMENTALISTY AMATORA — NAUKA GRY NA KOBZIE — HARRIS CZUJE SMUTEK PO KOLACJI — GEORGE I JA IDZIEMY NA SPACER — WRACAMY GŁODNI I PRZEMOKNIĘCI — W HARRISIE JEST COŚ DZIWNEGO — HARRIS I ŁABĘDZIE, NIEZWYKŁA HISTORIA — HARRIS MA CIĘŻKĄ NOC.

Po lunchu pomyślny wiatr zaniósł nas za Wargrave i Shiplake. Wargrave, ukryte w rzecznym zakolu, skąpane w dobroczynnych promieniach letniego słońca, łagodzącego kontrasty, przedstawia uroczy obrazek, który odciska się głębokim piętnem na siatkówce pamięci.

Na gospodzie „Święty Jerzy i Smok" w Wargrave wisi szyld, po jednej stronie namalowany przez Lesliego z Akademii Królewskiej, po drugiej przez Hodgsona, również z Akademii. Leslie ukazał walkę, Hodgson zaś oddał scenę „Po walce" — święty Jerzy, po robocie, wychyla kufel piwa.

Thomas Day, autor *Sandforda i Mertona*, mieszkał w Wargrave, jak również — co przynosi miastu jeszcze większą chlubę — został tam zabity. W tamtejszym kościele jest tablica ku czci pani Sary Hill, która przekazała sumę jednego funta rocznie, do podziału w Wielkanoc, dla czwórki dzieci (dwóch chłopców i dwóch dziewczynek), które „nigdy nie okazały nieposłuszeństwa rodzicom, nigdy nie używały brzydkich słów i nie zostały przyłapane na kłamstwie, kradzieży lub wybijaniu szyb". Wyobrażacie sobie, wyrzec się tego wszystkiego za pięć szylingów rocznie? Żadna kalkulacja.

Po mieście krąży pogłoska, że wiele lat temu pojawił się chłopiec, który rzeczywiście nigdy nie popełnił tych przestępstw — a przynajmniej, co zresztą było zgodne z regulaminem, nikt mu tego nie udowodnił — i zdobył wieniec laurowy. Przez trzy tygodnie wystawiano dyplom uznania w gablocie ratusza.

Nikt nie wie, komu od tego czasu przypada w udziale nagroda. Niektórzy mówią, że najbardziej należałaby się najbliższej wystawie figur woskowych.

Shiplake to urocze miasteczko, lecz z rzeki go nie widać, bo jest ukryte za wzgórzem. W tutejszym kościele brał ślub Tennyson.

Aż po Sonning rzeka wije się pośród licznych wysepek, ospała, wyciszona i odludna. Brzegiem spaceruje mało luda, nie licząc jakiegoś kawalera podszczypującego o zmierzchu pannę. Londyński drobnomieszczanin i hrabia Fitzbubeck zostali w Henley, a do posępnego, zapyziałego Reading jeszcze kawałek drogi. Nigdzie się tak wspaniale nie duma o przeszłych czasach, zniknionych kształtach i twarzach, czy też o rzeczach, które mogły się wydarzyć, ale się nie wydarzyły, niech je diabli.

Wysiedliśmy w Sonning i poszliśmy na spacer po wsi. Jest to najbardziej baśniowy zakątek nad całą rzeką. Bardziej przypomina scenografię teatralną niż żywą wieś z cegły i zaprawy. Każdy dom tonie w różach, które teraz, z początkiem czerwca, sypały się kwiecistymi girlandami. Jeżeli zatrzymasz się w Sonning, na nocleg idź „Pod Byka", zaraz za kościołem. Jest to typowa stara wiejska oberża, z kipiącym zielenią ogrodem, gdzie, na ławkach pod drzewami, staruszkowie gromadzą się wieczorem, by pić piwo i gardłować o lokalnej polityce. Sam dom jest pełen niebezpiecznych schodów i krętych korytarzy, a pokryte patyną czasu izby na facjatkach mają niskie stropy i okna z kwadratowymi szybkami.

Wałęsaliśmy się po Sonning jakąś godzinę. Było już za późno, żeby popłynąć za Reading, więc postanowiliśmy wrócić na jedną z wysp pod Shiplake i tam rozłożyć się na noc. Gdy skończyliśmy rozpinać płachtę, godzina była jeszcze młoda. George powiedział, że jest to świetna okazja, żeby upichcić jakąś dobrą kolację. Powiedział, że nam pokaże, co można osiągnąć nad Tamizą w dziedzinie kulinarnej. Zaproponował, że ponieważ mamy warzywa, resztki wołowiny na zimno i różne inne odpadki, możemy zrobić potrawkę po irlandzku.

Pomysł wydawał się fascynujący. George nazbierał chrustu i rozpalił ognisko, my zaś z Harrisem zaczęliśmy obierać ziemniaki. Nigdy nie myślałem, że obieranie ziemniaków może być tak poważną operacją. Jeszcze nigdy nie uczestniczyłem w tego rodzaju przedsięwzięciu, które byłoby zakrojone na tak szeroką skalę. Zaczęliśmy w nastroju radosnym, by nie rzec wesołkowatym, lecz nasz błogostan zdążył się ulotnić, zanim obraliśmy pierwszego ziemniaka.

Obieraliśmy i obieraliśmy, lecz skórki jakby nie ubywało. Kiedy wreszcie całą usunęliśmy i wykroiliśmy wszystkie oka, zniknął z kolei ziemniak — a w każdym razie było go tyle, co kot napłakał, przyszedł George i bezstronnie ocenił, że ziemniak ma rozmiary orzeszka ziemnego.

— Na nic taka robota! Tylko marnujecie ziemniaki. Musicie je skrobać, nie obierać.

Skrobaliśmy więc, co okazało się jeszcze trudniejsze. Ziemniaki przybierają takie niesamowite kształty; składają się z samych guzów, kurzajek i dołków. Pracowaliśmy pilnie przez dwadzieścia pięć minut i mieliśmy przerób w liczbie czterech ziemniaków. Potem zastrajkowaliśmy. Powiedzieliśmy, że potrzebujemy reszty wieczoru, żeby się sami oskrobać.

Nie ma nic skuteczniejszego od skrobania ziemniaków, jeśli ktoś ma ochotę dokumentnie się upaćkać. Trudno było uwierzyć, że sterta obierzyn, w której tkwiliśmy, pochodzi z czterech ziemniaków. Zakrawało to na cud gospodarczy, jeśli nie cudowne rozmnożenie.

George powiedział, że to idiotyczne robić potrawkę po irlandzku z czterech ziemniaków, więc umyliśmy jeszcze kilka i wrzucili do garnka w mundurkach. Wrzuciliśmy też kapustę i z pół korca fasoli. George wymieszał to wszystko, po czym powiedział, że zostało jeszcze dużo miejsca, więc wywróciliśmy do góry dnem oba kosze, powybieraliśmy różne resztki i odpadki i dodaliśmy do potrawki. Była tam między innymi połówka pasztetu wieprzowego i kawałek słoniny. Potem George znalazł pół puszki łososia, którą opróżnił do garnka.

Powiedział, że to podstawowa zaleta potrawki po irlandzku: można upłynnić mnóstwo najróżniejszych rzeczy. Wygrzebałem skądś dwa pęknięte jajka, które także dołożyliśmy. George powiedział, że zagęszczą sos.

Nie pamiętam innych składników, ale wiem, że nic się nie zmarnowało. Pamiętam też, że Montmorency, który cały czas okazywał wielkie zainteresowanie całym przedsięwzięciem, w pewnej chwili odszedł z poważną i zamyśloną miną. Po kilku minutach powrócił, trzymając w pysku martwego szczura wodnego, który najwyraźniej miał stanowić jego wkład do obiadu. Trudno mi powiedzieć, czy powodował nim sarkazm, czy też autentyczna chęć, by nie wyjść na darmozjada.

Zaczęliśmy debatować, czy szczura należy wrzucić do potrawki. Harris był za; powiedział, że przegryzie się z resztą, a im więcej składników, tym lepiej. George wystąpił jednak w roli obrońcy tradycji. Powiedział, że jeszcze nigdy nie słyszał o szczurach wodnych w potrawce po irlandzku, a wolałby nie ryzykować eksperymentów

— Jeśli czegoś nie wypróbujesz — zareplikował Harris — to skąd będziesz wiedział, jak smakuje? Właśnie tacy jak ty hamują motor postępu. Pomyśl o człowieku, który po raz pierwszy spróbował frankfurterek!

Potrawka była fantastyczna. Chyba jeszcze nigdy niczego nie jadłem z tak wielkim apetytem. Było w niej coś oryginalnego i niepowtarzalnego. Nasze podniebienie szybko się nuży starymi, wysłużonymi recepturami, tu zaś mieliśmy potrawę o nowym, do niczego niepodobnym smaku.

A jaka była posilna! Bardzo treściwa, jak to określił George. Fasoli i ziemniakom nie zaszkodziłoby jeszcze parę minut gotowania, ale wszyscy mamy mocne zęby, więc nie narzekaliśmy. Z sosu wyszedł nam natomiast prawdziwy poemat — może trochę za gęsty, nie dla delikatnych kiszek, ale odżywczy.

Na deser zjedliśmy ciasto wiśniowe, popijając herbatą. Montmorency miał wtedy utarczkę z czajnikiem i poniósł sromotną klęskę.

Przez całą podróż okazywał wielkie zainteresowanie czajnikiem. Gdy woda stała na ogniu, siedział i ze skołowaną miną patrzył na czajnik. Od czasu do czasu warczał, aby sprowokować wroga do zaczepki. Kiedy czajnik zaczynał bulgotać i rzygać parą, Montmorency brał to za wyzwanie i zrywał się do boju, ale zawsze ktoś zdążył doskoczyć i ewakuować ofiarę, zanim on jej dopadł.

Tym razem Montmorency postanowił, że nie da się uprzedzić. Gdy tylko czajnik zaczął hałasować, Montmorency wstał i zbliżył się ku niemu z groźnym warczeniem. Czajnik był nieduży, ale zadzierzysty: splunął Montmorency'emu w pysk.

— A, taki synu! — warknął Montmorency, obnażając zęby. — Ja cię nauczę obrażać pracowitego psa z porządnego domu. Ty łajdaku, ty kocmołuchu z długim nosem, ja ci pokażę!

Rzucił się na biedny czajnik i złapał go za dziobek.

Wieczorną ciszę przeszyło mrożące krew w żyłach wycie, po czym Montmorency opuścił łódkę i trzykroć okrążył wyspę z prędkością trzydziestu pięciu mil na godzinę, zatrzymując się od czasu do czasu, by zanurzyć nos w chłodnym błocie.

Od tej pory Montmorency patrzył na czajnik z respektem, grozą i nienawiścią. Gdy tylko go zobaczył, warczał i szybko podawał tyły z podkulonym ogonem, z chwilą zaś, gdy czajnik stawał na maszynce, natychmiast wyskakiwał z łódki, siadał na brzegu i czekał, aż skończy się ten cały interes z herbatą.

Po kolacji George wyciągnął bandżo i chciał sobie pograć, ale Harris zaprotestował. Powiedział, że boli go głowa i nie czuje się na siłach, żeby to wytrzymać. George był zdania, że muzyka dobrze mu zrobi — czyż muzyka nie wywiera kojącego wpływu na system nerwowy? Szarpnął parę razy za struny, żeby pokazać Harrisowi, jak to działa.

Harris powiedział, że woli już ból głowy.

George do dziś nie nauczył się grać na bandżo. Spotkało go zbyt mało zachęty ze strony otoczenia. Podczas naszej wyprawy usiłował poćwiczyć ze dwa, trzy razy, ale z niewielkim skutkiem. Harris potrafi zniechęcić nawet najbardziej wytrwałych, a Montmorency miał zwyczaj siedzieć i wyć przez cały koncert. W takich warunkach nie rozwinąłby się nawet największy talent.

— Czy on musi tak wyć, akurat kiedy ja gram? — protestował George, oburzony, celując w niego butem.

— Czy ty musisz tak grać, akurat kiedy on wyje? — replikował Harris, łapiąc but w przelocie. — Zostaw go w spokoju. To silniejsze od niego. Jest muzykalny, więc musi wyć, kiedy ty grasz.

George postanowił zatem odłożyć naukę gry na bandżo do powrotu do domu. Lecz i wtedy nie miał zbyt wielu okazji, żeby poćwiczyć. Pani P. schodziła do niego i mówiła, że jest jej bardzo przykro — zwłaszcza że sama słucha go z przyjemnością — ale pani na górze jest w błogosławionym stanie i lekarz obawia się uszkodzenia płodu.

George zaczął się wymykać z domu późnym wieczorem i ćwiczył na pobliskim placu. Mieszkańcy złożyli jednak skargę na policji. Zastawiono na niego pułapkę i wreszcie pewnej nocy został schwytany in flagranti. Ponieważ istniały przeciwko niemu niezbite dowody, otrzymał półroczny zakaz gry na wszelkich instrumentach.

Po rozprawie jakby stracił serce do bandżo. Gdy minął okres karencji, zabrał się na powrót do nauki, ale już bez dawnego zapału. Znów musiał stawić czoło obojętności, a niekiedy jawnej wrogości świata. Po jakimś czasie wpadł w zupełną rozpacz, dał ogłoszenie, że sprzeda instrument po okazyjnej cenie — „właścicielowi już niepotrzebny" — i zaczął się uczyć sztuczek karcianych.

Jakie to musi być niewdzięczne zajęcie, uczyć się grać na instrumencie muzycznym. Sądziłbyś, że społeczeństwo, dla własnego dobra, powinno czynić wszystko, aby wspierać muzyczne talenty. Nic podobnego!

Znałem kiedyś pewnego młodzieńca, który uczył się grać na kobzie. Zdumiewające, jaki ze wszystkich stron napotykał opór. Nawet ze strony członków własnej rodziny nie usłyszał słów zachęty. Jego ojciec od samego początku był stanowczo przeciwny i wygłaszał nietaktowne komentarze na ten temat.

Mój znajomy miał zwyczaj wstawać wcześnie rano,

żeby poćwiczyć, ale musiał z tego zrezygnować ze względu na swą siostrę. Była ona osobą żarliwej wiary i uważała, że to nie po chrześcijańsku zaczynać dzień od takiej straszliwej kakofonii.

Siedział więc do późna w nocy i grał, kiedy rodzina położyła się spać, ale okryło to dom złą sławą. Zapóźnieni przechodnie zatrzymywali się przed drzwiami, żeby posłuchać, po czym rano rozchodziła się pogłoska, że u Jeffersonów popełniona została krwawa zbrodnia. Opisywali wrzaski ofiary, bluźnierstwa i obelgi mordercy, błagania o litość i wreszcie przedśmiertny charkot nieboszczyka.

Pozwolili mu więc ćwiczyć za dnia, w kuchni z tyłu domu, przy pozamykanych drzwiach. Mimo tych zabezpieczeń co bardziej udane pasaże przedostawały się jednak do salonu i doprowadzały matkę do łez.

Mówiła, że przywodzą jej na myśl jej biednego ojca (został, nieborak, pożarty przez wielkiego rekina, gdy się kąpał u wybrzeża Nowej Gwinei. Matka znajomego nie potrafiła wyjaśnić, skąd jej się brało to skojarzenie).

Później zbili mu z desek niewielką szopę na końcu ogrodu, jakieś ćwierć mili od domu, i kazali mu tam się zabierać z urządzeniem, kiedy zechce go użyć. Czasem przychodzili w gości ludzie, którzy nic o tej sprawie nie wiedzieli. Jeżeli rodzina nie ostrzegła kogoś takiego i puściła go samopas na spacer po ogrodzie, gość taki nagle znajdował się w zasięgu dźwięku, nie mając pojęcia, skąd pochodzi. Jeżeli miał mocne nerwy, dostawał tylko apopleksji, lecz przeciętna osoba wychodziła z tego z trwałymi zaburzeniami umysłu.

Trzeba przyznać, że we wczesnych wysiłkach kobziarza amatora jest coś heroicznego. Sam to odczułem, słuchając gry mojego młodego znajomego. Wydaje się, że jest to bardzo wymagający instrument. Zanim zaczniesz, musisz zaczerpnąć oddechu na cały utwór — w każdym razie takie odniosłem wrażenie, patrząc na Jeffersona.

Zaczynał od drapieżnej, donośnej, porywającej frazy, która nie pozostawiała cię obojętnym. Z czasem jednak opadał w coraz niższe diapazony i w ostatniej linijce słychać już było tylko rzężenie i gulgotanie.

Granie na kobzie wymaga żelaznego zdrowia.

Młody Jefferson nauczył się wykonywać tylko jeden utwór, nigdy jednak nie słyszałem żadnych zastrzeżeń co do szczupłości repertuaru. Utwór nosił tytuł *Idą Campbellowie, hurra, hurra!*, a przynajmniej tak twierdził mój znajomy, bo zdaniem jego ojca były to *Szkockie kampanule*. Co do jednego się jednak zgadzali: że brzmi po szkocku.

Obcym pozwolono zgadywać trzykrotnie i z reguły podawali oni coraz to nowe tytuły.

Po kolacji Harris zrobił się niemiły (myślę, że to potrawka wytrąciła go z równowagi: jego żołądek nie nawykł do tak wykwintnych dań), więc George i ja zostawiliśmy go na łodzi i poszliśmy się poszwendać po Henley. Harris powiedział, że napije się whisky i wypali fajkę, a potem przygotuje wszystko na noc. Kazał nam zawołać, jak wrócimy. Przypłynie po nas z wyspy.

— Tylko nie uśnij, stary — ostrzegliśmy go na pożegnanie.

— Kto by tam usnął z czymś takim w żołądku — burknął i odpłynął na wyspę.

Henley szykowało się do regat. Panował tam niezgorszy rejwach. Spotkaliśmy sporo znajomych z Londynu i w miłym towarzystwie czas minął nam niepostrzeżenie. Była już prawie jedenasta, gdy wyruszyliśmy w drogę powrotną do domu — jak zaczęliśmy już nazywać naszą łódkę.

Mieliśmy do przejścia cztery mile. Noc była ponura, chłodnawa, siąpił deszcz. Telepaliśmy się mrocznymi, posępnymi polami, rozmawialiśmy ściszonymi głosami, nie mając pewności, czy idziemy w dobrym kierunku; cały czas mieliśmy przed oczyma naszą przytulną łódkę, sączącą światło przez napiętą płachtę, Harrisa i Montmorency'go, wreszcie butelkę whisky, i gorąco pragnęliśmy już być na miejscu.

Wyobraziliśmy sobie, jak siedzimy wewnątrz, zmęczeni i trochę głodni; rzeka toczy swe smętne wody wśród upiornych drzew i tylko nasza ukochana łódka, jak jakiś gigantyczny robaczek świętojański, rozsnuwa wokół siebie trochę ciepła i światła. Widzieliśmy siebie, jak jemy kolację, dziabiemy widelcami wędlinę i podajemy sobie chleb; słyszeliśmy wesoły brzęk noży i roześmiane głosy, rozlewające się po łódce i wszystkimi otworami przenikające w noc. Przyspieszyliśmy kroku, aby urzeczywistnić to marzenie.

Nareszcie weszliśmy na ścieżkę holowniczą, co podniosło nas na duchu. Wcześniej nie byliśmy bowiem pewni, czy zbliżamy się do rzeki, czy też się od niej oddalamy, a kiedy jesteś zmęczony i masz ochotę położyć się do łóżka, taka niepewność frasuje. Gdy mijaliśmy Shiplake, zegar wybijał za kwadrans dwunastą. Wtem odezwał się George, zamyślony:

— Nie pamiętasz przypadkiem, która to była wyspa?

— Nie — odparłem, również wpadając w zadumę — nie pamiętam. Ile ich jest?

— Tylko cztery — uspokoił mnie George. — Poradzimy sobie, jeśli nie zasnął.

— A jeśli zasnął? — indagowałem. Zarzuciliśmy jednak ten kierunek rozważań.

Stanąwszy naprzeciwko pierwszej z wysp, zaczęliśmy wołać, ale nie było odpowiedzi. Podeszliśmy więc do drugiej i ponowiliśmy próbę, z tym samym skutkiem.

— A, już pamiętam! — powiedział George. — To była trzecia wyspa.

Pełni nadziei podbiegliśmy więc do trzeciej i pohukiwaliśmy gromko.

Żadnego odzewu!

Sytuacja stawała się poważna. Minęła północ. Hotele w Shiplake i Henley na pewno były przepełnione, a nie mielibyśmy czelności stukać do drzwi domów i budzić ich właścicieli w środku nocy, żeby się dowiedzieć, czy mają pokoje do wynajęcia! George zaproponował powrót do Henley i napaść na policjanta, co by nam zapewniło nocleg na posterunku. Nie było jednak ucieczki od myśli: co będzie, jeśli nas tylko obije, a nie zechce zamknąć?

Nie mogliśmy spędzić całej nocy, bijąc policjantów. Poza tym nie chcieliśmy przedobrzyć i dostać sześciu miesięcy.

W rozpaczy zaczęliśmy wołać ku czemuś, co w mroku sprawiało wrażenie czwartej wyspy, ale z równie marnym skutkiem. Deszcz rozpadał się na dobre i ani myślał ustać. Byliśmy przemoknięci do nitki i zmarznięci na kość. Zaczęliśmy się zastanawiać, czy nie ma przypadkiem więcej wysp, czy w ogóle jesteśmy w ich pobliżu, czy też może milę dalej albo na zupełnie innym odcinku rzeki. W ciemnościach wszystko wydawało się takie obce i dziwne. Zaczęliśmy rozumieć cierpienia zagubionego w leśnej głuszy Tomcia Palucha.

W chwili, gdy straciliśmy już wszelką nadzieję — tak, tak, wiem, że we wszystkich powieściach i bajkach zawsze się tak mówi. Ale taka jest prawda. Kiedy zabrałem się do pisania tej książki, powziąłem postanowienie, że będę się ściśle trzymał faktów. I postanowienia dotrzymam, choćbym musiał się w tym celu uciekać do wyświechtanych frazesów.

Wróćmy do rzeczy. W chwili, gdy straciliśmy już wszelką nadzieję, nagle zauważyłem, trochę w dół rzeki, jakiś dziwny ognik, majaczący pośród drzew na przeciwległym brzegu. Zrazu przyszły mi na myśl upiory: światełko było takie nierzeczywiste i tajemnicze. Natychmiast jednak olśniło mnie, że to nasza łódź, i ryknąłem tak potężnie, że noc aż drgnęła przez sen na swoim łożu.

Czekaliśmy z zapartym tchem przez minutę, po czym — o, anielska muzyko ciemności! — posłyszeliśmy szczekającego w odzewie Montmorency'ego. Zaczęliśmy wrzeszczeć tak głośno, że zbudzilibyśmy siedmiu braci śpiących — nigdy nie mogłem zrozumieć, dlaczego dla obudzenia siedmiu osób trzeba narobić więcej hałasu niż dla obudzenia jednej. Nareszcie, po jakichś pięciu minutach, które nam jednak wydały się całą godziną, ujrzeliśmy światło łodzi powoli rozpraszające mrok i usłyszeliśmy zaspany głos Harrisa, który pytał, gdzie jesteśmy.

W zachowaniu Harrisa było coś bardzo dziwnego.

Nie dało się tego przypisać zwyczajnemu zmęczeniu. Przybił do brzegu w miejscu, w którym zupełnie nie dało się wsiąść na łódkę, i natychmiast zasnął.

Strasznieśmy się nakrzyczeli i nawrzeszczeli, zanim udało się go ponownie obudzić i przywołać do porządku. W końcu jednak wsiedliśmy do łodzi.

Od razu zauważyliśmy, że Harris jest jakiś smutny. Sprawiał wrażenie człowieka po ciężkich przejściach. Spytaliśmy, czy coś się stało, a on odpowiedział...

— Łabędzie!

Wyglądało na to, że przycumowaliśmy łódź opodal gniazda łabędzi, a niedługo po tym, jak zostawiliśmy Harrisa samego, wróciła łabędzica i urządziła scenę. Harris kazał jej się zmyć, więc sprowadziła małżonka. Harris powiedział, że miał z tą parą nieliche przeprawę, lecz zręczność i męstwo w końcu przeważyły i Harris zwyciężył.

Pół godziny później łabędzie wróciły z osiemnastoma kolegami! Z chaotycznej relacji Harrisa wyrozumieliśmy, że bój był zażarty i bezpardonowy. Łabędzie usiłowały wciągnąć ich razem z Montmorencym do wody i utopić. Harris bronił się bohatersko przez cztery godziny i wszystkie zmasakrował — ostatkiem sił odpłynęły, żeby umrzeć.

— Mówisz, że ile było tych łabędzi? — spytał George.

— Trzydzieści dwa — odparł sennie Harris.

— Dopiero co mówiłeś, że osiemnaście — drążył George.

— Nieprawda, mówiłem, że dwanaście — burknął Harris. — Co to ja, liczyć nie umiem?

Nigdy się nie dowiedzieliśmy, ile naprawdę było

tych łabędzi. Gdy rano nagabywaliśmy Harrisa na ich temat, odparł: — Jakie łabędzie? — i najwyraźniej sądził, że się nam to wszystko przyśniło.

Ach, jakże rozkosznie było znaleźć się znów na łódce, po naszych opresjach i zgryzotach! Zjedliśmy z George'em sutą kolację i mieliśmy ochotę ją czymś zakropić, ale nie mogliśmy znaleźć whisky. Wzięliśmy Harrisa w krzyżowy ogień pytań, ale sprawiał wrażenie, jakby pierwszy raz w życiu słyszał słowo „whisky" i w ogóle nie rozumiał, o co nam chodzi. Montmorency patrzył na nas, jakby coś wiedział, ale nabrał wody w usta.

Spałem tej nocy dobrze, a spałbym jeszcze lepiej, gdyby nie Harris. Mętnie sobie przypominam, że obudził mnie tej nocy przynajmniej tuzin razy, kręcąc się po łódce z latarnią i szukając swego ubrania. Całą noc martwił się o ubranie.

Dwa razy zrywał nas obu, żeby sprawdzić, czy nie leżymy na jego spodniach. Za drugim razem George nieźle się wkurzył.

— Na co ci spodnie w środku nocy, do diabła? — spytał oburzony. — Kładź się i śpij.

Gdy się kolejny raz obudziłem, znów był w tarapatach, bo nie mógł znaleźć skarpetek. A dalej pamiętam już tylko jak przez mgłę, że ktoś przetoczył mnie na bok, a zdumiony głos Harrisa wymamrotał:

— Gdzie też mógł się podziać mój parasol?

ROZDZIAŁ 15

OBOWIĄZKI GOSPODARSKIE – UMIŁOWANIE PRACY – DOŚWIADCZONY WIOŚLARZ, CO MÓWI I JAK TO JEST NAPRAWDĘ – SCEPTYCYZM NOWEGO POKOLENIA – WCZESNE WSPOMNIENIA WIOŚLARSKIE – TRATWA – PIĘKNY DEBIUT GEORGE'A – STARY WODNIAK, JEGO TECHNIKA – BŁOGOŚĆ I SPOKÓJ DUCHA – POCZĄTKUJĄCY – PŁYWANIE NA PYCH – NIEPRZYJEMNY WYPADEK – ROZKOSZE PRZYJAŹNI – ŻEGLARSTWO, MOJE PIERWSZE DOŚWIADCZENIE – WYSUWAM HIPOTEZĘ, DLACZEGO NIE UTONĘLIŚMY.

NASTĘPNEGO ranka zbudziliśmy się późno i, na prośbę Harrisa, spożyliśmy proste śniadanie, bez żadnych „frykasów". Potem posprzątaliśmy i poukładaliśmy rzeczy (niekończąca się praca, dzięki której zacząłem mieć jasny pogląd na kwestię, która zawsze mnie intrygowała, a mianowicie, co kobieta, która ma na swojej głowie tylko jeden dom, robi z resztą czasu). Około dziesiątej wyruszyliśmy w drogę, postanowiwszy, że tego dnia nie będziemy się oszczędzać.

Uzgodniliśmy, że do południa wiosłujemy, gdyż holowanie trochę już nam się znudziło. Harris był zdania, że najlepszym rozwiązaniem będzie, jeśli mnie i George'a posadzi się do wioseł, a on weźmie na siebie sterowanie. Pomysł ten wcale nie przypadł mi do gustu. Powiedziałem, że według mnie Harris powinien był okazać trochę więcej dobrej woli i dać odpocząć mnie. Nie mogłem się oprzeć wrażeniu, że od samego początku podróży spada na mnie znacznie więcej pracy niż na Harrisa i George'a, i czułem, że muszę wreszcie postawić weto.

Nawiasem mówiąc, ja zawsze odnoszę wrażenie, że pracuję więcej, niż powinienem. Nie chodzi mi jednak, uważacie, o samą pracę. Lubię pracę. Praca mnie fascynuje. Potrafię godzinami siedzieć i przyglądać się jej. Uwielbiam mieć ją koło siebie. Na myśl, że mógłbym zostać jej pozbawiony, serce mi krwawi.

Nigdy się nie opieram, kiedy ktoś chce mi dołożyć pracy. Gromadzenie pracy stało się niemalże moją namiętnością. W moim gabinecie jest jej tyle, że ledwie starcza miejsca. Niedługo będę musiał dobudować dodatkowe skrzydło.

Z moją pracą obchodzę się bardzo pieczołowicie. Do tego stopnia, że część mojej pracy jest u mnie już od kilku lat, a wygląda na zupełnie nietkniętą. Moja praca napawa mnie wielką dumą. Od czasu do czasu zdejmuję ją z półki i omiatam z kurzu. Nikt nie magazynuje swej pracy tak troskliwie jak ja.

Choć jednak trawi mnie pragnienie pracy, chcę być sprawiedliwy. Nie żądam dla siebie więcej, niż mi się należy.

Dostaję ją jednak, nie prosząc o nią (tak mi się przynajmniej zdaje), i to mnie martwi.

George mówi, że zupełnie niepotrzebnie zadręczam się tą sprawą. Uważa, że to tylko moja nadmiernie skrupulatna natura każe mi się obawiać, że dostaję więcej pracy, niż na to zasługuję. Twierdzi, że faktycznie nie otrzymuję ani połowy tego, co powinienem.

Myślę jednak, że mówi to tylko po to, żeby mnie pocieszyć.

Już dawno zauważyłem, że na łódce każdy członek załogi ma obsesję, że to on robi wszystko. Harris ubrdał sobie, że tylko on pracuje, a George i ja spychamy wszystko na niego. Z kolei George do rozpuku śmiał się z pomysłu, że Harris coś robi oprócz jedzenia i spania, i żywił niewzruszone przekonanie, że właśnie on — George — wykonuje wszelką istotną pracę.

Powiedział, że jeszcze nie spotkał pary tak leniwych obiboków jak Harris i ja.

Harris był szczerze ubawiony.

— A to się wyrwał, poczciwina! Pół godzinki pracy i byłoby po nim. Widziałeś kiedyś, żeby George pracował? — zwrócił się do mnie z pytaniem.

Przyznałem, że jeszcze nie widziałem — przynajmniej odkąd wyruszyliśmy w tę podróż.

— Ciekawe, skąd ty miałbyś cokolwiek o tym wiedzieć — odciął się George Harrisowi — skoro przez większość czasu śpisz. Widziałeś kiedyś Harrisa do końca rozbudzonego? — spytał mnie George. — Oczywiście nie mówię o posiłkach.

Umiłowanie prawdy kazało mi stanąć po stronie George'a. Od samego początku Harris był na łódce mało przydatny, jeśli chodzi o pracę.

— Mówcie co chcecie, ale i tak robię więcej niż Jerome — bronił się Harris.

— Trudno, żebyś robił mniej — dodał George.

— Jerome pewnie uważa się za pasażera — ciągnął Harris.

Oto cała ich wdzięczność za to, że przywlokłem

ich taki kawał drogi z Kingston wraz z tą nieszczęsną łodzią, że zająłem się całą stroną organizacyjną, że stawałem na głowie, żeby im niczego nie brakowało, i urabiałem sobie ręce po łokcie. Taka już moja dola.

Bieżący spór rozstrzygnęliśmy w ten sposób, że Harris i George mieli wiosłować aż za Reading, a stamtąd ja miałem wziąć łódź na hol. Wiosłowanie ciężką łodzią pod silny prąd nie sprawia mi już frajdy. Kiedyś, dawno, dawno temu, rwałem się do tego. Teraz wolę dać szansę młodym.

Zauważyłem, że większość doświadczonych wodniaków również nie okazuje entuzjazmu, gdy trzeba się porządnie wysilić. Starego wyjadacza zawsze można poznać po tym, że wyciąga się na poduszkach na dnie łodzi i dodaje wioślarzom otuchy, opowiadając im o niezwykłych wyczynach, jakich dokonał w poprzednim sezonie.

— Wy to nazywacie ciężką pracą? — prycha kpiąco do dwóch półżywych nowicjuszy, którzy od półtorej godziny ciągną miarowo pod prąd. — Zeszłego sezonu machnęliśmy się z Jimmem Bifflesem i z Jackiem z Marlow do Goring w jedno popołudnie, bez zatrzymywania. Pamiętasz, Jack?

Jack, który umościł sobie na dziobie legowisko ze wszystkich koców i płaszczy, jakie wpadły mu w rękę, i od dwóch godzin smacznie śpi, teraz budzi się częściowo i zaraz sobie wszystko przypomina. Pamięta też, że prąd był tego dnia wyjątkowo silny przez całą drogę i wiał porywisty wiatr.

— Musieliśmy zrobić jakieś trzydzieści cztery mile — dodaje pierwszy mówca, kładąc sobie pod głowę jeszcze jedną poduszkę.

— Nie przesadzaj, Tom — mruczy Jack z dezaprobatą — najwyżej trzydzieści trzy.

Do cna wyczerpani rozmową Jack i Tom znów zapadają w sen. Dwóch prostodusznych młodzieńców u wioseł przepaja duma, że dane im jest wieźć tak wybitnych sportowców jak Jack i Tom, toteż jeszcze wzmagają wysiłki.

Kiedy byłem młody, nie mogłem się dość nasłuchać tych opowieści doświadczonych wodniaków, wprost pożerałem każde słowo i stale domagałem się więcej. Wydaje się jednak, że nowe pokolenie nie posiada już tej prostodusznej wiary. W zeszłym roku George, Harris i ja zabraliśmy ze sobą jednego „fryca" i przez całą drogę faszerowaliśmy go zwyczajowymi historiami o naszych wspaniałych osiągnięciach.

Przerobiliśmy wszystkie dyżurne opowieści — uświęcone tradycją bajeczki, które od lat służą wszystkim wodniakom na Tamizie — i dołożyliśmy siedem zupełnie oryginalnych, wymyślonych przez nas samych. Jedna z tych ostatnich opowieści była dość prawdopodobna, gdyż w jakimś stopniu oparliśmy ją na prawie autentycznym przeżyciu, które w zmodyfikowanej formie rzeczywiście przytrafiło się pewnemu naszemu znajomemu — w historię tę bez większej szkody dla siebie mogłoby uwierzyć nawet dziecko.

Tymczasem młodzieniec ów wykpił je wszystkie, kazał nam na miejscu powtórzyć nasze wyczyny i postawił dziesięć do jednego, że nie podołamy.

Tego ranka zgadało się o naszych doświadczeniach wioślarskich. Opowiadaliśmy sobie historie o naszych pierwszych krokach w sztuce wiosłowania. Ja pamiętam, że dawno, dawno temu w pięć osób zrzuciliśmy się po trzy pensy i wypożyczyliśmy koślawą krypę na jeziorze w Regent's Parku, po czym suszyliśmy się w domku stróża.

Zasmakowałem wtedy w wodniactwie i sporo pływałem na tratwach w zatopionych kamieniołomach pod miastem. Zajęcie to jest ciekawsze i bardziej ekscytujące, niżby się mogło wydawać, zwłaszcza kiedy jesteś na samym środku stawu, a właściciel materiałów, z których skonstruowana jest tratwa, nagle pojawia się na brzegu z sękatą lagą w dłoni.

Na widok tego dżentelmena najpierw myślisz sobie, że trochę ci nie dostaje ogłady, aby wchodzić z nim w zażyłość, lecz zarazem nie chcesz wyjść na ostatniego gbura. Stawiasz więc sobie za cel zsiąść z tratwy na przeciwległym brzegu, a następnie bez zbędnych ceregieli oddalić się szybkim krokiem, udając, że go nie zauważyłeś. Nim powodują uczucia zgoła przeciwstawne; pragnie uścisnąć ci dłoń i wdać się z tobą w pogawędkę.

Wychodzi na jaw, że zna twoją matkę i posiada szczegółowe informacje na temat ciebie samego, lecz to cię nie przekonuje. Dżentelmen mówi, że nauczy cię kraść jego deski i robić z nich tratwę, ale przecież ty radzisz sobie z tym doskonale, więc jego propozycja, choć z pewnością płynąca z dobrego serca, wydaje się zbytkiem łaski, a ty nie chciałbyś się w żaden sposób naprzykrzać.

W swym gorącym pragnieniu, by cię poznać, dżentelmen nie zraża się jednak twoją obojętnością, energia zaś, z jaką biega naokoło stawu, aby cię powitać, gdy przybijesz do brzegu, jest prawdziwie ujmująca.

Jeżeli jest to człowiek krępej konstrukcji, o małej pojemności płuc, z łatwością unikniesz jego umizgów. Jeżeli zaś trafisz na typ żwawy i długonogi, spotkanie jest nieuchronne. Dżentelmen bierze jednak na siebie ciężar rozmowy, zresztą bardzo krótkiej, ty zaś ograniczasz się do monosylabicznych uwag o odcieniu wykrzyknikowym i kiedy tylko pozwoli ci na to jego natarczywa gościnność, odchodzisz.

Pływaniu na tratwie poświęciłem około trzech miesięcy, a osiągnąwszy w tej dziedzinie wystarczający stopień doskonałości, przerzuciłem się na prawdziwe wioślarstwo i zapisałem się do klubu wodnego na rzece Lea.

Pływanie po rzece Lea, szczególnie w sobotnie popołudnia, jest znakomitą szkołą wioślarstwa, a szczególnie szybko nabiera się smykałki w umykaniu przed większymi jednostkami. Powstaje również mnóstwo okazji, aby się nauczyć szybko i z wdziękiem przeprowadzać manewr „Padnij!", gdy czyjaś lina holownicza zamierza wrzucić cię do wody.

Nie nabierasz jednak stylu. Dopiero na Tamizie wyrobiłem sobie pewien styl wiosłowania. Dziś jest on przedmiotem powszechnego podziwu. Ludzie mówią, że w naszych czasach już nikt tak nie wiosłuje.

George nigdy nie powąchał wody, dopóki nie skończył szesnastu lat. Wtedy, wraz z ośmioma innymi dżentelmenami mniej więcej w tym samym wieku, wybrał się pewnej soboty do Kew, aby wypożyczyć łódź i popłynąć nią do Richmond i z powrotem. Jedna osoba z ich grona, zadufany w sobie młodzieniec nazwiskiem Joskins, który wszystkiego ze dwa razy pływał po Serpentine[3], powiedział im, że wioślarstwo to przednia zabawa.

Kiedy dotarli do przystani, poziom rzeki szybko spadał i wiał porywisty wiatr, ale ich to zupełnie nie zniechęciło. Zaczęli się zastanawiać, jaką wypożyczyć łódkę.

Na keję wciągnięta była wyścigowa ósemka, która przypadła im do gustu. Weźmiemy tę, powiedzieli. Właściciela nie było, zastępował go młody chłopiec. Ze wszystkich sił starał się im obrzydzić regatówkę i pokazał im kilka bardzo wygodnych łodzi typu piknikowego, ale nie dali się skusić; tylko w regatówce mogą naprawdę zadać szyku.

Chłopiec zepchnął ją zatem na wodę, a oni zdjęli płaszcze i ustawili się do zajęcia miejsc. Chłopiec zasugerował, że George, który już w tych czasach był najmasywniejszą osobą w każdym gronie, powinien zostać „czwórką". George powiedział, że z rozkoszą będzie czwórką, po czym usiadł na samym przedzie tyłem do rufy. W końcu go przestawili na odpowiednie miejsce, a za nim wsiadła reszta.

Pewien szczególnie nerwowy młodzieniec został wyznaczony na sternika, a zasadę kierowania łodzią wyłożył mu Joskins. Sam Joskins wziął na siebie rolę szlakowego. Powiedział pozostałym, że to banalnie proste: mają robić to samo co on.

Krzyknęli synowi właściciela, że są gotowi, a on odepchnął ich bosakiem.

Tego, co później nastąpiło, George nie potrafi opisać zbyt szczegółowo. Przypomina sobie mgliście, że

---

[3] Sztuczne jezioro w Hyde Parku (przyp. tłum.).

zaraz po starcie otrzymał od „piątki" potężny cios wiosłem w krzyż, a jednocześnie w jakiś magiczny sposób usunęła się spod niego ławeczka[4] i wylądował na deskach. Zauważył również ze zdziwieniem, że „dwójka" leży na plecach na dnie łódki, z nogami do góry, co potwierdzało obawy George'a, że zostali napadnięci.

Przepłynęli bokiem pod mostem w Kew z prędkością ośmiu mil na godzinę. Wiosłował Joskins. George, wgramoliwszy się z powrotem na ławeczkę, usiłował go wspomóc, ale gdy tylko zanurzył wiosło w wodzie, natychmiast, ku jego wielkiemu zdumieniu, znikało pod łodzią, nieomal zabierając go ze sobą.

Sternik wyrzucił obie linki sterowe za burtę i wybuchnął płaczem.

W jaki sposób wrócili na przystań, George nie potrafi powiedzieć, ale manewr zajął im czterdzieści minut. Na moście w Kew zebrał się gęsty tłum, który z wielkim zainteresowaniem śledził ich poczynania i udzielał najrozmaitszych wskazówek. Trzykrotnie zdołali się przedostać na drugą stronę mostu i trzykrotnie prąd znosił ich z powrotem, a sternik, widząc nad sobą przęsła, za każdym razem zanosił się szlochem.

George powiedział, że tego popołudnia wcale nie podejrzewał, iż kiedyś polubi wioślarstwo.

Harris jest bardziej przyzwyczajony do wiosłowania po morzu i twierdzi, że to dużo lepsze ćwiczenie. Ja tak nie uważam. Pamiętam, jak zeszłego lata wypłynąłem małą łódką z Eastbourne. Wiele lat temu sporo wiosłowałem po morzu i sądziłem, że nie powinno być problemów. Okazało się jednak, że zupełnie wy-

---

[4] Łodzie wyścigowe mają siedzenia na wózkach (przyp. tłum.).

szedłem z wprawy. Kiedy jedno wiosło tkwiło głęboko w wodzie, drugie młóciło tylko powietrze. Aby zanurzyć oba naraz, musiałbym wstać. Na molo roiło się od przeróżnych arystokratów, a przecież wystawiłbym się na pośmiewisko, gdybym przepłynął im przed nosem w ten idiotyczny sposób! Przybiłem do brzegu w połowie długości plaży i skorzystałem z usług zawodowego wodniaka, żeby przetransportował łódkę z powrotem na przystań.

Lubię patrzeć, jak wiosłuje zawodowy wodniak, zwłaszcza jeśli został wynajęty na godziny. Jego technika odznacza się pięknem i spokojem, pozbawiona jest tego gorączkowego pośpiechu, tej niezdrowej zawziętości, która staje się coraz większą zmorą dziewiętnastowiecznego życia. Stary wodniak nie wypruwa sobie żył, aby wyprzedzić wszystkie inne łódki. Nie czuje się urażony w swej ambicji, jeśli jakaś łódka go wyprzedzi. W gruncie rzeczy wyprzedzają go wszystkie, przynajmniej te, które płyną w tym samym kierunku. Są ludzie, których by to denerwowało. Stoicki spokój, jaki zachowuje wynajęty wodniak w tych ciężkich chwilach, jest dla nas wszystkich wspaniałą lekcją skromności i pokory.

Zwyczajne, praktyczne wiosłowanie, którego celem jest posuwanie łódki do przodu, nie stanowi zbyt wielkiej filozofii, ale trzeba dużej wprawy, żeby czuć się swobodnie, kiedy na brzegu stoją dziewczęta. Początkującego wioślarza niepokoi wtedy kwestia „zgrania". — „Za diabła nie rozumiem — mówi, gdy po raz dwudziesty w ciągu pięciu minut wyplątuje swoje wiosła z twoich. — Kiedy płynę sam, jakoś daję sobie radę!".

Widok dwóch nowicjuszy, którzy starają się wiosłować zgodnym rytmem, bywa bardzo zabawny. „Dziób" nie może wstrzelić się w tempo „rufy", ponieważ „rufa" wiosłuje zupełnie niedorzecznie. Urażony do żywego „rufa" wyjaśnia, że przez ostatnie dziesięć minut starał się dostosować swą technikę do ograniczonych możliwości „dziobu". Teraz z kolei „dziób" czuje się urażony i mówi „rufie", żeby nie zaprzątał sobie nim („dziobem") głowy, tylko spróbował wypracować jakąś rozsądną technikę.

— No, chyba że się zamienimy? — dodaje, z wyraźną sugestią, że to by natychmiast rozwiązało sprawę.

Pluskają sobie w najlepsze przez kolejne sto jardów, z umiarkowanym powodzeniem, i nagle „rufa" doznaje olśnienia.

— Już wiem, co się stało. Masz moje wiosła — woła, odwracając się do „dziobu". — Oddawaj.

— A wiesz, tak się właśnie zastanawiałem, czemu mi nie wychodzi — odpowiada rozpogodzony „dziób" i z ochotą zamienia się na wiosła. — Teraz już nam pójdzie jak z płatka.

Nie idzie im jednak jak z płatka. „Rufa" niemal wyrywa sobie ramiona ze stawów, żeby odsunąć wiosła na odpowiednią odległość, „dziób" zaś przy każdym pociągnięciu uderza się trzonkami w pierś. Znów się więc wymieniają, po czym dochodzą do wniosku, że dostali zestaw z innej łodzi. Wspólnie obrzucają mięsem właściciela i znów są w świetnej komitywie.

George powiedział, że od dawna marzył o tym, aby popływać pychówką. Nie jest to takie proste, jak się wydaje. Podobnie jak z wioślarstwem, podstaw kierowania łodzią na pych można się nauczyć szybko, ale potrzeba dużej wprawy, żeby robić to z godnością i nie nachlapać sobie wody do rękawa.

Pewnemu młodemu człowiekowi, którego znałem, zdarzył się bardzo smutny wypadek, gdy po raz pierwszy płynął na pych. Tak dobrze mu szło, że zapomniał o wszelkiej ostrożności: biegał po całej łodzi i operował drągiem z beztroskim wdziękiem, który wprawiał widzów w podziw. Stawał na przedzie łodzi, wbijał drąg w dno, po czym biegł na rufę, jak stary wyga. Wspaniałe widowisko!

Niestety, przestało być wspaniałe, kiedy odwrócił się, żeby spojrzeć na krajobraz i zrobił jeden krok za dużo, wysiadając z łodzi. Drąg był wbity głęboko w muł i mój znajomy zawisł na nim, a łódź podryfowała w siną dal. Jego sytuacja była nie do pozazdroszczenia. Jakiś niewychowany urwis na brzegu natychmiast wrzasnął do kolegi, który nie mógł za nim nadążyć:

— Pospiesz się, zobaczysz małpę na kiju!

Nie mogłem mu przyjść z pomocą, gdyż nieszczęśliwym trafem okazaliśmy się mało zapobiegliwi i nie zabraliśmy zapasowego drąga. Mogłem tylko siedzieć i patrzeć na niego. Nigdy nie zapomnę wyrazu jego twarzy, gdy drąg coraz głębiej zapadał się w muł; był taki skupiony.

Patrzyłem, jak łagodnie osuwa się do wody, po czym wychodzi na brzeg, mokry i melancholijny. Wyglądał tak humorystycznie, że nie mogłem powstrzymać się od śmiechu. Rechotałem do siebie przez dłuższy czas, kiedy nagle dotarło do mnie, że moja sytuacja wcale nie nastraja do śmiechu. Bo oto siedzę sam na pychówce, bez drąga, i dryfuję bezsilnie środkiem rzeki — być może w kierunku jazu.

Ogarnęło mnie wielkie oburzenie na mojego przyjaciela, że wysiadł z łodzi i porzucił mnie na pastwę żywiołu. Mógł przynajmniej zostawić mi drąg.

Dryfowałem jeszcze jakieś ćwierć mili, gdy zauważyłem zakotwiczoną na środku rzeki krypę rybacką, w której siedziało dwóch wędkarzy. Ujrzeli, że kieruję się w ich stronę, i zawołali, żebym ich ominął.

— Nie dam rady! — odkrzyknąłem.

— Przecież nawet pan nie próbuje! — upierali się.

Gdy znalazłem się bliżej, naświetliłem im całą sprawę. Złapali moją łódź i pożyczyli mi drąg. Zaledwie pięćdziesiąt jardów dalej huczał jaz. Bardzo się cieszę, że łowili w tym miejscu ryby.

Po raz pierwszy pływałem na pych w towarzystwie trzech znajomych. Mieli mi pokazać, jak się to robi. Nie mogliśmy wszyscy pojechać nad rzekę o tej samej porze, więc powiedziałem, że ja wybiorę się wcześniej, wypożyczę pychówkę i trochę poćwiczę, zanim oni dojadą.

Niestety, wszystkie pychówki były tego popołudnia zajęte, więc nie miałem nic lepszego do roboty, jak usiąść na brzegu, obserwować rzekę i czekać na znajomych.

Nie siedziałem długo, gdy moją uwagę przykuł pewien człowiek na pychówce, który, jak zauważyłem ze zdumieniem, miał na sobie dokładnie taką samą kurtkę i czapkę jak ja. Najwyraźniej był nowicjuszem w pływaniu na pych, więc nie mogłem narzekać na brak wrażeń. Skutki jego posunięć nie dały się przewidzieć. Nawet on tego nie potrafił. Czasem sunął w górę rzeki, czasem w dół, niekiedy zaś okręcał łódź dookoła drąga. Niezależnie od rezultatu, na jego twarzy zawsze malowały się irytacja i zaskoczenie.

Na pewien czas młodzieniec stał się ośrodkiem zainteresowania wszystkich nadrzecznych spacerowiczów, którzy robili zakłady, jaki będzie wynik jego następnego pchnięcia.

Po dłuższej chwili na drugim brzegu pojawili się moi znajomi, którzy również przystanęli, aby się przyjrzeć temu wirtuozowi drąga. Zwrócony był do nich plecami, toteż widzieli tylko kurtkę i czapkę. Natychmiast doszli do przekonania, że to ja, ich drogi kolega, który robi z siebie pośmiewisko. Ich zachwyt nie miał granic. Zaczęli bezlitośnie szydzić z młodzieńca.

W pierwszej chwili nie zorientowałem się w sytuacji i pomyślałem: „Co za gbury, żeby się tak ordynarnie naśmiewać z obcego człowieka!". Zanim jednak zdążyłem udzielić im reprymendy, olśniło mnie, w czym rzecz, i schowałem się za drzewo.

Ach, jak się pysznie bawili, robiąc sobie szopki z tego młodzieńca! Przez dobre pięć minut stali na brzegu i natrząsali się, kpili, śmiali się w kułak i uwłaczali mu. Obrzucali go różnymi dowcipami z brodą, a nawet wymyślili kilka nowych. Ciskali w niego prywatnymi żartami funkcjonującymi w naszym kółku, które dla młodzieńca musiały być zupełnie niezrozumiałe. Wreszcie, nie mogąc dłużej znieść ich drwin, odwrócił się do nich i ujrzeli jego twarz!

Z zadowoleniem zauważyłem, że pozostało im tyle wstydu, aby im się zrobiło bardzo głupio. Wytłumaczyli młodzieńcowi, że omyłkowo wzięli go za swojego znajomego. Wyrazili nadzieję, że nie uważa ich za ludzi zdolnych do obrażania kogokolwiek prócz najbliższych przyjaciół. Gdy się dowiedział, że wzięli go za swego znajomego, natychmiast im wybaczył.

Harris opowiedział mi kiedyś przygodę kąpielową, jaka przydarzyła mu się w Boulogne. Taplał się niedaleko brzegu, gdy nagle ktoś złapał go od tyłu za szyję i wciągnął pod wodę. Harris bronił się zajadle, lecz okazało się, że ma do czynienia z istnym Herkulesem, więc wszelkie wysiłki, by się wyswobodzić, spełzły na niczym. Przestał wierzgać i próbował zwrócić myśli ku sprawom ostatecznym, gdy nagle napastnik wypuścił go z rąk.

Harris stanął na dnie i odwrócił się, aby rzucić okiem na swego niedoszłego zabójcę. Zamachowiec stał parę kroków dalej i śmiał się do rozpuku, lecz z chwilą, gdy ujrzał twarz Harrisa, zmartwiał i robił wrażenie szczerze przerażonego.

— Naprawdę najmocniej pana przepraszam — wybąkał — ale wziąłem pana za mojego znajomego!

Harris pomyślał, że miał szczęście, iż ów człowiek nie wziął go za swojego krewnego, bo wtedy pewnie nie wyszedłby cało z tej przygody.

Żeglarstwo jest sportem, który wymaga wiedzy i doświadczenia — choć jako chłopiec wcale tak nie myślałem. Sądziłem, że jest to dla organizmu coś wrodzonego, podobnie jak gra w krykieta i w palanta. Znałem jeszcze jednego chłopca, który żywił podobne przekonanie. Pewnego wietrznego dnia postanowiliśmy więc posmakować tego sportu. Spędzaliśmy wakacje w Yarmouth i postanowiliśmy popłynąć na wycieczkę w górę rzeki Yare. Wypożyczyliśmy żaglówkę na przystani koło mostu i ruszyliśmy w drogę.

— Nieźle dziś duje — ostrzegł nas właściciel, gdy odbijaliśmy — więc jak miniecie zakręt, lepiej zrefujcie i płyńcie bejdewindem.

Powiedzieliśmy, że nie omieszkamy zastosować się do jego wskazówek i pożegnaliśmy go wesołym „do widzenia", po czym zaczęliśmy się zastanawiać, co mamy zrefować oraz po której stronie rzeki jest bejdewind.

Płynęliśmy na wiosłach, dopóki nie straciliśmy miasta z oczu. Wreszcie, mając przed sobą szeroki akwen wodny smagany istnym huraganem, uznaliśmy, że czas przystąpić do rzeczy.

Hector — tak chyba miał na imię — dalej wiosłował, podczas gdy ja rozwijałem żagiel. Zadanie to okazało się dość skomplikowane, ale w końcu się z nim uporałem, po czym powstało pytanie, gdzie góra, a gdzie dół?

Wiedziony jakimś wrodzonym instynktem, oczywiście pobłądziłem i zacząłem przypinać żagiel odwrotnie. Tak czy inaczej zajęło mi to mnóstwo czasu. Odnosiłem wrażenie, jakbyśmy się bawili w pogrzeb — ja jestem nieboszczykiem, a żagiel całunem.

Kiedy żagiel odkrył, że nie o to chodzi, rąbnął mnie w głowę bomem i obraził się.

— Trzeba go zmoczyć — powiedział Hector. — Spuść go i włóż do wody.

Twierdził, że na żaglowcach zawsze moczą żagle, zanim je postawią. Zmoczyłem go więc, co tylko pogorszyło sytuację. Suchy żagiel, który łapie cię za nogi i okręca ci się wokół głowy, nie jest przyjemny, lecz kiedy ocieka wodą, robi się paskudny.

W końcu postawiliśmy go wspólnymi siłami. Zawisł, może nie do góry nogami, tylko na skos, a przywiązaliśmy go do masztu cumą dziobową, którą oderżnęliśmy w tym celu.

To, że łódka się nie wywróciła, podaję jako fakt, ale nie znajduję dlań żadnego wyjaśnienia. Często się nad tym głowiłem, lecz problem mnie przerasta.

Być może należy sobie to tłumaczyć ową sławetną złośliwością, która cechuje przedmioty martwe. Być może łódka doszła do wniosku, dokonawszy pobieżnej analizy naszego zachowania, że wypłynęliśmy o świcie w celach samobójczych, i postanowiła pokrzyżować nam szyki. To jedyna hipoteza, jaka przychodzi mi do głowy.

Ułapiwszy się desperacko burty, zdołaliśmy nie wypaść z łódki, ale był to nadludzki wysiłek. Hector powiedział, że przy silnych szkwałach piraci i inne wilki morskie z reguły przywiązują do czegoś ster i zdejmują grottopsel, więc my powinniśmy zrobić coś podobnego. Ja byłem za tym, żeby pozwolić łódce samej wybrnąć z sytuacji.

Mój plan znacznie łatwiej było wprowadzić w życie, więc przegłosowaliśmy go, jeszcze mocniej chwyciliśmy się burty i puściliśmy łódź na żywioł.

Przez jakąś milę mknęła w górę rzeki z szybkością, z jaką nigdy później nie żeglowałem i nie chcę żeglować. Potem, na zakręcie, wpadła w taki przechył, że pół żagla znalazło się pod wodą. Wyprostowała się jednak jakimś cudem i pognała ku długiemu mulistemu brzegowi.

Ten mulisty brzeg ocalił nam życie. Łódź wryła się w niego spory kawał, po czym utknęła. Stwierdziwszy, że możemy się znów ruszać do woli i nie trzęsie nami jak grochem w pęcherzu, podpełzliśmy do masztu i odcięliśmy żagiel.

Uznaliśmy, że na razie wystarczy żeglowania. Nie chcieliśmy doznać przesytu. Mieliśmy wspaniałą, fascynującą, pełną przygód przejażdżkę pod żaglami, a teraz, dla odmiany, trochę sobie powiosłujemy.

Chwyciliśmy za wiosła i usiłowaliśmy wypchnąć łódź z błota. Jedno z wioseł trzasnęło. Z drugim zaczęliśmy się obchodzić bardzo delikatnie, ale musieliśmy dostać jakąś wybrakowaną parę, bo drugie też pękło, bodaj czy nie łatwiej niż pierwsze.

Byliśmy bezsilni. Błotna płycizna ciągnęła się przed nami na sto jardów, a z tyłu mieliśmy wodę. Jedyne, co nam pozostało, to czekać, aż ktoś przypłynie.

Pogoda nie zachęcała do rzecznych eskapad, toteż minęły trzy godziny, zanim nadeszła pomoc. Był to stary rybak, który z najwyższym trudem ściągnął nas na głęboką wodę i zaholował na przystań, pokonanych i upokorzonych.

Gdyśmy dali w łapę rybakowi, pokryli koszty złamanych wioseł i opłacili cztery i pół godziny wynajęcia łódki, przez wiele tygodni musieliśmy się obejść bez kieszonkowego. Zdobyliśmy jednak doświadczenie, a tego, jak powiadają, nie da się przepłacić.

ROZDZIAŁ 16

Reading – Holuje nas parostatek – Irytujące zachowanie małych łódek – Jak wchodzą w drogę parostatkom – George i Harris znów wymigują się od pracy – Pewna dość wyświechtana historia – Streatley i Goring.

Koło jedenastej na horyzoncie pojawiło się Reading. Rzeka jest tam brudna i ponura. Z własnej woli nikt dłużej nie zabawi w okolicy Reading. Miasto jest bardzo stare, jego historia sięga bowiem mrocznych czasów króla Ethelreda, kiedy to Duńczycy cumowali swe okręty wojenne w Kennet i wyruszali z Reading, by złupić Wessex. Król Ethelred pokonał ich tutaj wraz ze swym bratem Alfredem, przy czym Ethelred wziął na siebie modły, Alfred zaś wojaczkę.

W czasach późniejszych Reading służyło za odskocznię, gdy w Londynie zaczynało się robić nieprzyjemnie. Kiedy w Westminsterze wybuchała zaraza, parlament z reguły zmykał do Reading. W 1625 roku w ślady prawodawców poszedł wymiar sprawiedliwości i wszystkie rozprawy odbywały się w Reading. Londyńczycy na pewno z utęsknieniem czekali każdej kolejnej zarazy, żeby na jakiś czas pozbyć się prawników i polityków.

Podczas wojny parlamentarnej Reading obiegł hrabia Esseksu, a ćwierć wieku później Wilhelm Orański rozgromił pod miastem wojska króla Jakuba.

W Reading spoczywa Henryk I, pochowany w opactwie benedyktyńskim, które sam ufundował. W tym samym opactwie, z którego dziś pozostały już tylko ruiny, Jan z Gandawy poślubił Białą Damę.

W śluzie w Reading spotkaliśmy moich znajomych, którzy płynęli parostatkiem i zaholowali nas niemalże pod Streatley. Rozkosznie było płynąć za parostatkiem. Osobiście wolę to od wiosłowania. Przejażdżka byłaby jeszcze rozkoszniejsza, gdyby nie całe chmary przeklętych małych łódek, które stale właziły nam w drogę. Żeby się z nimi nie zderzyć, musieliśmy ciągle zwalniać i lawirować. To skandal, jak nieodpowiedzialnie zachowują się na Tamizie wioślarze, widząc, że zbliża się parostatek. Najwyższy czas, żeby władze poczyniły w związku z tym jakieś kroki.

A jacy są przy tym aroganccy. Można na nich gwizdać, aż pęknie kocioł, zanim przestaną się ślimaczyć. Gdyby to ode mnie zależało, od czasu do czasu staranowałbym parę łódek, żeby dać im nauczkę.

Niedaleko za Reading rzeka staje się niezwykle urocza. Pewną skazę na krajobrazie stanowi linia kolejowa koło Tilehurst, ale odcinek pomiędzy Mapledurham a Streatley jest wprost cudowny. Nieco powyżej śluzy w Mapledurham mija się pałac Hardwick, gdzie Karol I grał w kręgle. Okolice Pangbourne, gdzie stoi stara gospoda „Pod Łabędziem", są znane w równym stopniu bywalcom wystaw sztuki, co samym mieszkańcom.

Moi znajomi z parostatku chcieli zwiedzić grotę, więc dalej musieliśmy już płynąć o własnych siłach.

Harris powiedział, że teraz kolej na mnie z wiosłowaniem. Żachnąłem się na taką niesprawiedliwość. Przecież ustaliliśmy rano, że doprowadzę łódź trzy mile za Reading, a byliśmy już dobre dziesięć mil za Reading! Na kogo w takim razie kolej?

George i Harris trwali jednak w tępym uporze, więc żeby nie przedłużać jałowych sporów, chwyciłem za wiosła. Nie minęła minuta, gdy George zauważył coś czarnego, unoszącego się na wodzie. Skierowaliśmy łódź w tamtą stronę. Gdy znaleźliśmy się już blisko, George wychylił się za burtę, aby uchwycić za ów czarny tłumok, lecz natychmiast odskoczył do tyłu z krzykiem na ustach i zbielałą twarzą.

Były to zwłoki kobiety. Unosiły się na wodzie lekko i z wdziękiem, a twarz jej przesycona była spokojem i słodyczą. Nie nazwałbym jej piękną. Była zbyt wymizerowana, ściągnięta i przedwcześnie postarzała, żeby zasługiwać na to miano. Choć nosiła na sobie piętno niedostatku, jeśli nie ubóstwa, była to jednak twarz łagodna i budząca życzliwość, naznaczona owym spokojem, który spływa niekiedy na twarze chorych, gdy nareszcie odstąpi od nich cierpienie.

Na szczęście — nie mieliśmy bowiem ochoty poniewierać się po sądach — jacyś ludzie na brzegu też zauważyli topielicę i przejęli ją od nas.

Poznaliśmy później historię tej kobiety. Zaliczała się, oczywiście, do tych starych jak świat, klasycznych tragedii. Kobieta kochała i została zdradzona — bądź też sama zdradziła. Tak czy inaczej, zgrzeszyła — wszyscy od czasu do czasu grzeszymy — w związku z czym rodzina i przyjaciele, wstrząśnięci i oburzeni, zamknęli przed nią drzwi.

Pozostawiona sama przeciwko światu, z młyńskim kamieniem swej hańby u szyi, staczała się coraz niżej i niżej. Przez jakiś czas utrzymywała zarówno siebie, jak i dziecko z dwunastu szylingów tygodniowo, jakie przynosiło jej dwanaście godzin dziennie katorżniczej pracy. Z sumy tej sześć szylingów płaciła na dziecko, za pozostałe sześć usiłowała jakoś sama związać koniec z końcem.

Przy sześciu szylingach tygodniowo końce nie bardzo chcą się dać związać. Z czasem coraz dalej od siebie uciekają. Podejrzewam, że pewnego dnia cierpienie i monotonia takiego losu postawiły przed oczyma tej kobiety szydercze widmo kostuchy. Zwróciła się z ostatnią błagalną prośbą do swych znajomych, lecz głos zabłąkanego wyrzutka natrafił na kamienny mur ich obłudy. Poszła zatem zobaczyć się z dzieckiem — wzięła je w ramiona i ucałowała, z tępym znużeniem, lecz z niczym się nie zdradzając, po czym wyszła, włożywszy dziecku do rączki czekoladkę za pensa. Za ostatnie szylingi kupiła bilet i pojechała do Goring. Wydaje się, że z lesistymi rozłogami i szmaragdowymi łąkami wokół Goring wiązały się najbardziej gorzkie wspomnienia tej kobiety. Płeć słaba hołduje jednak osobliwemu przyzwyczajeniu, by pieścić klingę, która im ranę zadaje; przypuszczam, że w smutek i gorycz wplotły się także słoneczne wspomnienia najsłodszych godzin, spędzonych nad tymi ocienionymi głębinami, nad którymi drzewa tak nisko skłaniają swe gałęzie.

Błąkała się po nadbrzeżnym lesie cały dzień, po czym, gdy zapadł wieczór i zmierzch rozpostarł nad wodami swój szary płaszcz, wyciągnęła ręce ku niemej rzece, która była świadkiem jej radości i niedoli. Stara rzeka wzięła ją w swe czułe ramiona, przytuliła znużoną głowę do swej piersi i ukoiła ból.

We wszystkim więc zgrzeszyła — tak w życiu, jak i w śmierci. Zmiłuj się nad nią, Boże, i nad wszystkimi innymi grzesznikami, jeśli się jeszcze wszyscy nie potopili.

Goring na lewym brzegu i Streatley na prawym to urocze miejscowości, w których warto spędzić kilka dni. Rzeka kusi, by pożeglować w blasku słońca bądź powiosłować w księżycowej poświacie, okolicy zaś nie brakuje urody. Zamierzaliśmy dociągnąć tego dnia aż do Wallingford, lecz nie potrafiliśmy się oprzeć roześmianemu obliczu rzeki pod Streatley. Przybiliśmy do brzegu i poszliśmy na lunch „Pod Bykiem", ku wielkiemu zadowoleniu Montmorency'ego.

Powiadają, że wzgórza po obu stronach rzecznego koryta łączyły się kiedyś ze sobą i zagradzały drogę wodzie, tak że Tamiza kończyła się wtedy nad Goring wielkim rozlewiskiem. Nie mam podstaw, aby potwierdzić tę informację lub jej zaprzeczyć, tylko wiernie ją przekazuję.

Streatley jest bardzo stare i pochodzi, jak większość miejscowości nad Tamizą, z epoki Brytów i Saksonów. Goring nie jest ani w połowie tak ładne jak Streatley, więc jeżeli masz możliwość wyboru, zatrzymaj się w Streatley. Z drugiej strony Goring leży bliżej linii kolejowej, więc łatwiej bryknąć z hotelu, nie płacąc rachunku.

ROZDZIAŁ 17

Czas na pranie – Ryby i rybacy – O sztuce wędkarstwa – Łowienie na muszkę – Podejrzana historia z rybą.

Zatrzymaliśmy się w Streatley dwa dni i oddaliśmy nasze rzeczy do prania. Próbowaliśmy wyprać je sami w rzece, pod nadzorem George'a, ale bez skutku. A właściwie był skutek, tyle że odwrotny do zamierzonego. Przed praniem ubrania były rzeczywiście bardzo brudne, ale od biedy nadawały się do noszenia. Po praniu natomiast rzeka pomiędzy Reading i Henley stała się dużo czystsza niż przedtem. Zebraliśmy cały brud płynący w rzece pomiędzy Reading i Henley i wimpregnowaliśmy go w nasze ubrania.

Praczka w Streatley powiedziała, że przez zwykły szacunek do swego zawodu musi nam policzyć potrójną stawkę. Co innego pralnia, co innego oczyszczalnia ścieków, dodała.

Zapłaciliśmy rachunek bez szemrania.

Okolica Streatley i Goring to znakomite tereny rybackie. Wyśmienicie się tu wędkuje. Rzeka roi się od szczupaków, płotek, okoni, kiełbi i węgorzy. Nic tylko siedzieć i łowić, od rana do wieczora.

Niektórzy to robią. Nigdy nic nie łapią. Jeszcze nie słyszałem, żeby ktokolwiek coś złowił w Tamizie, oprócz piskorzy i zdechłych kotów, ale to oczywiście nie ma nic wspólnego z rybami! Lokalny przewodnik wędkarza nie wspomina, że coś miałoby się złapać. Stwierdza tylko, że w okolicy są „dobre stanowiska wędkarskie". Na tyle, na ile znam ten rejon, mogę poprzeć to stwierdzenie w całej rozciągłości.

Nie znam drugiego miejsca na świecie, gdzie można by się tyle nałowić. Niektórzy przyjeżdżają tutaj i łowią przez cały dzień, inni zostają na cały miesiąc. Jeśli jesteś wytrwały, możesz łowić nawet cały rok, rezultat będzie ten sam.

Przewodnik wędkarza po Tamizie mówi, że „można tu złowić także młode szczupaki i okonie", lecz w tym miejscu przewodnik się myli. Może tu nawet są młode szczupaki i okonie. Właściwie to wiem na pewno, że są. Można je zobaczyć na płyciznach, gdy spaceruje się brzegiem. Podpływają i do połowy wystają z wody z otwartymi pyszczkami, dopraszając się chleba. Kiedy idziesz się wykąpać, robią zbiegowisko, wchodzą ci w drogę i grają ci na nerwach. Nie można ich jednak „złowić" za pomocą kawałka robaka na haczyku albo czegoś w tym rodzaju — czyste mrzonki!

Ja sam nie jestem zbyt dobrym wędkarzem. Kiedyś oddawałem się temu z dużym zapałem i sądziłem, że całkiem dobrze mi idzie. Od starych wyg dowiedziałem się jednak, że nic ze mnie nie będzie i powinienem dać sobie spokój. Powiedzieli, że wyśmienicie zarzucam, mam duży dryg do wędkarstwa i posiadam wystarczającą ilość organicznego lenistwa. Mimo to byli przekonani, że nie wyrosnę na rasowego rybaka. Brakowało mi do tego fantazji.

Mówili, że może nadaję się na poetę, autora brukowych powieści czy reportera, ale powołanie wędkarza znad Tamizy wymaga większej wyobraźni i twórczej inwencji, niż oni u mnie dostrzegają.

Są ludzie, którym się wydaje, że wszystko, czego potrzeba, aby zostać dobrym rybakiem, to umieć potoczyście blagować i nie rumienić się przy tym. Mylą się jednak. Zwyczajne fantazjowanie nie wystarczy — to potrafi byle nowicjusz. Wytrawnego wędkarza poznamy po bogactwie dodatkowych informacji, które przydają historii wiarygodności, po ogólnym klimacie skrupulatnej — jeśli nie wręcz pedantycznej — wierności szczegółom.

Każdy może przyjść i powiedzieć: „Złapałem wczoraj piętnaście tuzinów okoni" albo „W zeszły poniedziałek dorwałem kiełbia, który ważył osiemnaście funtów i mierzył trzy stopy od głowy do ogona".

Do tego nie potrzeba żadnego talentu, żadnej wprawy. Wystarczy trochę tupetu.

Wybitny wędkarz spaliłby się ze wstydu, gdyby się miał uciekać do takich prostackich łgarstw. Jego metoda jest prawdziwą etiudą konfabulacji.

Wchodzi po cichu, nie zdejmując kapelusza, zagarnia najwygodniejszy fotel, zapala fajkę i zaczyna pykać w milczeniu. Pozwala młodym trochę pozadzierać nosa, po czym, gdy na chwilę zabraknie im tchu, wyjmuje fajkę z ust i rzuca od niechcenia, wytrzepując popiół do kominka:

— We wtorek wieczór miałem taki połów, że szkoda nawet o tym gadać.

— A to dlaczego? — pytają.

— Bo i tak nikt by mi nie uwierzył — odpowiada stary lis spokojnie i bez krztyny goryczy w głosie, po czym ponownie nabija fajkę i zamawia u oberżysty potrójną szkocką, tylko żeby była zimna.

Zapada cisza, gdyż nikt nie czuje się wystarczająco pewny siebie, żeby zadać kłam starszemu panu. Ciągnie więc dalej bez niczyjej zachęty.

— Nie — mówi w zamyśleniu — ja też bym nie uwierzył, gdyby ktoś mi opowiedział coś takiego, ale fakt jest faktem. Siedziałem całe popołudnie i nie złapałem dosłownie nic — oprócz paru tuzinów kleni i kilkunastu szczupaków. Właśnie miałem dać za wygraną, kiedy poczułem niezłe szarpnięcie. Myślałem, że to znowu jakaś drobnica, i pociągnąłem do góry. Niech mnie licho, jeśli wędzisko choćby drgnęło! Zajęło mi pół godziny — pół godziny, panie dobrodzieju! — żeby uziemić tę bestię! Do tego cały czas myślałem, że trzaśnie żyłka! W końcu wyszedł na wierzch i — jak myślicie, co to było? Jesiotr! Czterdziestofuntowy jesiotr! Na żyłkę, panie dobrodzieju! Na waszym miejscu też bym wytrzeszczył gały — jeszcze jedną potrójną szkocką, jeśli łaska.

A potem opowiada o tym, jacy wszyscy byli zdziwieni, co powiedziała żona, kiedy przyniósł swe trofeum do domu, i co sądził na ten temat Joe Buggles.

Spytałem kiedyś oberżystę w nadrzecznej gospodzie, czy wysłuchiwanie opowieści moczykijów nie doprowadza go czasem do pasji.

— E, już nie, proszę szanownego pana. Z początku trochę żem się wściekał, ale teraz, gdzie tam, możemy tego słuchać z moją starą od rana do nocy. Wie pan, człowiek się przyzwyczaja. Do wszystkiego można się przyzwyczaić.

Znałem kiedyś pewnego młodzieńca, który był

człowiekiem bardzo rzetelnym. Kiedy zajął się łowieniem na muszkę, poprzysiągł sobie, że nie będzie wyolbrzymiać swych połowów o więcej niż dwadzieścia pięć procent.

— Jeśli złapię czterdzieści ryb — tłumaczył — powiem ludziom, że złapałem pięćdziesiąt, i tak dalej. Bardziej nigdy nie skłamię, bo kłamstwo to grzech.

Metoda dodatkowej ćwierci nie wypaliła. Młody człowiek nigdy nie zdołał jej wdrożyć. W ciągu jednego dnia nie złapał nigdy więcej niż trzy ryby, a do trzech nie da się dodać dwudziestu pięciu procent — przynajmniej w przypadku ryb.

Zwiększył więc odsetek do trzydziestu trzech, ale to również nastręczało trudności, gdy złapał tylko jedną rybę albo dwie. Aby nie komplikować sobie życia, postanowił po prostu podwajać rzeczywistą liczbę.

Trzymał się tej metody przez dwa miesiące, lecz był z niej niezadowolony. Nikt nie chciał mu wierzyć, kiedy twierdził, że tylko podwaja, więc nie zyskał wiarygodności u słuchaczy, a dodatkowo stawiał się w niekorzystnej sytuacji wobec innych wędkarzy. Kiedy złowił trzy małe rybki i mówił, że złowił sześć, miotała nim zazdrość, gdy słyszał, że człowiek, który na jego oczach złapał jedną, rozpowiada po całym mieście o dwóch tuzinach.

Ostatecznie podjął decyzję, której od tej pory z najwyższą skrupulatnością przestrzega, że policzy każdą złapaną rybę jako dziesięć, przy czym za punkt wyjścia przyjmie właśnie dziesięć ryb. Na przykład jeśli nic nie złowi, mówi, że złowił dziesięć — w tym systemie nie da się złapać mniej niż dziesięć ryb. Jest to podstawa całej metody. Jeżeli przypadkiem złowi jedną rybę, liczy ją za dwadzieścia, dwie za trzydzieści, trzy za czterdzieści i tak dalej.

Schemat jest prosty i łatwy w użyciu, toteż brać wędkarska zastanawiała się ostatnio, czy go nie zapożyczyć do powszechnego stosowania. Dwa lata temu specjalna komisja Stowarzyszenia Wędkarzy zaleciła przyjęcie tej metody, lecz sprzeciwili się temu niektórzy starsi wiekiem członkowie. Powiedzieli, że schemat można by wziąć pod rozwagę, gdyby podwoić przelicznik, to jest gdyby jedna ryba liczyła się za dwadzieścia.

Jeżeli zdarzy wam się kiedyś wolny wieczór nad górną Tamizą, wybierzcie się koniecznie do którejś z tych niedużych wiejskich gospod i zajmijcie miejsce przy szynku. Ręczę, że spotkacie tam jakichś moczykijów, sączących grog, którzy w ciągu pół godziny uraczą was taką liczbą wędkarskich anegdot, że przez miesiąc na samą myśl o rybach dostaniecie niestrawności.

George i ja — nie wiem, co się stało z Harrisem; wczesnym popołudniem poszedł się ogolić, potem wrócił i spędził całe czterdzieści minut na szuwaksowaniu butów; od tej pory go nie widzieliśmy — a zatem George, ja i pies, zostawieni samym sobie, drugiego wieczoru wybraliśmy się na spacer do Wallingford. W drodze powrotnej zajrzeliśmy do niewielkiej nadrzecznej oberży, żeby odsapnąć, jak również w innych sprawach.

Weszliśmy na salę i usiedliśmy. Był tam jakiś starszy jegomość, który palił długą glinianą fajkę. Naturalnie ucięliśmy sobie z nim pogawędkę.

Powiedział nam, że piękną mieliśmy dziś pogodę,

na co my odrzekliśmy, że i wczoraj było ładnie, a potem zapewnialiśmy się wszyscy jeden przez drugiego, że i jutro można się spodziewać słońca. George dodał, że zapowiadają się udane żniwa.

Potem się zgadało, że jesteśmy tu tylko przejazdem i następnego ranka odpływamy.

Nastąpiła przerwa w rozmowie, którą wykorzystaliśmy na błądzenie wzrokiem po izbie. Wreszcie nasze oczy spoczęły na starej, zakurzonej gablotce, wiszącej wysoko nad kominkiem, w której tkwił pstrąg. Szczerze powiem, że mnie ten pstrąg zafrapował, taki był z niego wielki byk. Na pierwszy rzut oka sądziłem nawet, że to dorsz.

— Ach! — odezwał się starszy pan, gdy się zorientował, na co patrzę. — Niezła sztuka, co?

— Dość niezwykła — mruknąłem, George zaś spytał naszego kompana, ile jego zdaniem waży.

— Osiemnaście funtów sześć uncji — odparł nasz przyjaciel, wstając i zdejmując płaszcz z wieszaka. — Tak jest, za trzy miesiące będzie szesnaście lat, jakżem go złapał. Zaraz pod mostem, na piskorza. Mówili, że ludzie widują w rzece wielkiego pstrąga, a ja na to, że będzie mój i żem go złowił. Teraz to już nie ma takich dużych ryb, już nie ma. Dobranoc panom.

Po czym wyszedł i zostawił nas samych.

Nie potrafiliśmy oderwać wzroku od pstrąga. Była to rzeczywiście niezwykle dorodna ryba. Dalej się na nią gapiliśmy, gdy miejscowy woźnica, który właśnie zatrzymał się na nocleg, wszedł na salę z kuflem piwa w ręce i również spojrzał na rybę.

— Spora bestia, co? — spytał George, odwracając ku niemu głowę.

— Święta prawda, proszę pana — odparł woźnica, po czym, łyknąwszy piwa, zagaił: — Pana tu nie było, jak ten pstrąg został złowiony?

— Nie — odrzekliśmy. — Jesteśmy tu tylko przejazdem.

— Znakiem tego jasne, że was przy tym nie było. Niedługo minie pięć lat, jak złowiłem tego pstrąga.

— A! Czyli to pan go złowił? — zainteresowałem się.

— Tak, proszę pana — odparł nasz sympatyczny rozmówca. — Złapałem go zaraz pod śluzą, znaczy, gdzie teraz jest śluza, bo wtedy jeszcze nie było — jednego dnia w piątek po południu. Największy dziw, że złapałem go na muszkę. Wybrałem się na szczupaki, o pstrągach ani myślałem, więc jak ujrzałem to bydlę na końcu żyłki, to aż oczy przecierałem, takem się zdziwił. Wystawcie sobie panowie, pstrąg, co waży dwadzieścia sześć funtów! Moje uszanowanie panom.

Pięć minut później wszedł trzeci człowiek, który z kolei złapał pstrąga wcześnie rano, na ukleję. Gdy wyszedł, jego miejsce zajął dostojny, flegmatyczny osobnik w średnim wieku, który usiadł pod oknem.

Przez jakiś czas nikt nie zabierał głosu, lecz w końcu George zwrócił się do przybysza:

— Najmocniej przepraszam, pan wybaczy poufałość, ale jesteśmy tu obcy, a chcielibyśmy wiedzieć, jak pan złowił tego pstrąga.

— A kto panom powiedział, że to ja go złapałem? — spytał zaskoczony.

Wytłumaczyliśmy mu, że nikt nam nic nie mówił, tylko jakiś szósty zmysł nam podszepnął, że to właśnie on może sobie przypisać to wspaniałe osiągnięcie.

— Ależ to zupełnie niezwykłe! — odparł flegmatyczny jegomość. — Albowiem macie panowie najzupełniejszą rację, istotnie, to ja go złapałem. Ale jak też się panowie domyślili?

Następnie opowiedział nam, że cała operacja trwała pół godziny i że złamał przy tym wędkę. Po powrocie do domu starannie zważył pstrąga i wskazówka zatrzymała się na trzydziestu czterech funtach.

Flegmatyczny osobnik również nas wkrótce opuścił, a po nim przyszedł oberżysta. Gdy powtórzyliśmy mu rozmaite historie o pstrągu, jakimi nas uraczono, był szczerze ubawiony i uśmiał się serdecznie.

— A to świetne, żeby akurat Jim Bates, Joe Muggles, pan Jones i stary Billy Maunders opowiadali takie rzeczy! Cha, cha, cha! Jak pragnę zdrowia! — dziwował się zażywny starszy pan, lecz bez urazy. — Tak, oni są pierwsi do tego, żeby złapać pstrąga i dać go komuś w prezencie, powiesić go u kogoś innego nad kominkiem! Cha, cha, cha!

Następnie opowiedział nam prawdziwą historię tej ryby. Okazało się, że to on ją złapał, wiele lat temu, gdy był jeszcze podrostkiem. Już za młodu miał tak wprawną rękę? Nic podobnego! Po prostu, w swych niezgłębionych wyrokach, szczęście uśmiechnie się czasem do nieopierzonego młokosa, który zwagaruje ze szkoły i w słoneczne popołudnie pójdzie nad rzekę z kawałkiem żyłki przywiązanej do gałęzi drzewa.

Wróciwszy do domu z takim wspaniałym trofeum, chłopiec nie dostał nawet lania, a wychowawca orzekł, że ryba warta jest dwóch klasówek i trzech ćwiczeń z trygonometrii razem wziętych.

W tym momencie oberżysta został wywołany z sali,

a my z George'em ponownie zwróciliśmy spojrzenia na rybę.

Rzeczywiście był to zdumiewający pstrąg. Im dłużej patrzyliśmy, tym większy ogarniał nas podziw.

George tak się nim zainteresował, że stanął na oparciu krzesła, aby przyjrzeć się rybie z bliska.

Krzesło zachybotało, a George w panice złapał za gablotkę, która z hukiem spadła na podłogę, a na nią George i krzesło.

— Nic mu się nie stało? — zawołałem przerażony, podbiegając do pobojowiska.

— Mam nadzieję, że nie — odparł George, wstając ostrożnie i rozglądając się wokoło.

Niestety! Pstrąg leżał roztrzaskany na tysiąc kawałków — mówię tysiąc, ale mogło ich być tylko dziewięćset. Nie liczyłem.

Nie mogliśmy zrozumieć, w jaki sposób wypchany pstrąg mógł się tak potłuc w drobny mak.

Bo rzeczywiście byłoby to niezrozumiałe, gdybyśmy mieli do czynienia z wypchanym pstrągiem.

Sprawa przedstawiała się jednak inaczej.

Pstrąg był z gipsu.

ROZDZIAŁ 18

ŚLUZY – JA I GEORGE POZUJEMY DO ZDJĘCIA – WALLINGFORD – DORCHESTER – ABINGDON – DOMATOR – DOBRE MIEJSCE DLA SAMOBÓJCÓW – TRUDNY ODCINEK TAMIZY – DEMORALIZUJĄCY WPŁYW RZECZNEGO POWIETRZA.

WYPŁYNĘLIŚMY ze Streatley nazajutrz wczesnym rankiem i wiosłowaliśmy aż do Culham, gdzie przenocowaliśmy w odnodze rzeki pod płachtą.

Pomiędzy Streatley a Wallingfordem Tamiza nie jest szczególnie interesująca. Od Clewe na odcinku sześciu i pół mili nie ma ani jednej śluzy. Jest to chyba najdłuższy ciągły akwen w górę od Teddington, stąd też Oksfordzki Klub Sportowy urządza tu treningi ósemek.

Brak śluz jest może korzystny dla wyczynowych wioślarzy, ale zwyczajni poszukiwacze wrażeń nad tym ubolewają.

Osobiście bardzo lubię śluzy. Stanowią pewne urozmaicenie monotonii wiosłowania. Lubię to powolne wznoszenie się z przepastnych głębin komory ku nowym horyzontom. Lubię to opadanie, by tak rzec, pod powierzchnię ziemi i czekanie, aż ponure wrota rozewrą się ze zgrzytem i wpuszczą wąską smugę światła, która staje się coraz szersza, aż wreszcie wesoła rzeka rozpościera się przed tobą szklistą taflą: wydostajesz swą łódeczkę z więzienia śluzy na przychylne wody.

Śluzy na Tamizie są bardzo malownicze. Krzepki stary śluzowy, jego życzliwa małżonka i rumianolica córka to ludzie, z którymi warto zamienić parę słów[5]. Można wymienić się rzecznymi plotkami z załogami innych łódek. Gdyby nie mieniące się wszystkimi kolorami tęczy śluzy, Tamiza nie byłaby ową niezrównaną krainą marzeń.

Skoro już mowa o śluzach, pamiętam pewien wypadek, który w letni poranek nieomal przytrafił się mnie i George'owi pod Hampton Court.

Pogoda była wspaniała, śluza zatłoczona. Częstym na Tamizie zwyczajem, jakiś przedsiębiorczy fotograf, nieproszony, zaczął nam robić zdjęcie, gdy unosiliśmy się na idącej do góry wodzie.

W pierwszej chwili nie zorientowałem się, co jest grane, toteż byłem niezmiernie zdumiony, gdy zauważyłem, że George pospiesznie otrzepuje spodnie, przygładza włosy, po junacku nasuwa czapkę na tył głowy, po czym, przybrawszy życzliwy, a zarazem nieco melancholijny wyraz twarzy, siada we wdzięcznej pozie, usiłując ukryć swe nadwymiarowe stopy.

Najpierw pomyślałem, że zauważył jakąś znajomą dziewczynę, więc rozejrzałem się dokoła, aby sprawdzić, kto to jest. Wszyscy ludzie w śluzie robili wra-

---

[5] Powinienem był to chyba napisać w czasie przeszłym. Ministerstwo Leśnictwa i Gospodarki Wodnej przekształciło się bowiem ostatnio w urząd zatrudnienia idiotów. Wielu spośród nowych śluzowych, szczególnie na bardziej tłocznych odcinkach rzeki, to nerwowe, stetryczałe zgredy, zupełnie nienadające się do pełnienia tej funkcji (przyp. aut.).

żenie, jakby nagle zamienili się w posągi. Stali albo siedzieli w pozach bardziej sztucznych i dziwacznych niż postacie na japońskich wachlarzach. Wszystkie kobiety się uśmiechały. Wyglądały tak rozkosznie! Z kolei mężczyźni groźnie stroszyli brwi, wyglądali marsowo i szlachetnie.

Gdy mnie wreszcie olśniło, co się dzieje, pojawiło się pytanie, czy zdążę. Byliśmy najbliższą łodzią, więc pomyślałem, że nie mogę człowiekowi psuć kliszy.

Obróciłem się błyskawicznie i ustawiłem z przodu łodzi, oparty z niedbałym wdziękiem na bosaku, w pozie sugerującej zręczność i tężyznę. Środkiem czoła puściłem loczek i przybrałem minę czułej tęsknoty, zaprawionej odrobiną cynizmu, z czym podobno jest mi bardzo do twarzy.

Gdy tak staliśmy i czekaliśmy na historyczną chwilę, z tyłu dobiegł mnie czyjś głos:

— Hej tam! Uwaga na dziób!

Nie mogłem się odwrócić i sprawdzić, z czyim „dziobem" coś jest nie w porządku. Zerknąłem ukradkiem na twarz George'a — wszystko było jak należy, to znaczy nie było na niej nic, co dałoby się zmienić. Spuściłem wzrok na odbite w wodzie moje własne oblicze, ale i tu wszystko wydawało się na swoim miejscu.

— Uważaj na dziób, durny ośle! — zawołał ten sam głos, donośniej.

— Hej, wy tam, z psem, dziób do przodu, słyszycie?

Ani ja, ani George nie śmieliśmy się odwrócić. Fotograf trzymał już dłoń na przykrywce obiektywu i w każdej chwili mógł zrobić zdjęcie. Czy na pewno chodzi o nas? Czy nasze szlachetne oblicza zasługują, żeby się o nich tak grubiańsko wyrażać? I czemu, do licha ciężkiego, mamy je wysunąć do przodu?!

Teraz krzyczała na nas już cała śluza, a tubalny głos z tyłu zawołał:

— Uważajcie na łódkę, panowie. Wy w czerwonej i czarnej czapce! Jeśli się nie pospieszycie, na tym zdjęciu wyjdą wasze zwłoki.

Okazało się, że dziób naszej łodzi utkwił pod belką wzmacniającą wrota śluzy, a rufa unosiła się szybko wraz z poziomem wody — zaraz byśmy się wykopyrtnęli. W lot chwyciliśmy obaj za wiosła i potężnym pchnięciem uwolniliśmy łódkę. Gdy dziób wyskoczył spod belki, obaj rymnęliśmy jak dłudzy na plecy.

Nie wyszliśmy z George'em najlepiej na tym zdjęciu. Jak się należało spodziewać (nie chcę się znów powoływać na złośliwość losu), fotograf uruchomił swoją przeklętą machinę akurat w chwili, gdy leżeliśmy na plecach z minami idiotów, którzy nie wiedzą, gdzie są i co się dzieje, a rękami i nogami kręciliśmy w powietrzu młyńce.

Motywem przewodnim na tej fotografii były nasze stopy. Oprócz nich niewiele było widać. W całości wypełniały pierwszy plan. W tle majaczyły tu i ówdzie inne łodzie, prześwitywały też skrawki krajobrazu. Wszystko wyglądało jednak tak marnie i mało znacząco w porównaniu z naszymi stopami, że pozostali ludzie czuli się zawstydzeni i nie złożyli zamówienia na odbitki.

Właściciel jednego z parostatków, który wcześniej mówił o sześciu odbitkach, na widok negatywu anulował zamówienie. Powiedział, że weźmie zdjęcie, jeśli ktoś pokaże mu na nim jego parostatek. Starano się go przekonać, że jest gdzieś za prawą stopą George'a, lecz bez powodzenia.

Cała sprawa miała dość niemiły przebieg. Fotograf uważał, że każdy z nas powinien kupić po tuzinie zdjęć, jako że zajmowaliśmy dziewięć dziesiątych powierzchni, ale nie skorzystaliśmy z tej propozycji. Powiedzieliśmy, że nie mamy nic przeciwko zdjęciom całej postaci, ale wolimy wersję szablonową, głową do góry.

Wallingford, sześć mil nad Streatley, jest miastem bardzo starym, które zajmuje poczesne miejsce na kartach angielskiej historii. Było nędzną osadą lepianek za Brytów, którzy wegetowali tutaj, dopóki nie wykurzyły ich legiony rzymskie. W miejsce glinianych ścian Rzymianie wznieśli potężne fortyfikacje, a ówcześni murarze tak dobrze się znali na swym fachu, że bezwzględny upływ czasu do dziś nie zdołał zetrzeć śladów obwarowań z powierzchni ziemi.

Historia oszczędziła wprawdzie rzymskie mury, samych Rzymian wszak wkrótce obróciła w proch. W ich miejsce przyszli najpierw barbarzyńscy Sasi, potem pleczyści Duńczycy i wreszcie Normanowie.

Wallingford było ufortyfikowane i okolone murami, gdy podczas wojny parlamentarnej poddane zostało długiemu i okrutnemu oblężeniu przez wojska księcia Fairfaksa. Wreszcie miasto padło, a zwycięzca zrównał mury z ziemią.

Pomiędzy Wallingfordem a Dorchesterem nadrzeczna okolica staje się bardziej górzysta, urozmaicona i malownicza. Dorchester wznosi się pół mili od rzeki. Niewielką łodzią można się tam dostać drogą wodną, ale najlepiej wysiąść koło śluzy w Day i pójść na przełaj polami. Dorchester to zaciszna, stara miejscowość, pogrążona w bezruchu, ciszy i senności.

Podobnie jak Wallingford, Dorchester istniało już w czasach starobrytyjskich. Nosiło wtedy nazwę Caer Doren, „miasto nad wodą". Nieco później Rzymianie założyli tu wielkie obozowisko, którego obwarowania dziś przypominają niskie, regularne wzgórza. W czasach saskich była tu stolica Wesseksu. Miasto jest bardzo stare, a niegdyś było również wielkie i potężne. Dziś trzyma się z dala od zgiełku świata, ospale drzemie i śni.

Za zakrętem w Clifton Hampden, zresztą także prześlicznej mieścinie, staroświeckiej, zacisznej i rozkwieconej, krajobraz jest piękny i różnorodny. Jeżeli zechcesz spędzić w Clifton noc, koniecznie idź do „Brogu Jęczmienia". Moim zdaniem jest to najbardziej urocza i staroświecka gospoda nad górną Tamizą. Stoi zaraz przy moście, spory kawałek od miasteczka. Strome facjatki, kryty strzechą dach i okna złożone z maleńkich szybek nadają karczmie bajkowy charakter, w środku zaś człowiek wcale by się nie zdziwił, gdyby zobaczył elfy i skrzaty.

Nie byłoby to dobre miejsce na nocleg dla bohaterki współczesnej powieści. Bohaterka współczesnej powieści jest zawsze „cudownie smukła i postawna" i raz po raz „pręży się na całą swą wysokość". W „Brogu Jęczmienia" ciągle waliłaby głową w sufit.

Nie polecam tej oberży również pijakowi. Czeka go tam zbyt wiele niespodzianek w postaci różnych stopni, po których schodzi się do tego pokoju, a wchodzi do tamtego. Jeśli nawet z pomocą boską zdoła wspiąć się po schodach i odszukać swój pokój, w jego zakamarkach na pewno nie odnajdzie swojego łóżka.

Nazajutrz wstaliśmy wcześnie, bo chcieliśmy zajechać na południe do Oksfordu. Zdumiewające, o jak wczesnej porze człowiek potrafi wstać, nocując pod chmurką. Kiedy zamiast puchowej pierzyny ma złożony na dwoje koc pod plecy i walizkę pod głowę, już nie jęczy marudnie, żeby mu dać „jeszcze pięć minutek". Szybko uwinęliśmy się ze śniadaniem i o wpół do ósmej mieliśmy już za sobą śluzę w Clifton.

Pomiędzy Clifton i Culham brzegi rzeki są płaskie, monotonne i nieciekawe, ale gdy się przeprawisz przez śluzę w Culham — najchłodniejszą i najgłębszą na całej Tamizie — krajobraz nabiera rumieńców.

W Abingdon rzeka przecina miasto. Abingdon to typowa prowincjonalna miejscowość z gatunku tych mniejszych — spokojna, wielce szacowna, czysta i rozpaczliwie nudna. Szczyci się swym sędziwym wiekiem, ale w porównaniu z Wallingfordem i Dorchesterem również pod tym względem wypada dość kiepsko. Niegdyś stało tu słynne opactwo, dziś jednak, wśród resztek uświęconych murów, warzy się piwo.

W tutejszym kościele św. Mikołaja jest tablica pamiątkowa ku czci Johna Blackwalla i jego żony Jane, którzy po wielu latach szczęśliwego pożycia zmarli tego samego dnia, 21 sierpnia 1625 roku. W kościele św. Heleny zanotowano natomiast, że W. Lee, który zmarł w 1637 roku, „za żywota swego spłodził dziateczek dwieście mniej trzy". Jeżeli zechce wam się przeprowadzić rachunek, stwierdzicie, że potomstwo imć W. Lee liczyło sto dziewięćdziesiąt siedem osób. Imć W. Lee — pięciokrotny burmistrz Abingdon — był bezsprzecznie dobroczyńcą swego pokolenia, lecz mam nadzieję, że w naszym przeludnionym dziewiętnastym stuleciu nie znajdzie zbyt wielu naśladowców.

Odcinek pomiędzy Abingdon a Nuneham Courtenay jest wprost uroczy. Warto zwiedzić Park Nuneham (otwarte we wtorki i czwartki). Pałac posiada ciekawe zbiory obrazów i pamiątek, a tereny parkowe są bardzo piękne.

Basen za stacją wodną w Stanfordzie to bardzo dobre miejsce dla samobójców. Są tam takie potężne wiry, że wystarczy skoczyć do wody, a potem już cię samo wciągnie. Stoi tam obelisk, w miejscu, gdzie utopiło się już dwoje ludzi podczas kąpieli. Stopnie obelisku są często wykorzystywane jako trampolina przez młodych mężczyzn, którzy chcą sprawdzić, czy to miejsce rzeczywiście zasługuje na renomę aż tak niebezpiecznego.

Śluza i młyn w Iffley, na milę przed Oksfordem, to ulubiony temat rozmiłowanej w rzece braci malarskiej. Kto widział obrazy, mocno się jednak rozczaruje rzeczywistością. Już dawno zauważyłem, że niewiele rzeczy na tym świecie dorównuje swym podobiznom malarskim.

Przeprawiliśmy się przez śluzę w Iffley koło wpół do pierwszej. Zrobiwszy porządek na łodzi, aby wszystko było gotowe do lądowania, przystąpiliśmy do ostatniej mili drogi.

Odcinek od Iffley do Oksfordu jest najtrudniejszy na całej Tamizie. Żeby się w tym rozeznać, trzeba się tam urodzić. Pływałem na tym odcinku nie raz, ale nigdy nie wypracowałem sobie żadnej skutecznej metody. Człowiek, który dowiosłuje w prostej linii z Oksfordu do Iffley, na pewno nadaje się do bezkonfliktowego życia pod jednym dachem z żoną, teściową, starszą siostrą i wiekową służącą, która nastała w tym domu, gdy jego jeszcze nie było na świecie.

Prąd najpierw znosi cię na prawy brzeg, potem na lewy, a potem zabiera cię na środek, obraca trzy razy dokoła i ciągnie w górę rzeki, gdzie koniecznie chce cię zderzyć z uczelnianą łodzią wyścigową.

Skutkiem tego weszliśmy oczywiście w drogę wielu łodziom, a one nam, skutkiem czego z kolei padło oczywiście wiele niecenzuralnych słów.

Nie wiem, skąd się to bierze, ale na Tamizie wszyscy są zawsze wyjątkowo pobudliwi. Drobne incydenty, które na suchym lądzie przeszłyby niemal niezauważone, doprowadzają cię do szewskiej pasji, gdy zdarzą się na wodzie. Kiedy Harris i George zachowują się jak skończeni durnie na suchym lądzie, uśmiecham się wyrozumiale. Kiedy nie błyszczą intelektem na wodzie, nie istnieje przekleństwo, od którego bym się powstrzymał pod ich adresem. Kiedy inna łódź wejdzie mi w drogę, ogarnia mnie ochota, by chwycić za wiosło i pozabijać całą załogę.

Nawet w najłagodniejszych jagniątkach po wejściu na łódkę budzi się żądza krwi i przemocy. Płynąłem kiedyś z pewną młodą damą. Należała do najczulszych i najtkliwszych stworzeń świata, ale na rzece uszy więdły, gdy się jej słuchało.

— Och, głuptak jeden! — wołała, gdy jakiś nieszczęsny wioślarz zagrodził nam drogę. — Nie patrzy toto, gdzie płynie!

— Och, cóż za wredna istota! — mówiła oburzona, gdy żagiel nie chciał iść do góry. Chwytała go i szarpała zgoła brutalnie.

A jednak, jak się rzekło, na lądzie była uosobieniem życzliwości i dobroci.

Nadrzeczne powietrze wywiera szkodliwy wpływ na ustrój i podejrzewam, że właśnie to każe wodniakom odnosić się do siebie niegrzecznie i używać słów, które, gdy wróci trzeźwość umysłu, bez wątpienia mieliby ochotę odwołać.

ROZDZIAŁ 19

Oksford – Montmorency'ego wizja raju – Łódź wynajęta w górnej części Tamizy, jej uroda i zalety – „Klejnot Tamizy" – Zmiana pogody – Rzeka w swych różnych wcieleniach – Niezbyt wesoły wieczór – Tęsknota za nieosiągalnym – Miła pogawędka – George gra na bandżo – Żałosna melodia – Kolejny deszczowy dzień – Ucieczka – Skromna kolacja i toast.

Spędziliśmy w Oksfordzie dwa bardzo przyjemne dni. W tym mieście jest mnóstwo psów. Pierwszego dnia Montmorency stoczył jedenaście bójek, drugiego czternaście, i najwyraźniej sądził, że trafił do raju.

Ludzie, którzy są z natury zbyt cherlawi bądź też zbyt gnuśni, aby znajdować rozkosz w wiosłowaniu pod prąd, z reguły wypożyczają łódkę w Oksfordzie, aby płynąć z nurtem. Ludzie prężni wolą jednak podróż w górę rzeki. Cóż to za przyjemność stale płynąć z prądem? O ileż więcej satysfakcji sprawia człowiekowi, kiedy zaweźmie się w sobie i prze naprzód, pokonując opór żywiołu — mnie w każdym razie często ogarniało takie uczucie, gdy siedziałem u steru i patrzyłem, jak Harris z George'em dają z siebie wszystko.

Tym, którzy zamierzają wybrać Oksford jako punkt startowy, radziłbym: weźcie swoją własną łódkę — no, chyba że możecie wziąć cudzą i nie grozi wam, że zostaniecie przyłapani. Łódki, które można wynająć na Tamizie powyżej Marlow, są z reguły bardzo dobre, w miarę wodoszczelne, a jeśli ostrożnie się z nimi obchodzić, rzadko toną lub rozpadają się na kawałki. Jest na nich gdzie usiąść, nie brakuje też — w każdym razie nie w stopniu dotkliwym — osprzętu, który umożliwia wiosłowanie i sterowanie.

Brakuje im jednak prezencji. W łódce, którą wypożyczasz powyżej Marlow, trudno jest zadać szyku i stroić dumne miny. Łódka z górnego biegu Tamizy bardzo szybko uzmysławia członkom załogi, jak bardzo niedorzeczna jest ich fanfaronada. Jest to główna — by nie rzec jedyna — zaleta tych łódek.

Człowiek, który wynajął łódkę w górnym biegu Tamizy, jest nad wyraz skromny i dyskretny. Woli się trzymać cienistej strony rzeki pod drzewami i pokonywać większość drogi wczesnym rankiem lub późnym wieczorem, kiedy nie narzuca się ze swym widokiem zbyt wielu ludziom.

Kiedy człowiek, który wynajął łódkę w górnym biegu Tamizy, widzi kogoś znajomego, wysiada na brzeg i chowa się za drzewem.

Należałem kiedyś do grupy, która pewnego lata wynajęła łódkę w górnym biegu Tamizy, na kilkudniową wycieczkę. Żaden z nas nigdy wcześniej nie widział łódki wynajętej w górnym biegu, więc kiedy wreszcie zobaczyliśmy to cudo, nie poznaliśmy, że to łódka.

Napisaliśmy, że chcemy dwójkę ze sternikiem. Gdyśmy poszli z bagażami na przystań i podali nasze nazwiska, właściciel powiedział:

— Aha, chcecie odebrać dwójkę ze sternikiem. Już się robi. Jim, daj no tu „Klejnot Tamizy".

Chłopiec poszedł, a gdy pięć minut później znów się pojawił, taszczył przedpotopowy kloc drewna, który wyglądał, jakby ktoś go niedawno wykopał z ziemi, i to bez należytych środków ostrożności, dokonując niepotrzebnych uszkodzeń.

Na pierwszy rzut oka odniosłem wrażenie, że to jakaś pozostałość starorzymska — nie bardzo wiedziałem po czym, najprawdopodobniej po trumnie.

W rejonie górnej Tamizy jest zatrzęsienie rzymskich ruin, toteż mój domysł nie był wyssany z palca. Zabraliśmy jednak ze sobą pewnego poważnego młodzieńca, który parał się trochę geologią. Żachnął się na moją teorię zabytku starorzymskiego i orzekł, że każdy choć trochę rozgarnięty człowiek (a z żalem uznał, że mnie nie może do tej kategorii zaliczyć) bez trudu odgadnie, co znalazł chłopiec: skamielinę wieloryba. Wszystko wskazywało na to, że zwierzę pochodzi z epoki przedlodowcowej.

Aby rozstrzygnąć spór, zwróciliśmy się do chłopca. Powiedzieliśmy mu, żeby się nie wstydził i wyznał całą prawdę: Czy to skamielina prehistorycznego wieloryba, czy wczesnorzymski sarkofag?

Chłopiec odpowiedział, że to „Klejnot Tamizy".

Zrazu uznaliśmy, że to bardzo dowcipna odpowiedź, i ktoś dał chłopcu dwa pensy w nagrodę za refleks. Chłopiec długo się jednak upierał przy swoim żarcie, więc w końcu straciliśmy do niego cierpliwość.

— Dość już tych błazeństw, smyku! — powiedział srogo nasz kapitan. — Odnieś mamusi cebrzyk i dawaj nam tu łódkę.

Przybył wtedy sam szkutnik i dał nam słowo konstruktora, że istotnie mamy przed sobą łódkę — i to właśnie żądaną „dwójkę ze sternikiem", którą mieliśmy odbyć naszą podróż w dół rzeki.

Sarkaliśmy co niemiara. Mógł przynajmniej, mówiliśmy, pobielić grata albo nasmołować, żeby się czymś odróżniał od wyłowionego z dna wraka. Właściciel uważał, że szukamy dziury w całym.

Wydawał się nawet urażony naszymi uwagami. Powiedział, że wybrał dla nas najlepszą łódkę z całej swojej flotylli i moglibyśmy okazać trochę więcej wdzięczności.

Powiedział, że „Klejnot Tamizy" śmiga po wodzie (albo i pod wodą) już od czterdziestu lat, a jeszcze nikt się nań nie poskarżył ani słowem, nie rozumie więc, dlaczego my mamy być pierwsi.

Zamknął nam usta tym argumentem.

Za pomocą sznurka związaliśmy tę tak zwaną łódkę do kupy, załataliśmy co większe dziury tapetą, zmówiliśmy pacierze i wsiedliśmy na pokład.

Za wynajem tej staroci na sześć dni policzyli nam trzydzieści pięć szylingów, chociaż na dowolnej wyprzedaży drewna wyrzuconego przez morze dostalibyśmy coś podobnego na własność za cztery i pół szylinga.

Trzeciego dnia pogoda się zmieniła… A! Mówię teraz o obecnej podróży… i w drogę powrotną z Oksfordu wyruszyliśmy w strugach deszczu.

Jakże zmienne są oblicza Tamizy! Kiedy światło słońca skrzy się w roztańczonych falkach, złoci szarozielone pnie buków, przeziera przez mroczne, chłodne przesieki, ściga cienie po płycinach, sypie brylantami z młyńskich kół, śle pocałunki liliom, swawoli z siwą kurzawą jazu, srebrzy omszałe mury i mosty, rozpogadza oblicze każdej mieściny, kwieci każdą łąkę i dróżkę, wikła się w tataraku, wygląda roześmiane z każdej zatoczki, radośnie połyskuje na licznych żaglach w oddali, syci jedwabiste powietrze słodyczą — wtedy rzeka jest złotym strumieniem z bajki.

Lecz kiedy nieubłagane krople deszczu wpadają do brunatnej, błotnistej wody, przeziębłej i znużonej, z pluskiem podobnym do szlochu zrozpaczonej kobiety w ciemnej izbie, lasy zaś, mroczne i milczące, spowite całunem dżdżu, stoją obok niczym zjawy, z milczącym wyrzutem w oczach, jak zmory grzesznych uczynków, jak duchy odtrąconych przyjaciół — wtedy rzeka jest upiorną strugą z krainy daremnych żalów.

Światło słoneczne to krwiobieg natury. Kiedy zgaśnie słońce, Matka Ziemia patrzy na nas tępym, bezdusznym wzrokiem. Jakże nam wtedy smutno w jej towarzystwie. Jest taka obojętna, jakby nas w ogóle nie znała. Jest jak wdowa, która straciła ukochanego męża: dzieci dotykają jej ręki i patrzą w oczy, lecz jej twarzy nie rozjaśnia uśmiech.

Cały dzień wiosłowaliśmy w deszczu i było to bardzo ponure zajęcie. Z początku udawaliśmy, że dobrze się bawimy. Mówiliśmy sobie, że chcemy poznać rzekę we wszystkich jej wcieleniach, a takiej jej jeszcze nie widzieliśmy. Nie może przecież stale świecić słońce. A natura, czyż nie jest piękna nawet we łzach?

Przez pierwsze kilka godzin Harris i ja byliśmy tym wszystkim wręcz zachwyceni. Zaśpiewaliśmy piosenkę o cygańskiej doli: jakie rozkoszne jest życie cygana! — cygan zażywa słońca i burzy, i całej róży wiatrów! — jakże go cieszy deszcz, i jak dobrze mu robi na zdrowie! — jak śmieje się z ludzi, którzy deszczu nie lubią!

George potraktował tę rozrywkę bardziej trzeźwo i nie wytknął nosa spod parasola.

Przed lunchem rozpięliśmy płachtę i nie zdejmowaliśmy jej przez całe popołudnie, zostawiając z przodu otwór, żeby jedna osoba mogła pagajować i pilnować kierunku. Zrobiliśmy w ten sposób dziewięć mil i zawinęliśmy na noc trochę poniżej śluzy w Day.

Nie mogę uczciwie powiedzieć, że mieliśmy przyjemny wieczór. Deszcz padał i nie zanosiło się na poprawę. Wszystko w łodzi było namokłe i ciężkie. Kolacja się nie udała. Kiedy nie masz apetytu, pieczeń cielęca na zimno zatyka. Miałem ochotę na smażone rybki i kotlet. Harris marzył o *turbot au gratin*, a resztę swojej pieczeni odstąpił Montmorency'emu. Ten jednak nie tylko odmówił, ale obraził się i zaszył na drugim końcu łodzi.

George zażądał, żebyśmy przestali o tym rozmawiać, przynajmniej dopóki on nie skończy swojej gotowanej wołowiny na zimno bez musztardy.

Po kolacji graliśmy w oczko, po pensie od partii. Po półtorej godziny George wygrał cztery pensy — on zawsze ma szczęście w kartach — a my z Harrisem przegraliśmy po dwa.

Uznaliśmy, że czas zerwać z hazardem. Jak to ujął Harris, jeśli człowiek straci miarę, hazard wywołuje niezdrowe podniecenie. George powiedział, że da nam szansę się odegrać, ale Harris i ja postanowiliśmy, że nie będziemy już więcej igrać z przeznaczeniem.

Potem przyrządziliśmy grog i ucięliśmy sobie pogawędkę. George opowiedział nam anegdotę o swoim znajomym, który dwa lata wcześniej popłynął na wycieczkę po Tamizie, nocował w podobną pogodę na zawilgłej łódce, dostał zapalenia opłucnej i umarł w strasznych męczarniach, mimo heroicznych wysiłków lekarzy. Całkiem młody człowiek, właśnie miał się żenić. Tragiczna historia, powiedział George.

Z kolei Harris przypomniał sobie o swoim koledze, który zaciągnął się do wojska i spał kiedyś w deszczową noc w namiocie koło Aldershot. — Pogoda była wypisz, wymaluj jak dzisiaj — powiedział Harris. Rano kolega zbudził się sparaliżowany na obie nogi. Harris obiecał nam go przedstawić po powrocie do miasta. Powiedział, że pęknie nam serce na jego widok.

Stąd w naturalny sposób wywiązała się przyjemna pogawędka o ischiasie, febrze, przeziębieniu, zapaleniu płuc i bronchicie. Harris wtrącił, że sytuacja byłaby bardzo niezręczna, gdyby ktoś z nas poważnie zachorował tej nocy, bo do najbliższego lekarza mieliśmy kawał drogi.

Rozmowa wzbudziła w nas pragnienie czegoś krotochwilnego. W chwili słabości zaproponowałem, żeby George wyjął bandżo i spróbował nam zaśpiewać wesołą piosenkę.

Trzeba przyznać, że George nie dał się długo prosić. Nie wykręcał się idiotycznie, że „zostawił w domu nuty". Natychmiast wygrzebał skądś instrument i zaczął grać *Te czarne oczęta*.

Do tej pory miałem *Te czarne oczęta* za utwór dość banalny. Silna nuta melancholii, jaką George wydobył z tej piosenki, dosyć mnie zaskoczyła.

Gdy żałosne akordy sączyły się w noc, we mnie i w Harrisie narastało pragnienie, by paść sobie w ramiona i zapłakać. Wielkim wysiłkiem woli powstrzymaliśmy jednak łzy i w milczeniu wsłuchiwaliśmy się w ten przejmujący muzyczny lament.

Gdy doszło do refrenu, próbowaliśmy nawet udawać wesołość. Napełniliśmy ponownie szklanki i podjęliśmy słowa. Harris, głosem drżącym ze wzruszenia, nadawał ton, a George i ja szliśmy kilka taktów z tyłu:

Te czarne oczęta,
Czy jeszcze pamięta,
Co rzekła mi.
Te czarne…

Tu załamaliśmy się. W akompaniamencie do drugiego „te czarne" George zawarł tyle rozdzierającego patosu, że zupełnie nas rozebrało. Harris szlochał jak dziecko, pies zaś skowyczał tak rozpaczliwie, że byłem pewien, iż za chwilę pęknie mu serce albo szczęka.

George chciał przejść do następnej zwrotki. Uważał, że jeśli nabierzemy więcej „szwungu" i damy się ponieść porywającej melodii, być może piosenka przestanie się wydawać taka smutna. Odczucia większości były jednak przeciwne temu eksperymentowi.

Ponieważ nie mieliśmy nic innego do roboty, poszliśmy spać — to znaczy przebraliśmy się do snu i przez trzy do czterech godzin wierciliśmy się i przewracali na dnie łodzi. Potem zdołaliśmy uszczknąć odrobinę nerwowego snu do piątej rano, kiedy wszyscyśmy wstali i zjedli śniadanie.

Drugi dzień niczym się nie różnił od pierwszego. Nadal lało jak z cebra, a my siedzieliśmy pod płachtą, zakutani w płaszcze nieprzemakalne, i powoli płynęliśmy z prądem.

Ktoś z nas — już nie pamiętam kto, ale przypuszczam, że ja — bez większego entuzjazmu zanucił cygańską piosenkę, aby trochę ożywić grobową atmosferę: jesteśmy dziećmi natury i deszcz nam niestraszny. Nie chwyciło. Wers, który mówił, że

Deszcz po mnie spływa jak po kaczce!

stwierdzał tylko oczywisty fakt, więc nie było potrzeby tego śpiewać.

W jednym punkcie byliśmy wszyscy zgodni, a mianowicie, że choćby nie wiem co, dotrwamy do końca. Zdecydowaliśmy się na dwa tygodnie zabawy na rzece i nie spoczniemy, póki nie upłyną dwa tygodnie zabawy na rzece. A jeśli miałoby nas to kosztować życie — no cóż, przykra to rzecz dla rodziny i przyjaciół, ale mówi się trudno. Czuliśmy, że ustępstwo na rzecz angielskiego klimatu i zmiana planów pod wpływem pogody stanowiłyby groźny precedens.

— Jeszcze tylko dwa dni — powiedział Harris. — Jesteśmy młodzi i silni. Może mimo wszystko wytrzymamy.

Koło czwartej zaczęliśmy omawiać strategię na wieczór. Właśnie minęliśmy Goring. Postanowiliśmy, że powiosłujemy do Pangbourne i tam spędzimy noc.

— Kolejny sympatyczny wieczór! — mruknął George.

Siedzieliśmy i rozmyślaliśmy nad tą perspektywą. W Pangbourne powinniśmy się znaleźć koło piątej. O wpół do siódmej powinniśmy już być po obiedzie. Potem możemy w ulewnym deszczu powałęsać się po miasteczku, aż przyjdzie pora snu; ewentualnie posiedzimy w jakiejś źle oświetlonej sali barowej i poczytamy almanach.

— W „Alhambrze" by się człowiek nie nudził — powiedział Harris, wysuwając na chwilę głowę spod płachty i lustrując niebo.

— A potem kolacyjka w...[6]

— Tak, chyba zaczynam żałować, że uparliśmy się tkwić na tej łódce — powiedział Harris.

Na jakiś czas zapadła cisza.

— Gdybyśmy nie postanowili, że złapiemy pewną śmierć w tej przeklętej starej trumnie — zauważył George, rzucając łódce jadowite spojrzenie — to może warto byłoby wspomnieć, że zaraz po piątej odchodzi z Pangbourne pociąg, który by nas zawiózł do miasta akurat, żeby zdążyć zrealizować wszystkie wzmiankowane pomysły.

Nikt się nie odezwał. Patrzyliśmy po sobie i dostrzegaliśmy na twarzach pozostałych odbicie swych własnych nikczemnych i małodusznych myśli. W milczeniu wywlekliśmy na brzeg walizę. Spojrzeliśmy w górę i w dół rzeki: ani żywej duszy!

Dwadzieścia minut później można było zobaczyć trzy postacie ludzkie (i zawstydzonego psa z tyłu), które przemykały ukradkiem z przystani koło „Łabędzia" na stację kolejową, ubrane w następujący, niezbyt szykowny strój: czarne półbuty ze skóry, brudne; flanelowy kostium wodniacki, bardzo brudny; brązowy

---

[6] Wyborna, mało znana knajpka w okolicy..., gdzie można dostać najsmaczniejsze i najtańsze francuskie potrawy, o jakich słyszałem, z butelką znakomitego Beaune za trzy i pół szylinga. Musiałbym być skończonym idiotą, żeby podawać adres (przyp. aut.).

filcowy kapelusz, mocno zdezelowany; płaszcz przeciwdeszczowy, bardzo mokry; parasol.

Oszukaliśmy bosmana w Pangbourne. Nie umieliśmy się przyznać, że uciekamy przed deszczem. Zostawiliśmy łódkę z całą zawartością w jego pieczy i kazaliśmy ją przygotować na dziewiątą nazajutrz. Jeśli, dodaliśmy, jeśli zdarzy się coś nieprzewidzianego, co uniemożliwi nam powrót, napiszemy do niego.

Pociąg dotarł na dworzec Paddington o siódmej. Pojechaliśmy prosto do restauracji, którą poprzednio opisałem, gdzie spożywszy lekki posiłek, zostawiliśmy Montmorency'ego wraz z instrukcją, by obiad był gotowy na wpół do jedenastej, po czym udaliśmy się na Leicester Square.

W „Alhambrze" przyciągnęliśmy powszechną uwagę. Kasjer opryskliwie skierował nas za kulisy od Castle Street i obsztorcował za półgodzinne spóźnienie.

Gdy wytłumaczyliśmy mu, z niejakim trudem, że żaden z nas nie jest „światowej sławy człowiekiem gumą z Himalajów", wziął od nas pieniądze i wpuścił do środka.

Jeszcze większą sensację wzbudziliśmy wewnątrz. Wszystkie oczy były z podziwem utkwione w naszych ogorzałych od słońca obliczach i malowniczych strojach. Byliśmy na piedestale. Przeżyliśmy swoją wielką chwilę.

Wyszliśmy po pierwszym balecie i udaliśmy się z powrotem do restauracji, gdzie czekała już na nas kolacja.

Muszę wyznać, że była to dla mnie rzadka przyjemność. Przez ponad dziesięć dni żywiliśmy się wyłącznie mięsem na zimno, keksami i chlebem z dżemem. Była to prosta, pożywna dieta, lecz pozbawiona większych atrakcji, toteż bukiet burgunda, aromat francuskich sosów, widok czystych serwetek i złocistych bagietek — wszystko to mile nas połechtało.

Konsumowaliśmy w skupieniu, popijając wybornym winem, aż przyszła chwila, kiedy, wypuściwszy ze zgnuśniałych palców noże i widelce, rozparliśmy się na krzesłach, wyciągnęliśmy pod stołem nogi, pozwoliliśmy, by serwetki sfrunęły na podłogę i nareszcie znaleźliśmy czas, by trochę bardziej krytycznym okiem przyjrzeć się zakopconemu sufitowi. Wreszcie odstawiliśmy kieliszki na wyciągnięcie ramienia i ogarnęła nas błogość, zaduma i wyrozumiałość.

Potem Harris, który siedział pod oknem, odsunął portierę i wyjrzał na ulicę.

Jezdnia połyskiwała mrocznymi plamami wilgoci, nikłe światło latarń chwiało się z każdym porywem wiatru, deszcz pluskał miarowo w kałuże i ciekł rynnami do wezbranych rynsztoków. Przemknęło kilku przemoczonych przechodniów, skulonych pod ociekającymi parasolami. Kobiety szły z podkasanymi sukniami.

— Nie powiem — zaczął Harris, sięgając po kieliszek. — Podróż mieliśmy przyjemną i składam serdeczne dzięki Mateczce Tamizie, ale myślę, żeśmy się słusznie zwinęli. Piję za zdrowie trzech panów w jak największym oddaleniu od łódki!

Montmorency, który stał przy oknie na zadnich łapach i wyglądał w noc, krótkim, lecz stanowczym szczeknięciem dał znać, że solidaryzuje się z toastem.